文庫

# だまされた女／すげかえられた首

マン

岸 美光訳

kobunsha classics

光文社

Title : DIE BETROGENE
1953
DIE VERTAUSCHTEN KÖPFE
1940
Author : Thomas Mann

# 目次

# だまされた女／すげかえられた首

# だまされた女

二十世紀の二〇年代のこと、ライン河畔のデュッセルドルフに、ロザーリエ・フォン・テュムラーという夫人が、娘のアンナ、息子のエードゥアルトとともに、もう十年以上もやもめ暮らしを続けていた。贅沢ではないが、気持の良い生活だった。夫である陸軍中佐フォン・テュムラーは、戦争が始まったばかりの頃、戦闘によってではなく、まったく無意味なことに交通事故で死んでしまったが、それにもかかわらず名誉の戦死といわれた、――むごい打撃である。その時やっと四十歳になったばかりの夫人は国家に恭順の意を表してこの打撃を受け入れたが、夫の遺した子供と自分自身のために、快活な夫君のいない生活に耐えねばならなかった。この夫君は結婚生活への誠実という正しい一線をときどき踏み外したのだが、それはありあまる身体壮健のしるしということにすぎなかった。

ロザーリエは生まれもその話す言葉もラインラントの女であり、結婚生活の二十年間を、産業の盛んなデュースブルクで過ごした。フォン・テュムラーがその地に駐留していたからである。しかし夫を亡くしたあと、十八歳の娘とそれより十二歳下の息子とともにデュッセルドルフに移った。一つには、その町を際だたせる美しい公園のためであり(フォン・テュムラー夫人は熱心な自然愛好家だった)、一つには、子供のころから真面目な性質のアンナが絵を好きになり、そこの有名な美術学校に行くことを望んだからである。十年来この小さな家族は、ペーター・フォン・コルネーリウスの名前を冠した、菩提樹《ぼだいじゅ》の並木を持つ静かな屋敷街に住んでいた。小ぶりの家は庭に囲まれ、ロザーリエが結婚した当時の様式の、少し古びてはいるが使い勝手のよい家具を備え、親戚や友人たちの小さなサークルを客として迎えていた。なかには美術学校や医学校の教授たち、産業界の大立者の夫婦などがいて、夜のパーティーはときどき上品ながらざっくばらんで、ワイン好きの土地柄から多少ほろ酔い加減の集いになることもあった。

フォン・テュムラー夫人はもともと社交好きな性格だった。外出したり、自分に可能な範囲で客をもてなしたりすることを好んだ。彼女の自然愛好に表れていた素直で明るい性格や心情の温かさは、誰からも愛された。大柄ではないが、姿形《すがたかたち》はよく保たれていた。髪はすでに灰色が目立ったが、豊かに波うち、手は多少の老化はあるもの繊細だった。甲に、そばかすに似た大きな染《し》みが、年とともに多すぎるくらい浮き出てきたのではあったが（今のところ抵抗するすべのない現象である）。夫人は生き生きと輝く茶色の目のおかげで若々しい印象を与えた。その目は、いがを剥いた栗の実そっくりの色で、この上なく感じの良い目鼻立ちの、女性らしく愛らしい顔から輝き出ていた。人と一緒にいて気分が高揚すると鼻が赤らむ傾向があって、それを少しのおしろいで隠そうとしていたが、必要のないことだった。誰が見てもそれはかわいらしくて、彼女によく似合っていたからである。

　春に生まれた五月の子であるロザーリエは、五十回目の誕生日を、二人の子供と、一家の友人の十人か十二人の婦人や殿方とともに、色とりどりの提灯を飾った郊外のレストランの庭園で、花を散らしたテーブルにつき、真心半分冗談半分の乾杯の言葉とグラスの触れあう響きの中で祝った。楽しい仲間と一緒で楽しかったが、――まったく緊張がないわけではなかった。というのは、すでにしばらく前から、そしてこの夜がまさにそうだったのだが、彼女の健康状態は年齢から来る体調不良のために万全ではなかったからである。女性としての生理的なしるしが滞りがちになり、そのことに心では抵抗してみたものの、消えていったのである。それは胸苦しい興奮や心の動揺と頭痛を生み、憂鬱な日々や神経過敏の日々をもたらした。そのために彼女はあのお祝いの夜も、自分に敬意を表して行われた、殿方たちの軽妙なスピーチのいくつかを、耐え難くばからしいと感じたのである。彼女はもううんざりといった視線を娘と交わしあった。母親の見抜いていたとおり、この娘は情け容赦のない気質を発揮するまでもなく、そういうほろ酔い機嫌のジョークをくだらないこととみなしていた。

彼女はこの娘と心からのうちとけた関係にあった。息子よりもだいぶ年上の娘は、彼女にとって友だちのようなものだった。閉経期のさまざまな苦痛についても黙って隠しておくことはなかった。アンナはいま二十九歳で、まもなく三十になるのだが、独身を通していた。ロザーリエは、娘を一人の男に譲るより、同居人および人生の伴侶として手元に置きたいという単純なエゴイズムから、それを不満には思わなかった。フォン・テュムラー嬢は母親より背が高く、同じ栗色の目をしていた、――しかし、母親の目の生き生きとした単純さが欠けていたので、同じ目ではなかった。視線にはむしろ考え深い冷たさがあった。アンナは内反足《ないはんそく》で生まれ、子供の時に一度手術を受けたがこれという成果もなく、いつもダンスやスポーツから閉め出されてきた。というか、そもそも若い娘らしい生活にいっさい与《あずか》ることがなかったのである。素質として与えられた並外れたインテリジェンスはその不利益のためにかえって強められ、諦めたものの代わりに現れないではすまなかった。一日わずか二三時間の個人授業でギムナジウムの課程を修了して卒業試験に合格し、しかしその後はどんな学問の道にも進むことなく美術に取り組み、さいしょは彫刻、それから絵画に向かったが、すでに生徒の時から単なる自然模倣を嫌い、感覚の印象を厳格に思索的で、抽象的象徴的で、しばしば立体的数学的なものに転換するきわめて精神的な方向に踏み出していた。その絵は高度な進歩を原始性と、装飾性を深い思慮と、配色の繊細な感覚を禁欲的な造形と結び合わせていたが、フォン・テュムラー夫人は娘のそういう絵を、悲しげな敬意をこめて眺めた。

「すごいのね。きっとすごいんだわ。ね、おまえ」、彼女は言った。「ツムシュテーク教授なら誉めて下さるわ。あなたのこういう描き方を後押ししたのはあの先生で、こういうものを見る目と理解力を持ってらっしゃるもの。なにしろ目と理解力がないとだめね。タイトルはなんていうの」

「夕風の中の木々」

「それがあなたの意図を推し測るヒントね。黄灰色の地に描かれた円錐と輪が木々で、――それから、独特なこの線、螺旋《らせん》がほどけていくみたいな、これが夕風を表しているのかしら。面白いわ、アンナ、面白いのね。でもねえ、おまえ、あなたたちは素晴らしい自然をなんてものにしてしまうんでしょう。せめて一度でもあなたの腕で情緒に訴えるものを、心にぐっとくるものを描いてくれないかしら。きれいな花の静物画とか、さわやかなライラックの花束、見てはっきりわかって、かぐわしい香りが漂ってきそうで、花瓶の横にはマイセン焼きの人形があって、紳士が貴婦人に投げキスをしてるの。そしてそういうものがみんな、輝くほど磨き込まれたテーブルの表面に映っているといいわね……」

「やめて、やめて、ママ！　勝手に空想しないで。そういうものはもう描くことはできないの」

「アンナ、私を説得しようと思ってもだめよ、そういう心をなごませる絵が描けないなんて、あなたほどの才能がありながら」

「誤解してるわ。私にできるかどうかが問題じゃないの。そもそもできないことなの。時代と芸術の状況がそれを赦さないのよ」

「それなら時代と芸術にとっていっそう悲しいことね。いいえ、ごめんなさい、おまえ、そんなことを言おうと思ったのではないわ。生活が進歩してそういう絵が描けなくなるなら、悲しいなんて言ってる場合じゃないわね。逆に進歩に取り残される方が悲しいでしょうね。よくわかりますよ。あなたがそこに引いたような意味深長な線を考え出すには天才が必要なのだということも。私には何も訴えてくれないけれど、見れば意味深長だくらいわかりますよ」

アンナは、手に持ったパレットと濡れた絵筆をぶつけないように遠く離して、母に接吻した。そしてロザーリエも接吻を返した。娘の仕事は、人を避けた、感情を殺すもののように思えたのだが、それでもその職人的で実際的な、画家の仕事着を着た行為の中に、娘が多くの断念に対する慰めと埋め合わせを見いだしたことを、心の中では喜んでいた。

足を引きずって歩く姿が、若い女性の容姿に対する男性の感覚的な関心をどんなに妨げるものか、フォン・テュムラー嬢は早くから経験し、それに対しある誇りをもって武装していた。そして、えてしてそんなことが起こるものだが、若い男がその障害にもかかわらず彼女に好意を抱きそうになった時には、その誇りが、冷たく拒否的な不信によってその好意の機先を制し、それを芽のうちに摘み取ってしまったのである。いちど、引っ越して間もない頃、彼女は恋をした――そして自分の情熱を恥じて苦しんだ。なぜならその情熱が若い男の肉体的な美しさに向けられていたからである。化学者としての教育を受けたその男は、学問をできるだけ早く金に換えることを良しとして、博士号の取得試験を終えるとすぐに、デュッセルドルフの化学工場に有力で実入りの良い地位を獲得した。褐色の肌の男盛りで、同性をも魅了する率直な人柄に加え、おおいに有能でもあったので、社交界のすべての娘や夫人たちの夢想の対象となり、おめでたい愚かな女たちによる賛美の的となった。そして、みんなの恋患いに自分も罹《かか》ったということ、世間並みの感情が自分の中にもあるということを自分の五感を通して認めなければならないということが、アンナの恥ずべき苦しみになった。人並みの感情の低俗さに対し、ひとり自分の尊厳を求めて戦い、敗れたのである。

ところでドクター・ブリュンナーは（それがその見栄えのする男の名前であった）、まさに自分を実際的な立身出世主義者とみなしていたので、より高くユニークなものに対するある種の補正的な愛着を持っていた。そしてしばらくの間、あからさまにフォン・テュムラー嬢に取り入ろうとし、人のいる席で文学や芸術について彼女とおしゃべりし、媚びるような声で彼女の耳に、自分を賛美するあれこれの女について否定的で冷笑的な批評をささやき、好色の目で自分をつけ狙う、障害を負って洗練されるということのない凡庸な女たちに対抗する同盟を、彼女と結びたがっているような素振りを見せたのである。彼女自身がどう感じたか、自分が他の女性を嘲笑することでどんな苦しい幸せを彼女に与えたか、彼は予感だにしなかったようである。それどころか、彼女と知的な交わりを続けていれば、熱っぽくつきまとわれる迷惑から護られると、ただその庇護を求めているだけのように思われた。そして彼女に尊重されることが大事だったので、ただそのために彼女の尊敬を求めているようだった。それを許してしまおうという誘惑は、この男の魅力に反応してしまう自分の弱点を美化するためだとわかってはいてもアンナにとって大きく深刻だった。彼の求愛は本当の求婚、つまり選んで申し込むという様相を帯びてきて、彼女は甘い恐怖を味わった。アンナは、もし決定的な言葉が吐かれたら、自分はどうすることもできずあの人と結婚してしまうだろうと、いつも心にそう認めざるをえなかった。しかしこの言葉は出なかった。彼女の体のハンディに加えてその慎ましい持参金を乗り越えさせるには、その男の、より高いものへの名誉心は不足していたのである。彼はほどなく彼女から離れ、ボーフムの金持の工場主の娘と夫婦になった。そしてその町に引っ越し、父親の化学製品の会社に入って、案の定デュッセルドルフの女性たちを嘆かせ、そしてアンナをほっとさせたのである。

ロザーリエは娘のこの痛ましい体験を知っていた。たとえ娘がその頃のある日のこと、感情の発作に襲われて真情を吐露し、みずから恥辱と呼んだもののために母親の胸で苦い涙を流したことがなかったとしても、そのことを知ったであろう。フォン・テュムラー夫人は、ふだんはそれほど賢いわけではなかったが、女の生活については、心のことであれ、体のことであれ、自然が女に課すすべてのことについて、並はずれた、といっても悪意のない、むしろ純粋に共感のこもった慧眼《けいがん》を持っていた。そのため彼女の生活の周辺で、この方面の出来事と状況は、簡単には彼女の目を逃れることができなかった。誰にも見られていないと思ってふと漏らす微笑や赤面、一瞬の目の輝きに、どの娘がどの若者に夢中なのかを読み取った。そして何も知らず、ほとんど知りたいとも思っていない親密なわが娘に自分の慧眼を報告したのである。よそのご婦人が結婚生活に満足しているか、そうでないかは、本能的にわかって、彼女の満足となり、あるいは同情となった。妊娠はごく初めの段階で確実に気づき、その時は、喜ばしい自然なことだからだろう、急に生まれ故郷の言葉になって、「できとうみたいね」と言ったのである。アンナが、ギムナジウムの上級クラスに通う年の離れた弟に、進んで宿題の手助けをしているのを目にすると、彼女は喜んだ。なぜなら母親は、素朴でありながら的確に人の心理を見抜く抜け目なさによって、男性へのこの優越的なサービスが、意識的にであれ、無意識的にであれ、侮辱された女に与える満足を察知していたからである。

息子の方はのっぽの赤毛で、死んだ父親に似ていたが、人文研究の素質はほとんどなく、むしろ橋や道路の建設を夢見てエンジニアになることを望んでいた。彼女がその息子に特別な関心を持っていたと言うことはできない。息子に与えたのは、熱のない、うわべだけの、体裁のためにする親しげな配慮にすぎなかった。それに対し、娘には、ただ一人の本当の友だちとして傾倒していた。アンナの固い内向性のために、二人の間の信頼関係は、他人からは一方通行と呼ばれたかも知れない。しかし母親は、障害を持った子供の内面生活について、その誇り高くにがい苦しみに満ちた諦めをよく理解していたので、母親の方でもそこから、娘に対し遠慮なく胸の内を開いてみせる権利と義務を引き出していたのである。

そんな時、友だちでもある娘は、優しく寛大であると同時に悲しげで皮肉な、そのうえ少し苦しげでさえある微笑を浮かべたが、母は過敏に傷つくことなく、確かなユーモアをもってその微笑を甘受し、相手に優しくして自分も優しくされるのを喜び、自分の根の単純さなどいつでも笑い飛ばすつもりでいた。しかしその単純さを幸せで正しいことと思ってもいたので、自分を笑うと同時にアンナの歪んだ表情をも笑ったのである。しばしばそんなことがあった。とくに彼女が自然への愛着を思う存分披瀝《ひれき》しようとする時がそうだった。母親としては精神の勝った娘をこの方面に引き込もうといつも狙っていたのであったが。彼女がどんなに春を愛していたか、それは言葉にできない。なにしろ自分の生まれた季節であり、本人が言うには、健康と生きる喜びのひそかな霊気を、この体にもたらしてくれるのだから。寒さのゆるんだ大気の中で鳥たちが相手を求めて鳴きはじめると、彼女の顔は輝いた。庭にクロッカスやスノーフレークが最初の花を咲かせ、家に接した花壇でヒアシンスやチューリップが芽吹き、花盛りを迎えると、善良な女は喜びの涙を流した。田舎へ行くいつもの道に咲いたかわいいスミレ、黄色く花開くエニシダやレンギョウの茂み、赤や白のサンザシ、さらにライラックまでが咲き誇り、マロニエがろうそくを灯すように赤や白の花穂《かすい》をつける、――娘はそういうすべてを母親といっしょに賛美し、母親の恍惚に同調しなければならなかった。ロザーリエはアトリエとして改装された北側の小部屋から娘を連れだし、その抽象的な手仕事から引き剝がした。アンナは微笑を浮かべ、進んで仕事着を脱ぎ、何時間でも母のお供をした。なぜなら娘は驚くほどの健脚であったからだ。人と一緒の時はできるだけ体の動きを少なくして足の不自由を隠しはしたが、人目を気にせず好きなだけ足音を立ててかまわなければ、実に忍耐強く歩いたのである。

木々が花盛りとなり、街道が詩的な雰囲気をたたえ、彼女の散歩道の周囲の、故郷の懐かしさをもつ風景が、白や赤の、秋の実りを予告する魅力に包まれるころ、――それは何と心をとろかす季節だろう！　二人がよく歩いた水路の縁に並ぶ高い白ポプラの垂れさがった花序《かじょ》から、雪のように綿毛が降り注ぎ、風に舞って、地面をおおった。するとロザーリエはこれにも心を奪われて、植物学のわきまえがあるところを示して、娘に教えたのである。ポプラは「雌雄異株」の植物なの、単性で雄花だけをつける木と雌花だけをつける木があるのよ。また風による受粉についても喜んで語った。こう言ってよければ、野の子供たちに対するゼフィルスの愛の奉仕ね。親切にも花粉を、処女のまま待っている雌しべの柱頭に運んでやるのですもの。――この一種の雌雄合体は、彼女にはとくべつ典雅に思われた。

バラの季節は欠けるところのない喜びだった。ロザーリエは花の女王の株を育て、注意深く必要な方法をこうじて虫の食害から守った。そしていつも、花の栄光が続く限りは、彼女の化粧室の飾り棚やテーブルの上に、鮮度を保ったバラの花束が置かれていた。蕾のもの、半開のもの、満開のもの、とりわけ深紅のバラ（白バラは好まなかった）、自分で育てたものもあれば、彼女の情熱を知っている訪問客の心づくしのプレゼントもあった。長いこと目を閉じてそのような花束に顔を埋めていることがあった。そしてふたたび顔を上げると、これは神々の香りだと断言するのである。プシュケが灯りをかかげて眠っているアモルの上にかがみこんだとき、アモルの息が、その巻き毛と頰が、きっとこの芳香でプシュケのかわいい鼻をいっぱいにしたのだ。それは天国のアロマだ。自分は信じて疑わないが、この世を離れて天上の霊となれば、永遠にバラの香りを呼吸するのだと。――それに対し、アンナの懐疑的なコメントはこうだった。そうなるとすぐに、もう香りを感じられないくらいその香りに慣れてしまうでしょうね。しかしフォン・テュムラー夫人は娘の小賢《こざか》しさをたしなめた。あなたの言っていることは、からかうつもりになれば、どんな幸福にも言えることだわ。

意識されない幸福は、それにもかかわらず、やはり幸福なのですよ。いつものようにこのあたりが、母に優しい配慮と和解のキスを贈るチャンスだった。アンナがそうして二人はいっしょに笑った。

工場生産の香料、いわゆる香水のたぐいをロザーリエは使ったことがなかった。唯一の例外は、ユーリヒ広場の向かいにあるJ・M・ファリーナという店の、軽い爽快感を与える香水だった。しかし自然が私たちの嗅覚に与えるものとなると、心地よい微香であれ、甘さであれ、スパイスの利いた苦さであれ、重くエロチックな匂いであれ、酩酊を誘う香りであれ、彼女は尋常でなくこれを好み、深く感謝の念をこめて、官能的なまでにうやうやしく受け入れた。いつもの散歩道の一本に接して斜面があった。地面の起伏がならされて浅い窪地ができ、その底をジャスミンやフラングラの藪がびっしりおおっていた。そこから、湿って温かい、嵐になりそうな六月の日には、温められた芳香の靄《もや》というか雲が、ほとんどくらくらするくらいに立ち昇ってきた。アンナはそのせいで軽い頭痛がしたが、何度もその場所に母のお供をしなければならなかった。ロザーリエは重く湧きたつ蒸気を吸い、賛嘆の思いをこめて味わい、その場に立ち止まり、少し進んでまた立ち止まり、斜面に身をかがめてため息をついた。

「ほら、おまえ、なんてすばらしいんでしょう。これは自然が呼吸しているんですよ。そうよ、自然の甘い命の息吹だわ。太陽の熱を受けて、湿気に蒸らされて。その息吹が喜びにあふれて自然のお腹からわたしたちに吹いてくるのよ。ありがたく味わいましょう、私たちも自然のいとし子なんですからね」

「少なくとも、ねえ、ママ」、アンナは答えて、夢想家の腕を取り、不自由な足でその場から母を連れだした。「自然はわたしをそれほど好きではないわね。この匂いで安酒を作ってわたしのこめかみをずきずきと痛くしてくれてるわ」

「それはね、あなたがその頭を自然に敵対させているからよ」、ロザーリエが答えた。「せっかくの才能を自然に奉仕させないで、それを使って自然の上に出ようとするでしょう、自然をたんなる思索のテーマにするのよね、あなたのご自慢の言い方だと。そうして感覚の印象を、どこへ移してしまうのかわからないけど、冷たいものにしてしまうのね。わたしは尊重してますよ、アンナ。でもわたしが大好きな自然の立場だったら、あなたがたみんなのやり方に気を悪くするでしょうね」。そして大まじめでこう提案した。もし娘が抽象ということにとりつかれていて、なにがなんでも一《ひと》ひねり二《ふた》ひねりしなければならないなら、ぜひ香りを色で表すことを試みてはどうか、というのである。

彼女がこれを思いついたのは、七月も近い、菩提樹の花の咲く時期だった、――これはこれで彼女にとってまたしても他にかけがえのない大好きな季節だった。二三週間にわたって外の並木の樹木が、開かれた窓から、遅咲きの花の、言い表しがたく清らかで優しい香りの魔法によって家中を満たし、ロザーリエの唇からはうっとりとした微笑が消えることがなかった。そんな時に彼女は言ったのである。「あなたがたはこれを描いたらいいのよ。これで芸術家の腕を試しなさい。あなたがただって芸術から自然を根こそぎ追い払おうというわけじゃないでしょ。あなたがたの抽象だってやはり自然から出発して、感覚的なものをその精神化のために必要としているのよ。そう、香りは、こう言ってよければ、はっきり感知できて、同時に抽象的ですよね。見えないけれど、エーテルのように訴えかけてくる。その試みはきっとあなたがたを挑発するわ、目には見えずに人を喜ばせてくれるものを視覚に提供するんですもの。だって絵画はけっきょく視覚が頼りですものね。さあ、あなたがたのパレットはどこ？　幸せのもとをその上で混ぜて、色彩の幸せとしてカンバスに移してごらんなさい。『菩提樹の香り』とかタイトルをつけてもいいわね。あなたがたの狙いがどこに

の小さな枝が、我ここにありってがんばっているわ」

「ほんとね、ママ。すごいと思うわ、おっしゃる通りよ」、アンナが答えた。「でも、もしよければ、わたしはもう家へ帰りたいのだけれど。痛くて」

「痛いの？　それっていつもの——まあ、そうだったの、おまえ、わたしとしたことが、忘れていたなんて！　一緒に連れてきて悪かったわ。あの御老体に見とれて、あなたが前屈みになっているのに気がつかなかったなんて。ごめんね。わたしの腕につかまって！　さあ、行きましょう」

フォン・テュムラー嬢は以前から、生理が近づくと、ひどい腹痛に苦しめられていた、——それ自体はたいしたことではなく、とっくに慣れていたし、医者からもそういうものだと診断された体質的な痛みにすぎなかった。それはとにかく我慢するしかなかった。そんなわけで母親はやはり、短い帰り道、穏やかに慰めながら、悪気のない冗談を言い、それはそれとして、ここが特別なところだが、娘のそれをねたましく思い、痛みに苦しむ娘に語りかけたのである。

「ねえ、まだ覚えてる？」、彼女は言った。「最初の時からそうだったのよね。あなたがまだ小娘ではじめてあれが来て、あなたはほんとにびっくりしてた。で、わたしが説明してあげたの、それは自然で、そうならなければならないことで、嬉しいことなのですよ、って。そう、一種の記念日なの、だって、あなたが女として成熟してきたことを示しているんですからね、って。あなたは先触れでお腹が痛むのよね。たしかにうっとうしいわ、どうしても必要なことではないし。わたしにはそういう経験はないけれど、でも、そうね、あなたの他にも、痛みのあるケースを二三知ってるわ。わたしが思うに、痛みって、ブラボーよね。わたしたち女性の場合は、たぶん他の自然なできごとや殿方の場合とは違うのよ。男の人なんて、病気ですって時の他は、痛いことがないんですもの。だからものすごい苦しみよう。テュムラーも、あなたのお父様だけど、どこかが痛いとなると、たちまち大騒ぎでした。将校で、壮烈な最期だったのにね。わたしたち女性は違う、もっと辛抱強く苦痛に耐えるわ。私たちは我慢強いの。いわば苦痛にふさわしく生まれついたのね。だってわたしたちは何よりも自然で健康な痛みを知っていますもの、お産の時の神様に望まれた神聖な苦痛、あれはどこまでも女のものよ。男の人は免除されているというか、そもそも与えられていないのね。おばかさんの殿方は私たちの半分無意識の叫び声を聞いてきっと肝をつぶし、自分を非難して、頭をかかえこむんでしょうけど、わたしたちはどんなに叫んでいたって、心の底ではそういう男たちを笑っているわ。あなたを産んだときは、アンナ、そりゃあひどかった。最初の陣痛から三十六時間続いたのよ。テュムラーはその間ずっと家の中を歩き回って、頭をかかえてた。でもあれは大きな命の祝祭だったのよ。そしてわたしが叫んだのも、自分で叫んだのではなくて、叫び声がおこったのよ。苦痛の神聖なエクスタシーだったのよ。そのあとのエードゥアルトのときは、その半分もひどくなかったけれど、でも男の人だったら、それでもやっぱり勘弁してくれだったでしょうね。ほんとに殿方ってねえ、きっとご免こうむるんでしょうね。そうよ、苦痛って、それはふつう、体の中で病気が進んでいるっていう、親切な自然の警告のシグナルよね、――つまり、おーい、変なところがあるぞ、すぐに対策をとれよ、直接その痛みに対してというより、その痛みの意味するものに対してだぞ、って。わたしたち女性の場合もそういうことはあるし、その意味のこともあるわ、それはそうね。でも、あなたもよくわかっているように、あなたのそのお腹の痛み、生理の前の、それはそういう意味のものではなくて、何かを警告するものではないわ。女性の痛みの一変種で、だから尊いものなのよ。そういうわけなので、あなたもそれを女性の命の営みとして受けとりましょうね。いつだって、わたしたちが女でいる限り、もはや子供ではなく、まだ力つきた老婆でもないなら、わたしたちの母なる臓器の、強められはちきれそうな血液の活動は、くりかえしやってくるわ。それによって優しい自然は受精した卵子を受け入れる準備をしているの。そして、わたしの長い人生にけっきょく二回だけ、だいぶ年月を隔てて起こったことだけど、いったん受精卵ができると、あれは止まるのよ、月のものね。そうしてわたしたちは祝福された状態になるの。あ、ほんとに、はじめてあれが止まったとき、どんなに驚いて嬉しかったことでしょう、三十年も前よ！　それがあなただったの、ね、おまえ、あなたという祝福を受けたのよ。今でも覚えているわ、テュムラーに打ち明けることにして、真っ赤になりながらこの頭をあの人の頭にもたせかけて、ほんとに小さな声でこう言ったの。『ローベルト、そうなの、どの兆候を見ても間違いないわ、わたしね、できとうみたいなの』……」

「ねえ、ママ、お願い、そんなライン訛りはやめて。今はなにかいらいらするの」

「まあ、ごめんなさい、ほんとに。お腹が痛いのにもっといらいらさせようなんて、そんな気はまったくなかったのよ。あのときわたしは嬉しいのと恥ずかしいのが一緒になって、テュムラーに本当にそう言ったというだけなのよ。ところで、さっきは自然ということについて話していたのよね。自然と方言、わたしの印象では、これは、自然と民族の関係と同じくらい、おたがいに関係があるわ、――ナンセンスだったら、直してね、あなたの方がずっと頭がいいんだから。そう、あなたは頭がいい、そして芸術家として自然と最良の関係にはない。自然を精神的なものに変えないではいられないんですもの、立方体とか螺旋形とか。いま、あるものが他のものと関係があるという話をしたばかりですから、わたしとしては、それも関係があるのではないか、知りたいわね、あなたの自然に対する誇り高く才気に富んだ態度――そして自然が生理の時にそういうあなたに腹痛をおこさせる、この二つの間の関係を」

「まあ、ママったら」、アンナは笑い出してしまった。「ママこそ才気に富んだ叱り方ね。もう許されないくらい才気に富んだ理論をご自分でうち立てるなんて」

「そんなことであなたがちょっとでも楽しく思ってくれるなら、単純すぎる理論でもわたしには正しいものになるの。でも女性としての誠実な痛みについて言ったことは、ほんとうにそう思うし、励ましてもくれると思うわ。あなたは三十歳なのだから、自分が血潮の盛りの時にあることを、喜んで誇りにもしなさい。これは信じてね、もしわたしが今もあなたのようなら、どんなお腹の痛みだって喜んで我慢してみせるわ。

でも残念ながら、もうどうしたってそんなわけにはいかない、だんだん間遠《まどお》になって、不規則になって、もうこの二ヶ月きてないのよ。ああ、わたしには、聖書に書かれているみたいに、もう女の暮らしがないの、サラだったわね、そう、サラよ、あの人にはそれから受胎の奇蹟がおこった。でもそれはただ信仰のお話で、今ではもうおこらない話だわ。わたしたち女にもう女の暮らしがないのであれば、わたしたちはもう女ではない、わずかに女のひからびた殻にすぎない。使用済みになって、役に立たなくなって、自然から捨てられたのよ。ねえ、おまえ、これはたまらないことだわ。男の人の場合は、一生終わらなくてもいいのだと思う。そういう人を知ってるわ。八十歳になってもまだ女性を静かにしておかないの。あなたのお父様のテュムラーもそういう人だった、——中佐になってからだって、どんなにか大目に見てやらなければならなかったことでしょう。五十歳も男にとってはなんでもないのよね。ちょっとでもそんなことが好きな質《たち》なら、五十を越えてもまだまだ女道楽ができるのね。じっさい鬢《びん》が白くなっても、ただもう若いだけの小娘とうまくやってる男はずいぶんいるわ。でもわたしたち女に血と女の活動が保証されて、まるごと人間でいられるのは、総じて三十五年というところね。五十は女の停年よ。子を産む力がなくなって、自然の目にはただのがらくたになってしまうの」

自然に従順で仮借《かしゃく》ないこの言葉に、アンナは、多くの女がとうぜん答えたであろうものとは違う答えをした。彼女はこう言ったのである。

「ママったら、なんてこと言うんでしょう。年配の女性が人生をまっとうして、ママの好きな自然の力で新しい穏やかな状態に入っていく、そういう時その人に具わる気品というものがあるのに、ママはそれを中傷しているわ。そしてはねつけているように見えます。これまでより一段高い愛らしさという気品が具わって、それあればこそ隣人にも遠くの人にも、なお多くのものを与えたり、意味ある存在になることができるのに。男の人たちを、ママはうらやむお気持なのね。性生活の限界が女性よりも曖昧だから。でもわたしは、それがそんなにたいしたことかしら、うらやむ理由になるだろうかって思います。いずれにしても文明化したどんな民族も、いかにも落ち着いた年配の婦人に特別の敬意を示して、じっさいに神聖視してきたわ。そしてわたしたちも、ママのかわいく魅力的な、年齢ゆえの気品を神聖なものと思っているの」

「かわいい子」――そしてロザーリエは歩きながら娘の体を自分の方に引き寄せた――、「ほんとに美しく、賢く、みごとに話してくれるのね、お腹が痛いというのに。わたしこそあなたの痛みを慰めてあげようと思ったのに。あなたの方がばかな母親の、気品に欠ける悩みを慰めてくれるわ。でもね、その気品も、別れもほんとうに大変なことなの。ねえ、おまえ、体だけをとっても、新しい状態に入るのはほんとうに難しいことなんだから。それだけでもういろんな苦しみがあるの。それにやはり心というものがあって、気品だとか、人から尊敬される年配婦人の生活だとか、そんなものはまだたいして知りたくもないと、体の枯渇に抵抗するんですもの、――それはもうほんとうに大変なことなの。心が新しい体の状態に適応する、これ以上難しいことはないのよ」

「そうね、ママ、よくわかります。でも、ほら、体と心って、それは一つのものでしょう。精神は肉体に負けず劣らず自然ですもの。自然は精神を含んでいるのだから、ママも、心がいつまでも体の自然な変化と不協和のままかもしれないと、怯《おび》える必要はないわ。心は体から出てくるものにすぎないと思ってごらんなさい。そして大切な心が、変化した体の活動に適合するというあまりにも困難な課題を与えられたと思うとしても、心はすぐに気づきますよ、自分のすることは、変化した体の活動を受け入れて、心という場所でもその活動を行わせることだと。なぜって、体こそが先にその状態に合わせて心を作り出しているのですからね」

フォン・テュムラー嬢には、なぜ自分がそう言ったかわかっていた。なぜなら、仲の良い母親が右に記したように彼女に話したころ、家にはすでにしばしば、これまでよりも一つ多く、新しい顔が見られるようになっていたからである。そして困惑に満ちた展開がすでに始まっていたのである。アンナは何も言わなかったが、胸を痛めながら観察し、その展開を見逃さなかった。

新しい顔は、アンナの見るところ、ほとんど注目に値するところがなく、どんな精神の持主とも見えなかった。それはケン・キートンという名前の若い男の顔で、年は二十四歳くらい、戦争のせいでこちらに連れてこられたアメリカ人で、しばらく前からこの町に滞在し、あの家この家で英語を教え、あるいはまた金持の産業界のご婦人方から報酬を受けて英会話の相手に呼ばれていた。この男のことは、復活祭以降ギムナジウムの最上級生になったエードゥアルトが聞いてきて、週に二三度、午後、ミスター・キートンに英語を初歩から教わりたいと、母親におねだりをしたのである。というのもギムナジウムは彼にたくさんのギリシア語とラテン語を、そして幸いなことにこれ以上いらないくらいの数学も教えてくれたが、英語を教えてはくれなかった。ところが彼にはこれこそ将来の目標のためにひじょうに重要と思えたのである。退屈な人文科目をどうにか切り抜けることができたら、工業専門学校に入学しよう、そして、とこれが彼の計画だったが、その後はさらに学業の完成のために、イギリスか、あるいはまたただちに工業技術の黄金郷《エルドラド》、アメリカ合衆国に行こうと思っていた。それゆえ母親が、息子の意志の方向が明確で断固としていることを尊重し、その希望を進んで叶えてくれたことを、彼は喜び、感謝した。月曜日、水曜日、土曜日のキートンとの勉強は彼をおおいに満足させた。目的に適っていたし、新しい言葉を、初心者のようにまったく最初の基礎から、まずはプライマー、つまり子供用入門書を片手に習うのは、面白かったからである。単語、ひんぱんに現れるありえないような綴り、ひじょうに奇妙な発音。ケンは、たとえばlの音を、ライン訛り以上に喉の奥で形成し、またrの音は口蓋で巻き舌を使わずに響かせ、そういう引き延ばし誇張したやり方で、自分の母国語を茶化すかのように、生徒に発音の手本を示した。〈Scrr-ew the top on!（ふたを締めろ）〉と、彼は発音した。〈I sllept like a top.（ぐっすり眠った）〉〈Alfred is a tennis play-err. His shoulders are thirty inches brr-oaoadd.（アルフレッドは肩幅三

ケンは、本人が食事の席で話したところによると、アメリカ東部の小さな町で生まれた。その地で父親はいくつか職業を変え、ある時はブローカー、ある時はガソリンスタンドの支配人になり、それから不動産業で一時的に少し金を作った。その息子はハイ・スクールに通ったが、そこでは、彼の弁を信じるなら、――「ヨーロッパ式の考え方からすると」と、彼は敬意をこめて付け加えた――なんにも学ばなかった。そのあと、初めにあれこれ考えてというのではなく、いま少し何かを学ぶために、ミシガン州デトロイトのカレッジに入った。そこでは食器洗いや調理人、料理の宅配業やキャンパスの造園業など、手を動かす仕事で学費を稼いだ。フォン・テュムラー夫人は、そういう仕事をしていて、いったいどうしてそんなに白い、御主人様のとでも言えそうな手を保つことができたのか、と尋ねた。彼が答えるには、荒っぽい仕事の時にはいつも手袋をしていた。半袖のポロシャツとか、上半身裸という時でも手袋はしていた。向こうではたくさんの、というか、たいていの労働者はそうしている、たとえば建設労働者はプロレタリアートのいかついたこだらけの手にならないように、弁護士の書記のような手を保つために手袋をするのだ。で、その手に指輪をつけるのである。

ロザーリエはその風習をほめた。しかしキートンは言った。風習ですって？　その言葉はあの手袋にはお世辞が過ぎる、古いヨーロッパの風俗習慣という意味では――彼は「ヨーロッパの」と言うかわりにいつも「コンチネンタル」という言葉を使った――、あれは「風習」とは言えない。たとえば古いドイツの風俗習慣、「命の小枝」のようなもの――つまりクリスマスや復活祭の頃、若い衆がみずみずしいシラカバやヤナギの若枝で娘はもちろん家畜や木々までもたたく、「一発みまう」とか、「鞭《むち》で打つ」とか呼ばれているが、それで健康や多産を願っている、――そう、それこそ風習である。古い昔からの風習、自分はそういうのが好きなのである。春の一発おみまいや鞭打ちは「シュマックオースステルン」と呼ばれている。

テュムラー家の人々はシュマックオースステルンのことは何も知らなかったので、民俗に関するケンの知識にびっくりした。エードゥアルトは命の小枝で笑い、アンナは顔をしかめた。ロザーリエだけが客と意気投合してその話に夢中になった。客の話は続いた。それはたしかに労働者の手袋とは違うものである。そういうものはいくら探してもアメリカには見つからない。そもそもアメリカには村というものがないのだし、農民がぜんぜん農民なんかではなくて、他の人たち同様の企業家で、どんな風習も持っていないのだから。そうじて彼は、全体の外見からして紛れもなくアメリカ人であったが、その巨大な祖国に対してほとんど愛着を示さなかった。〈He didn't care for America.〉つまりアメリカは好きではなかった。そう、やたらにドルをかき集めたり教会詣でに耽ったり、成功神話と巨大な平均化、とりわけ歴史的な雰囲気の欠如、そういうもののせいでアメリカはおぞましいのである。もちろん歴史はある。でもそれは「ヒストリー」ではない。短い平板なサクセス・ストーリーにすぎない。たしかに広大な砂漠の他に、美しく雄大な景観もある。しかし「その後ろには何もない」。ヨーロッパではどこに行っても後ろにたくさんのものがあるのに。とくに深い歴史的なパースペクティブを備えた町の背後には。アメリカの町ときたら――自分は好きではない。きのう建てられたばかりなのに、明日はもう撤去可能みたいだ。小さな町は退屈な鳥の巣で、どれもこれも似たり寄ったり。大都市は、羽を逆立てた残忍な怪鳥で、買い集めたコンチネンタルの文化遺産を詰め込んだ博物館というおまけつき。盗んだよりも買い集めた方がいいには決まっている。でもはるかにいいわけではない。なぜならキリスト降誕後一四〇〇年や一二〇〇年のものは、どこにあるかによって盗まれたも同然になるからである。

皆がケンの遠慮会釈もないおしゃべりを笑い、またそれゆえに彼を非難した。しかし彼は、遠慮も会釈もあるからこそ、そう言うのだと反論した。つまりパースペクティブと雰囲気を尊重する気持である。一一〇〇年とか、七〇〇年とか、非常に早い歴史上の年数が自分の情熱であり、ホビーである。カレッジでは歴史の成績が一番良かった——歴史とアスレチックですね。もうずっと前からヨーロッパに惹かれていた、なにしろ昔の歴史上の重要な年数が目白押しですから。もし戦争がなかったとしても、水夫とか、皿洗いとかして、自前できっとこちらへ来たと思う、歴史的な空気を吸いたい一心で。ところが、自分にとってはもちろん渡りに船とばかりに戦争が始まり、一九一七年すぐにアーミーに志願し、トレーニングの間も、海の向こうに渡らせてもらう前に戦争が終わってしまうかもしれないと、ずっと恐れていた。それからちょうど期限ぎりぎりに部隊輸送の枠に入れてもらってこちらのフランスへ渡された。実際さらに、コンピエーニュの近くで戦闘にも加わって、その時に負傷したのであるが、非常に軽傷というわけでもなく、数週間病院で寝ていなければならなかった。腎臓の損傷であった。今も二つの腎臓の片方しか働いていないのだが、自分ではそれでじゅうぶん満足している。ともかく、と彼は笑って言った、自分は傷痍《しょうい》軍人みたいなもので、多少の廃疾年金ももらっているが、これは自分には撃ち砕かれた腎臓より価値があるのだ。

傷痍軍人みたいなところはぜんぜんないと、フォン・テュムラー夫人が断言すると、彼はこう答えた。「そうです、ありがたいことに。ちょっとした元手《オンリィ・ア・リトル・キャッシュ》ですね」

退院すると、勤務を辞めた。勇敢褒章をもらって、オノラブリィ・ディスチャージド、つまり名誉の除隊になった。そしていつまでということもなくヨーロッパに留まり、その地をすばらしい所だと思い、昔の歴史上の年数に夢中になった。フランスの大聖堂、イタリアの鐘塔や広場や柱廊、スイスの村落、ライン河畔のシュタインのような地域、それはもう本当にすばらしい《モスト・ディライトフル・インディード》。そしてどこに行ってもワインがある、フランスのビストロ、イタリアの小料理店、スイスやドイツのくつろいだ飲食店、「牡牛亭」とか、「黒人亭」とか、「きら星亭」とか、——海の向こうのどこにそういうものがあるだろうか。そもそもワインがない、あるのはただ各種ドリンクとウイスキーとラムばかり。エルザスやティロール、ヨハニスベルクの冷たく冷えたショッペンワインを歴史的な酒場やスイカズラの園亭でオーク材のテーブルについて楽しむなんてことはないのである。グッド・ヘブンズ！　アメリカの連中ときたら、やつらはそもそも生きることを知らないのだ。

ドイツ！　それこそ彼の大好きな国だった。まだ国内を広く歩き回ったわけではなく、ボーデン湖畔の村落とラインラントを知っているだけだったが。ただラインラントのことはかなり詳しく知っていた。その地の愛すべき陽気な人々、とくにちょっと酔っぱらった時なんか、とてもエマブルな、つまり愛想のいい人たちだ。それにトリーアとか、アーヘンとか、コーブレンツとか、聖ケルンとか、雰囲気いっぱいの古くて厳かな町がいくつもある。——アメリカの町に「聖なる」と付けてみたらい い——ホーリィ・カンザス・シティ、ははは！　ミズーリ川の水の精に守られた黄金の宝、ははは——パードン・ミー！　デュッセルドルフと、メロヴィング朝以来のその長い歴史については、ロザーリエと子供たちを合わせた以上に良く知っていた。宮《きゅう》宰《さい》ピピン、リントフーゼンの皇帝の城を建てたバルバロッサ、ハインリヒ四世がまだ子供のとき国王として戴冠したカイザースヴェルトのザーリア教会、ベルク公国のアルベルト、宮中伯のヤン・ヴェレム、そしてその他たくさんのことについてプロフェッサーのようにしゃべった。

はたしてロザーリエは、彼なら英語と同じように歴史も教えられると言い出した。

需要がないですからね、と彼が応じた。まあ、とんでもない、と彼女が答えた。たとえば自分自身が彼のおかげで、どんなに無知かよくわかったので、いますぐにでも彼の授業を受けたいくらいだ。「ア・ビット・フェイントハーティド」、つまり「ちょっと気後れしますね」と、彼が告白した。すると彼女はいささか聞き捨てならない意見を述べた。若者と年寄りの間に遠慮があるのは、せっかく生きているのにおかしなことだし、いわば辛いことでもある。若者は年寄りの気品を見て、自分たちの真っ盛りの青春は理解されないだろうと思いこみ、年寄りを避ける。そして年寄りは、若者を、それが若さだからこそ心の奥底では讃えながら、気品を保つために、その賛美を嘲弄と偽りのへりくだりの背後に隠した方がいいと思い込み、若者を避けることになる。

ケンは満足げに賛意を表して笑った。エードゥアルトは、ママは本を読んでるみたいだと言い、アンナは探るように母を見つめた。この母はミスター・キートンがいると、ほんとうに生き生きしていた。そのうえ遺憾なことに時々少し気取ってもいた。たびたび彼を招き、彼が片手で口を隠して「パードン・ミー」と言うときでさえ、母親のようなうっとりした表情で彼を見守っていた。アンナは、この若い男のヨーロッパ三昧や七〇〇年というような年数に対する情熱、そしてデュッセルドルフの古いビール酒場すべてに関する知識にもかかわらず、この人物になんの取り柄も見出さなかったので、母のその表情は彼女には母性という点でいささか疑わしく、気持の良くないものに思われた。フォン・テュムラー夫人は、ミスター・キートンのやって来る日が近づくと、神経質な不安にかられ、本当に鼻が赤くなっていないかと、うるさいくらい娘に尋ねた。じっさい鼻は赤かった、アンナは否定して安心させたのだけれども。そして最初はそうなっていなくても、その若者と一緒にいると、やはり異常なくらい強く赤みが増すのである。しかし母親はその時はもうそんなことは忘れているようであった。

アンナの目は正しかった。ロザーリエは息子の若い家庭教師に愛情を抱いて、自分を失い始めていた。この愛情が急激に兆してくるのに抵抗をせず、おそらくその愛情に気づきもせず、いずれにしてもそれを隠しておこうという特別な努力をしなかった。これが他人の身に起こったことなら彼女の女としての観察眼が見逃さなかったような数々の兆候、ケンのおしゃべりを聞いている時の甘ったるい妙にうっとりとした笑い、じっと見つめていちだんと増した目の輝きがふと消える、その様子を自分では見とがめられることはないと思っているようだった、――彼女がその感情を鼻にかけ、かえって誇りにさえ思って隠さずにいるのでなかったとしたら。

気をもむアンナの目に状況が疑う余地なくはっきりしたのは、夏のように暑い九月のある晩のことだった。ケンが食事の席に着いていて、エードゥアルトがスープのあと、あまりの暑さのために、ジャケットを脱いでもいいかと許可を求めた。若い者はなんであれ強制されたくないんだよな、ということだった。そしてケンも生徒の例に倣った。彼は、カフス付き長袖の色もののシャツを着ていたエードゥアルトとは違って、袖のない白いトリコットのシャツの上にじかにジャケットを羽織っていたので、それを脱ぐと腕がむき出しになったのだが、そんなことはまったく気にかけなかった、――見るからに立派な、まるまるとして、力強い、色白の、若々しい腕で、カレッジで歴史と並んでアスレチックも得意だったという話を、なるほどと思わせるにじゅうぶんだった。その腕を見たことがこの家の主婦に与えた衝撃など、彼は気づきさえしなかった。エードゥアルトもそれを知るだけの目を持たなかった。しかしアンナは、その衝撃を見て取り、苦痛と憐れみを覚えた。ロザーリエは熱に浮かされたようにしゃべったり笑ったりしながら、血を注がれたように真っ赤になったかと思うと、びっくりするほど青ざめ、これを繰り返した。目はその腕を逃れ、逃れたと思うと抑えがたく引き寄せられて、その腕に戻り、忘我の数秒間、深い官能的な悲しみの表情を浮かべてそこに留まったのである。

アンナはケンの単純な無邪気さを心から信じてはいなかったので、その様子に激しい怒りを覚え、適当な口実が見つかるや、開かれたガラスドア越しに庭から入ってくる晩の冷気に皆の注意を促し、風邪を引くといけないからと言って、ジャケットを着るように勧めた。しかしフォン・テュムラー夫人は食事が終わるとほとんどすぐに晩の集いを閉じてしまった。偏頭痛を口実にして、なにか逃げるように客におやすみの挨拶をし、寝室に引きこもった。背もたれのないソファーに横たわり、両手で顔を覆い、さらにそれを枕に埋めて、恥と驚きと喜びに圧倒され、自分の心にその情熱を告白したのである。

「ああ、どうしよう、あの人を愛しているわ、これまでなかったくらい愛している。いったいこれが理解できることだろうか。何と言ったって、わたしはもう引退してしまった身で、自然の力によって穏やかで気品にみちた初老の女の生活に導かれたはずなのに。わたしがまだ快楽をやめさせてもらえないなんて、いい物笑いではないだろうか。あの人の姿を見て愕然としながら喜びに思い乱れ、神々のような腕を見ては、あれに抱かれたいと狂ったように待ち望み、堂々とした胸を見ては、トリコットのシャツの下でそれがくっきりと際だつさまに一喜一憂し、そうして快楽を追うなんて。わたしは恥知らずの老婆なのだろうか。いいえ、恥知らずなんかではないわ、だって、あの人の前に出るとわたしは恥ずかしい、あの人の若さに対して恥ずかしい。あの人にどんなふうに向きあったらいいのか、あの人の目を、純朴で優しい少年の目をどうのぞき込んだらいいのか、わからない。あの目はよもやわたしに熱い思いがあろうなんて思ってもみないのだから。でもわたしは命の小枝で打たれてしまった。あの人が自分で、なんの予感もなく、あれでわたしを鞭打ち、一発おみまいしてくれたのだわ。わたしをシュマックオーステルンしたのよ。古い風俗習慣に対するあの人の若々しい喜びの中でも、なぜあのことに話がいかなければならなかったのかしら。今ではあの人が鞭を振るって目覚めさせると思うと、わたしの心のすべてが恥ずかしい甘さに満ちあふれ、浸される。あの人が欲しい——いったいわたしはこれまで欲しいと思ったことがあったのかしら。テュムラーは、わたしが若かったとき、わたしを欲しがった。わたしはそれを受け入れて、求婚を承知し、堂々としたあの人を夫に迎えた。そして夫の欲望のままに快楽に励んだのだわ。今度はわたしが欲しいと思っている、わたしから、直接に出たことなのだ。そして男が自分の選んだ女を見るように、あの人にわたしの目を向けたのだ——歳月がそうさせるのだわ、わたしの老齢とあの人の青春が。青春は女性的で、それに対する老齢の関係は男性的。でも欲しいと思う望みに喜びと確信があるわけではない。若さと自然そのものを前にすると、恥とためらいでいっぱいになる。年寄りは役に立たないんですもの。ああ、たくさんの苦しみが立ちはだかっている。だって、あの人がわたしの欲望を受け入れてくれると、どうして望むことができるだろうか。かりに受け入れてくれたとしても、わたしがテュムラーの求愛を承知したように、わたしの求愛を承知してくれるなんて。あんなしっかりした腕がついていて、女の子ではないんですからね、——とんでもないことだわ、あの人自身が欲望を持つ若い男ですもの。たいへんな艶福家という評判で、この町にも好きなだけ女がいるとか。それを思うと嫉妬に心がねじれ、叫び声を上げる。あの人は、ペンペルフォルト通りのルイーゼ・プフィングステンと英会話のレッスンをしている、それからあのリュッツェンキルヒェンとも。アメリィ・リュッツェンキルヒェン、夫は製陶工場のオーナーで、でぶで、いつもぜいぜい息を切らしていて、いかがわしい。ルイーゼはひょろ長くて、髪の生え際が薄い。でも三十八になったばかり、甘ったるい目つきを武器にしてるわ。アメリィの方がほんのちょっとだけ年上できれい。くやしいけどきれいだわ。あのでぶは女房に好き勝手をさせている。あの二人があの人の腕に抱かれて寝てる、なんてことがあるかしら。それとも二人のうちのどちらか、たぶんアメリィか、でもひょろ長いルイーゼってこともあるかもしれない、——あの人の腕、あれに抱かれたくてわたしはうずうずしている、二人の愚かな魂がどう頑張っても生み出せないような情熱をこめて。あの女たちは、あの人の熱い吐息や、唇や、体をなで回すあの人の手を楽しんでいるのだろうか。そう思うと、わたしの歯が、まだ丈夫な、ほとんど直したことのないこの歯がぎしぎしと鳴る。わたしはこの歯で歯ぎしりをする。わたしの体だって、あの女たちのよりましだし、ずっとあの人の手の愛撫に値するわ。あの人のためにどれほどの愛情を持っていることか。言葉に言えないどれほどの献身を！　でもあの女たちはしぶきを飛ばす泉で、わたしは涸れ井戸、もう嫉妬は似合わないのだ。嫉妬、心をさいなみ、消耗させ、歯がみさせる嫉妬！いつだったか、ロルヴァーゲンの家のガーデンパーティーで、機械屋のロルヴァーゲンと奥さんのところで、あの人も一緒に招かれていたけど、——わたしは、何も見逃さないこの目で、あの人とアメリィの間に視線と微笑がすばやく交わされるのを捉えたのではなかったかしら。あれはほとんど疑う余地もなく秘め事の合図だった。あの時すでにこの心臓は痛みにしばられてきゅっと縮んだけれど、それが嫉妬だなんて、わからなかったし、思いもしなかった。だってわたしは自分に嫉妬する力があるなんてもう思っていなかったもの。でもわたしにはその力があるのだ。今こそそれがわかる。それを否定しないどころか、この痛みのために歓声を上げる。体の変化とすばらしく不調和なのだから。心は体から出てくるものにすぎない、とアンナは言う。そして体が先にその状態に合わせて心を作るんですって？　アンナは物知りだけれど、何もわかっていない。いいえ、あの子が何も知らないなんて言うつもりはないわ。あの子は苦しんだ、無意味に愛して、恥にまみれて苦しんだ。だからいろいろなことを知っているわ。でも、心が体と一緒に変化して、穏やかで気品を具えた年配の女の生活に入るというのは間違いよ。なぜならあの子は、人生の盛りを過ぎて、もう手遅れという時期になっても、自然が心をみごとに花開かせるという奇蹟を信じていない。それをわかっていない、――愛と欲望と嫉妬に花開く、いま私はそれを経験して天にも昇る苦しみをなめているわ。高齢のサラは、小屋の扉の陰で、これから自分に贈られるものを耳にして、笑った。彼女の神は怒って言った、サラはなぜそれを笑うのか。わたしは、わたしなら、笑わなかったと思う。わたしは自分の魂と五感の奇蹟を信じるつもりだ。痛みと恥にまみれた魂の春という自然の奇蹟を尊重しよう。恥ずかしいという気持はこの遅い訪れによる恩寵だけに向けられていればいい……」

そうロザーリエはあの夜ひとりわが心に語った。燃え上がる不安に満ちた一夜と明け方二三時間の深い眠りのあと、目覚めて最初に思ったのはあの情熱のことだった。彼女はその情熱によって打ちのめされ、祝福されたが、それを拒み、身持ち正しくそれを退けることなど、心に浮かびさえしなかった。この愛すべき夫人は、その魂の、甘い苦しみの中で花開くという能力がいまも生き続けていることに感動していた。彼女はとくに信心深いほうではなかった。主なる神を頼ることはなかった。彼女の信仰は自然に向けられていた。そしてその信仰心のせいで彼女は、この自然がいわば自然そのものに反して彼女の中で起こしたことを賛美し、高く評価した。そう、それは自然な妥当性に反していた、魂と五感のこの開花は。なるほど胸をときめかせたが、しかし心を励ましてはくれなかった。世間の目に対して、それどころか仲の良い娘にさえ、とくにまた愛する男に対しては、隠し、黙っておかねばならなかった。その男はなにも察していなかったし、またその男に悟らせてもならなかった。なぜなら、どうして彼女に、その目を大胆にも開いて、彼の若さを見上げることが許されただろうか。

こうしてキートンに対する彼女の態度には、社交的に見て完全にばかげた卑屈と卑下の気配が混じることになった。ロザーリエは自分の感情を誇りにしながらも、それを態度から消し去ることができなかった。そしてそれは端《はた》で見ているアンナに、初めの頃の生き生きとした妙に陽気な振る舞いよりもずっと苦痛を与えた。ついにはそれはエードゥアルトの目にもとまった。そして姉と弟が皿の上に顔を伏せて唇を噛み、いっぽうケンは気まずい沈黙にわけもわからず、どうしたことかと周りを見回す瞬間が、一度ならず訪れた。エードゥアルトは折を見て姉をつかまえ、どういうことか説明してくれと迫った。

「ママはどうしちゃったの」、弟は姉に尋ねた。「もうキートンが好きではないんだろうか」。アンナが黙っていたので、若者は口を歪めて付け加えた。「それとも好きでたまらないんだろうか」

「なんてこと言い出すの」、すげない返事だった。「子供の口を出すことじゃないわ。エチケットを守って、よくわからないことは黙っていなさい！」さらに説教が続いた。

しろにすると言われても仕方がないわ。おまえの卒業試験――たしかにそれは重要なことです。古典語がひどく大変になって、猛勉強しなければならないというのもよくわかります。でも週に二三回の英語の授業、――エードゥアルト、おまえはそれが努力の追加になってしまって、休息や有益な気晴らしとしては役に立たない、なんて言うつもりではないでしょうね。それに――ここで個人的な、ご本人に関することを言わせてね――いまではケンとよばれているけれど、キートン先生はね、わたしたちの家ではもうとっくに、用済みになりましたと言って、さっさと解雇証明を出しておしまい、なんて間柄ではなくなっているのよ。使用人は出ていきなさい、とあっさり宣言するみたいな。あの人は家族の友だちになったのよ、いわば家族の一員よ。そんなふうにあしらわれたら、とうぜん傷つくでしょう。彼がいなくなったら、わたしたちみんな寂しくなるわ。とくにアンナは不機嫌になると思う。もしあの人がもう来なくなって、デュッセルドルフの歴史についての詳しい知識でうちの食事の席を賑わせ、ユーリヒ・クレーヴェ継承戦争や中央広場に立つ選帝侯ヤン・ヴェレムについて話してくれることもなくなったら。おまえもあの人がいなくなったら寂しいでしょう、わたしだってそうよ。要するに、エードゥアルト、おまえの提案は考えはいいけれど、実行する必要はないし、可能でもないわ。だから今のままにしておくのがいいの」

「ママの言うとおりに」と、エードゥアルトは言って、姉に自分の失敗を報告した。

姉が彼に答えた。

「そうだろうと思っていたわ、ねっ、きみ。ママは状況を根本的に正しく言い当てているわ。あなたがわたしにママに話してみると言ったとき、わたしもママと同じような懸念を持ったの。キートンが気持のいい社交家で、いなくなったら、わたしたちみんなが残念に思うだろうというのは、いずれにしたって、ママが正しいのよ。彼のことはこのままね」

　エードゥアルトはそう話す姉の顔をみつめたが、その顔はぴくりとも動かなかった。彼は肩をすくめ、出ていった。部屋ではちょうどケンが待っていた。二人でエマーソンとマコーリィを数ページずつ、それからアメリカのミステリーを読み、これは授業の最後三十分のおしゃべりの種になった。そしてケンは夕食に残った。もうとっくにわざわざ残れと言われなくなっていた。授業のあと彼が残るのはもう動かない習慣になってしまっていた。そしてロザーリエは、恥辱に濁り、不安におびえ、満たされることのない幸せのウィークデーに、家政婦のバベッテとメニューの相談をし、おいしい食事を調えさせ、こくのあるプファルツやリューデスハイムのワインを調達した。食事のあと居間でそれを飲みながらさらに一時間の歓談が続き、ロザーリエは普段の習慣以上にワインを飲み、分別も忘れて愛する男をもっと大胆に見つめようとした。しかしワインはしばしば彼女を疲れさせ、絶望的な気分にした。そんなとき彼女は、その場に残って彼の視線のもとで苦しみ続けるか、部屋に引きこもってひとり彼を求めて泣くか、その葛藤を戦い、そのつど前回とは違う結果に終わるのだった。

十月とともに社交シーズンが始まると、彼女は自分の家以外でもキートンに会った。ペンペルフォルト通りのプフィングステン家や、リュッツェンキルヒェン家、もっと大きなサークルでは主任技師のロルヴァーゲンの家で出会った。彼女は訪問する先々で彼を避けた。キートンの加わっているグループを離れ、別なグループで機械的におしゃべりしながら、彼が自分のところにやってきて、自分に関心を示すのを待った。キートンがどこにいるかをつねに察知していて、たくさんの声の混乱の中でその声を聞き取り、彼とルイーゼ・プフィングステンやアメリィ・リュッツェンキルヒェンとの間にひそかなしめしあわせのしるしを見て取ったと思ったときには、絶望的に苦しんだ。この若い男は、体格が立派で、心がひじょうに率直、愛想が良くて単純という他は、これといった取り柄もなかったのだが、このサークルでは好かれ、求められていた。外国の匂いがすればなんでも喜ぶドイツ人の弱点から楽しく利益を得ていて、自分のドイツ語の発音や、自分の使う子供っぽい言い回しがひじょうに受けていることをよくわかっていた。ついでに彼との英語の会話も好まれた。服装は彼の勝手に任された。夜会用の服などは持っていなかったが、どのみちこの数年、社交場の決まり事がゆるんできて、劇場の桟敷《さじき》でも、夜会の席でもタキシードはもはや厳格な条件ではなくなっていた。そして殿方の多数がそれを着用しているときでも、キートンは普通のゆるいカジュアルの装いで、ベルトを締めたブラウンのズボンにブラウンの靴、グレーのウールのジャケットという姿で歓迎された。

そういう格好で彼はのんびりといくつかのサロンの中を動いた。いっしょに英語を勉強しているご婦人方に取り入ろうとし、これから獲得しようと思っているご婦人方のところでは、テーブルに着くと、自分の国の習慣で、さいしょに細かく肉を切り、それからナイフを皿の縁に斜めに置き、左腕を下げ、右手でフォークをあやつって、切り刻んでおいたものを平らげた。この習慣をやめなかったのは、両隣のご婦人と向かいの殿方がひじょうに興味深そうに見つめているのを見たからであった。

ロザーリエとは喜んでおしゃべりをした、他の人たちから離れて、二人だけでも。——それは彼女が雇い主で「ボス」の一人だったからではなく、ほんとうに心を引かれたからであった。というのも、彼女の娘の冷たい知性と精神的な矜持《きょうじ》は彼に脅威を与えたが、それに対して母親の誠実な女らしさは彼の共感を呼び覚まし、その感情を正しく解釈することなしに（そんなことは思いもしなかった）、彼女から自分に向けられる温かさの中で愉快に過ごし、彼女の好意にいい気になって、そこに表れる緊張や不安や混乱の兆候をほとんど気にかけたことがなかったからである。むしろそれをヨーロッパ的な神経過敏の表れと解し、それゆえに高く買っていた。おまけに、彼女がどんなに苦しんでいても、その姿にはそのころ新たな開花というか、若返りが目立ってきていたので、それについて彼女にはいろいろとお世辞が並べられた。彼女の姿はこれまでもいつも若々しく保たれてきたのだが、このころ目立ったのは、美しいブラウンの目の輝きで、そこに熱病じみた熱いものがあったとしても、その輝きは彼女を魅力的にするのに役立っていた。それに顔色が良くなって、ときどき青ざめていることがあっても回復がひじょうに早かった。以前よりふっくらした顔の表情は話をするとき活発に動き、その会話はいつも楽しく、それによって彼女は、ふと表れてしまう表情の歪みを笑いのうちにとり繕《つくろ》うことができたのである。みな申し合わせたようにワインやパンチを飲んだので、パーティーは何度も大きな笑いに包まれた。そのためロザーリエの人柄としてはエキセントリックに見えたかも知れないことが、みなが一様《いちよう》にくつろいで、何かが変だなどとまず思わない雰囲気の中では、まるで目立たなかった。ケンがいる前で、婦人たちの誰かからこんな風に言われると、彼女はなんと幸せであったことか。「まあ、あなた、すばらしいわ。今晩はまたなんて魅惑的なんでしょう！　二十歳《はたち》の娘も形無《かたな》しね。どんな若返りの泉を見つけたのか、教えて下さいな」。そして愛する男が追認してくれる。「ほんとにそうですね《ライト・ユー・アー》。今夜《トゥナイト》フォン・テュムラー夫人は完璧にすばらしい《パーフェクトリィ・ディライトフル》」。彼女は笑った。そのときお世辞を言われた嬉しさのあまり、真っ赤になっている理由がわかってしまったかも知れない。彼女は彼から目をそらせたが、その腕のことを思って、またも心がとてつもない甘さに溢れ、満たされるのを感じた。これは今ではひんぱんに起こるようになっていた。そして他の人たちも、彼女が若いとか魅力的だとか言われるたびに、その様子を目撃せざるをえなくなったのである。

そのような夜会のあったある晩、パーティーが散会したあとのことだった。彼女は、心の秘密を、この許されない、苦しみに満ちた、しかし心を魅する魂の奇蹟を深く胸に秘め、友人である娘にさえも打ち明けないという決心に、みずから反することになった。話したいという抵抗しがたい欲求が、自分に与えた約束を破れ、賢い娘に打ち明けてしまえと、彼女に迫った。それはただ単に、愛情と理解のある関心を望んだからだけではなく、自然が自分の身に起こしたことを、それは何と言っても人間の身におこった注目すべき出来事なのだから、知性あふれる名誉の言葉に置きかえてもらいたいと思ったからであった。

二人の婦人はべたべたした雪の降る真夜中、タクシーに乗って帰宅した。ロザーリエは寒さに震えていた。「お願い」と彼女は言った。「ねっ、あと三十分あなたのところに寄らせて、あなたの気持のいい寝室に。寒いわ、頭が熱くて、眠ることなんてすぐには考えられそうもないの。つまり、お茶を入れてもらえたら、悪くないわね、ってことなの。ロルヴァーゲンのところのパンチはこたえたわ。ロルヴァーゲンが自分で混ぜてるんだけど、下手くそよね。得体の知れないオレンジ・リキュールをモーゼルワインとドイツ産のシャンパンに入れてるのよ。あしたはみんなひどい頭痛でしょうね。とんでもない二日酔《ハングオーヴァー》いよ。みんなって言っても、あなたは入ってないの。あなたは慎重で、飲みすぎたりしないもの。でもわたしはおしゃべりに夢中になると、グラスに注がれているのに気がつかないの。それで、まだ一杯目だって思ってしまうのね。そうよ、お茶をお願い、それでいいわ。お茶は興奮させるけど、落ち着かせてもくれるわね。熱いお茶は、飲むタイミングが良ければ、風邪の予防にもなるわ。ロルヴァーゲンの家は暖房の効き過ぎよね——わたしにはそう思えたんだけど——、そのあと、外はみぞれ。ひょっとしてあの雪の中に春の気配がなかったかしら。きょうの昼間、王宮の付属庭園でほんとうにその匂いを嗅いだと思ったわ。あなたのばかな母親は、冬至が過ぎて、日が長くなり始めただけで、すぐにそんな気になるの。電気ストーブをつけてくれるのね、いい考えだわ。ここはもう暖房が弱くなっているから。ねえ、おまえ、おまえはこんなにくつろがせてくれて、眠る前に二人っきりで少しお話しできるように、懐かしい雰囲気を作ってくれるのね。そうよ、アンナ、わたしはずっと前からあなたと話し合ってみたいと思っていました、——そうよ、あなたはそういう機会を一度も拒んだことはなかったわ。でもね、話し合うには、じっくり話すには、とくべつにうちとけた雰囲気が必要なことがあるの。自然に舌がほぐれるちょうど良い時間が必要なの……」

「どんなことなの、ママ。クリームは出せないわ。レモンを何滴か入れますか」

「心の問題よ、おまえ、自然の問題なの。あのすばらしい、謎に満ちた、全能の自然の。自然はときどきほんとに奇妙な、矛盾に満ちた、理解できないことをわたしたちに仕掛けてくるのですもの。おまえも知っていることよ。ねえ、アンナ、最近わたしは、あなたの昔の——ごめんね、あれに触れて——、あのころのブリュンナーとの出来事をどうしても思い出してしまうの。おまえは苦しんで、あるとき、いまのこの時間と似ていなくもなかったわね、わたしに訴えた。そして自分自身に憤慨して、その苦しみを屈辱とさえ呼んだのだわ。だって、あなたの理性、あなたの判断は、あなたの心とって言うか、あなたなら五感とって言うんでしょうね、それと衝突して、あなたを恥じ入らせたんですものね」

「適切な訂正だわ、ママ。心なんてセンチメンタルなたわごとよ。それとはまったく別なことを、心なんて言っちゃいけない。判断と理性が賛成しなかったら、わたしたちの心はそもそも何も言わないわ」

「あなたならきっとそう言うでしょうね。あなたは何であれ統一ということを大事にしていたし、自然はおのずから魂と体の調和を作り出すという考えでしたものね。でもね、あなたはあのころ不調和の中に生きていたの、つまりあなたの望みとあなたの判断が調和しなかった、それは否定できないでしょう。あなたはあの時はまだ若くて、自然に対してあなたの望みをなにも恥じる必要なんかなかった。その望みを屈辱的と呼んだ判断に対してだけ恥じていればよかったの。あなたの望みはあなたの判断に及第点をもらえなくて、そこにあなたの恥と苦しみがあったのだわ。だってあなたは誇り高い人だもの、アンナ、ほんとに誇り高い。だから、逆にただひたすら感情を誇りにする、つまり感情の誇りというものがありえる、その誇りは、感情がなにかに張り合って申し開きをしなければならないなんてことを拒絶する、――判断や理性や、それどころか自然そのものをさえ拒絶する、あなたはそういう考えをぜったいに認めないわね。そしてここでわたしたちは別れるのよ。なぜってわたしには心がなによりも尊いの。自然が心に、もはやそれにそぐわない感情を吹き込んで、心と自然との間に葛藤を生み出したように思えても、――たしかにそれは痛ましい恥辱だけれど、恥はただ体面を傷つけたことだけで、それ自体は甘美な驚きなのだわ。根本的には自然と命に対する畏敬の思いなの。だって、その命が生き終えたものによみがえることを、自然が喜んでいるのですから」

「大好きなママ」、アンナが答えた。「ママがわたしの誇りと理性に示してくれた名誉をまず返上させて。あのころ誇りも理性も、嘆かわしいことに、ママが詩的に心と呼んだものにあやうく負けるところだったわ、もし恵み深い運命が割って入ってくれなかったら。そしていま、わたしの心はわたしをどこに連れて行ってしまっただろうかと考えると、心の望むままにことが進まなかったことを、神様に感謝しなければならないの。だからわたしは人様のことをとやかく言える筋合いではありません。でもわたしのことはいいの、ママのことですよね。ママがわたしに打ち明けてくださるという名誉は、それはもちろん返上しないわ。だってそうですよね、ママがそう望むんですから。ママが言ってるのはそういうことよね。ただ漠然としていてはっきりしないの。だからお願い、さっきの言葉をどうママの身に引きつけて理解すればいいのか、教えてください」

「アンナ、おまえはなんて言うでしょう、もしおまえの母親が老齢の日々に、盛りの青春や成熟にのみふさわしくて、咲き終わった女には不似合いな熱い感情にとらわれているとしたら」

「どうして仮定法なの、ママ。明らかにそれはママのお話よね。ママは愛しているの？」

「その通りよ、かわいいおまえ！　まあ、なんておまえは自由に大胆に率直にその言葉を口にするんでしょう。とてもわたしの口からは言えないわ。わたしは長い間その言葉を胸の奥深くに閉じこめてきました、その言葉が語る恥ずかしい幸せや苦しみの一切合切《いっさいがっさい》といっしょに。——みんなに隠してきたわ、おまえにさえも、厳重に隠してきたのだから、母親の年配の女としての気品を信じていてくれたおまえは、そんなばかなと、びっくり仰天するでしょうね。そうです、わたしは愛しています。熱く恋い焦がれています。天にも昇る気持になり、苦しみに胸をふさがれます。おまえがかつて青春の日々に愛していた時と同じなの。わたしの感情は、かつてのおまえの感情と同じで、理性の前では持ちこたえられないの。自然が奇蹟のように贈ってくれた魂の春をどんなに誇りにしていても、やっぱり苦しんでしまう、かつておまえが苦しんだのと同じように。それでおまえに、もうなにもかも話してしまいたくて堪らなくなったのよ」

「大好きなママ！　どうぞわたしになにもかも話してみて。話すのが難しいときには、質問したらいいわね。その人は誰なの？」

「びっくりしてショックを受けるわよ。わが家の若いお友だち、おまえの弟の先生」

「ケン・キートン？」

「あの人よ」

「あの人なの。そう、いいわ。ママ、わたしが『理解できない！』って叫ぶだろうなんて、心配する必要はないわ。人ってそうするものだけど。わが身に置き換えられない感情を理解できないと非難するのは、安直で愚かなことだわ。でも――ママを傷つけてはいけないと思うのだけれど――理解するために質問を許して。ママは熱い感情にとらわれることについて、それはママのお年にはふさわしくないと言って、自分が抱いている感情は、自分がもうそれに値しないものだと、ご自身を非難なさった。でもママはご自分に尋ねてみたことはあるの、あの人が、あの若い人の方こそママの感情に値するかどうか？」

「あの人が、値するか、ですって？　なにを言ってるのか、よくわからないわ。わたしは愛しているのです、アンナ。ケンは、これまでわたしの目の前にあらわれた若い男性の中でいちばんすばらしい人です」

「だからママは彼を愛しているのね。原因と結果を入れ替えて、ひょっとして正しい順序に置き換えられないか、試してみませんか。ねっ、こういうことはないのかしら、ママがあの人の中に……あの人を愛しているからこそ、そんなにすばらしく見えるだけだ」

「まあ、おまえったら、切り離せないものを切り離すのね。このわたしの心の中で、わたしの愛とあの人のすばらしさは一つなのよ」

「でもママは苦しんでいる、大好きな、大切なママ、だからわたしはどこまでも助けてあげたいの。ねっ、試してみましょうよ、あの人を一瞬——ほんの一瞬よ、そしたらそれだけでもママの救いになるかも知れない——ママの愛の美化する光の中で見るのではなく、昼の光の下で、あるがままの姿で、感じのいい、人好きのする——そうね、わたしもそれは認めるわ！——その人好きのする若者として見たらどうなのかしら。あの人は事実そういう若者だけれど、でもあの人自身は、他人がその人のために情熱を燃やしたり苦しんだりするどんな根拠にもならないのではないかしら」

「悪気ではないのよね、アンナ、わかっていますよ。わたしに良かれと思っているのよね。それは疑ってなんかいません。でもあの人を犠牲にするのはいただけないわ。

あの人を悪く言うなんて、だめ。だっておまえの言う『昼の光』はそういうことですもの。あれは間違った、錯覚させるだけの光よ。おまえはあの人を感じがいいとか、ただ人好きのするだけだとか言って、それであの人が凡庸で何の取り柄もない人間だと言いたいのね。でもあの人は本当に並はずれた人だわ、その人生が感動ものよ。あのシンプルな履歴を考えてごらんなさいな、鉄の意志で働きながらカレッジに通い、歴史と体育で衆に抜きんでていて、それから軍旗のもとに急ぎ、兵士として、それは立派で、ついには名誉の除隊《オノラブリィ・ディスチャージド》になった……」

「ごめんなさい、不名誉の罪を犯さなければ、誰でもそうなるのよ」

「誰でも。おまえはいつもあの人の凡庸さをほのめかして、直接ではなくても、あてこすりみたいに、あの人は単細胞だ、単純な若造だと決めつけて、わたしに諦めさせようとするのね。でもおまえは忘れていますよ、単純さは崇高で、勝利に満ちたものでもありえるの。あの人の単純さの背後には、遠い祖国の偉大なデモクラシーの精神があるのですからね……」

「あの人は自分の祖国がぜんぜん好きではないのよ」

「だからこそあの人は祖国の本当の息子なのよ。そして歴史的なパースペクティブと古い風俗習慣のために ヨーロッパを愛しているのですから、それもあの人の優れたところだし、他の人たちとは違うところだわ。それにあの人は祖国のために血を流した。おまえは、オノラブリィ・ディスチャージドくらい、誰でもなるって言うけれど、勇敢褒章は誰にでも授与されるものなの？　英雄的な勇気をもって敵に立ち向かい、負傷した、たぶん重傷を負ったというしるしの名誉負傷勲章《パープル・ハート》なのよ」

「ああ、ママ、戦争ではこの人が死んで、あの人も死ぬわけではないのよ。この人が死んで、あの人は生き延びるの。それはたぶん、この人やあの人の勇敢さとは関係のないことなの。脚をもがれたり、腎臓を撃ち砕かれたら、勲章はその不運に対する慰めであり、ちょっとした埋め合わせなのよ。勲章が特別な勇敢さのしるしなんてことはまずないのよ」

「いずれにしたってあの人は腎臓の一つを祖国の祭壇に捧げたんだわ！」

「そう、運が悪かったのね。でもありがたいことに腎臓は一つでもどうにかやっていける。でも、どうにかね。それはやはり欠陥であり、障害なの。それを思うと、あの人の若さのすばらしさも少し限定される。あの人を昼の光で見て、と言ったけれど、あんなに立派な――それとも正常な、と言おうかしら――あの姿にもかかわらず、あの人が肉体的に完璧ではなく、傷痍軍人であり、もはや完全に欠けるところのない人間ではないという事実が、昼の光で見えてくるわ」

「まあ、なんてことでしょう、ケンがもはや完璧ではない、完全な人間ではない！　かわいそうな子、あの人はすばらしく完璧で、腎臓の一つくらいなくてもへっちゃらだわ、——これはあの人だけの意見ではなく、みんなの、そう、あの人を追いかけているご婦人たちの意見でもあるの。なにしろあの人はそのご婦人たちのところでお楽しみなのですからね。ねえ、賢いアンナ、どうしてわたしがおまえにこの打ち明け話を始めたか、その肝心な理由がわからないの？　わたしは聞きたかったの、あなたの率直な意見を知りたかったのよ、あの人がルイーゼ・プフィングステンとできているのか、アメリィ・リュッツェンキルヒェンとはどうなのか、おまえの観察と確信を知りたいの、もし二人ともなんてことになったら、あの人は完璧そのものでしょうよ。わたしが身をさいなむ疑いに迷っているのは、そのことなの。わたしはおまえにずばりほんとのことを言って欲しかった、だっておまえは、わたしなんかより落ち着いて、いわば昼の光でものごとを観察できるのですから……」

「かわいそうな、大好きなママ、そんなに自分を苦しめて、そんなに悩んで！　ほんとに気の毒だわ。でも、いいえ、わたしは信じないわ――あの人がどう暮らしているかなんてほとんど知らないし、それを探り出す役目があるとも思わない――、でも、あの人がプフィングステン夫人やリュッツェンキルヒェン夫人と、ママが邪推するような関係にあるなんて、信じないし、聞いたこともないわ。ですからね、どうかその点は安心して！」

「なんて優しいの、わたしを慰めようと、わたしの苦しみにバルサムを垂らそうと、同情からそんなふうに言うのでなければいいのだけれど。でも、いい？　同情も――たぶんわたしはおまえにそれも求めているのだろうけれど――ここは出る幕ではないの。だってわたしは苦しみと恥辱の中で幸せだし、この魂の苦しみの春を誇りに思っているのですもの。ですからね、もしわたしが見かけだけでも同情をねだっているように見えたら、いま言ったことを思い出して！」

「ねだってるなんて思わないわ。でも幸せと誇りは、この場合、苦しみとしっかり結ばれています。幸せも誇りも苦しみと一つになっている。たとえママが同情を求めていないとしても、それでもやはり、ママを愛し、ママがご自身を思いやってそのばかげた呪縛から解放されたいという気持になって欲しいと願っている人たちは、ママに同情を寄せるわ……こんなことを言ってごめんなさい！　言葉が間違っていたわ。でもわたしは言葉の心配なんかしていられないの。ママ、わたしはママのことが心配なの。きょうはじめて心配したわけではないし、ママの告白を聞いたからでもないの。もちろん告白には感謝しているわ。ママはたいへんな克己心でその秘密を心の中に閉じこめてきました。でもね、そういう何かがあったということ、この数ヶ月ママがまったく特別な、奇妙な状態にあったということは、ママを愛する人たちの目には、隠れようもなかったの。その人たちは複雑な気持で見ていたわ」

「『その人たち』って誰？」

「わたしのことなの。ママはさいきん目立って変わったわ、――つまり、そう、変わったのではない、言い方がよくなかったわ。ママは同じママよ、ママが変わったというのは、一種の若返りがママの全体の上に訪れたということなの、――でもこれも正しい言葉ではないわね。なぜって、もちろんママの姿が実際にこれと指摘できるように若返ったという問題ではないのだから。でもわたしの目にはときどき、何かの瞬間に、どこか幻覚のように、まるでいまの優しい年配のお姿から、子供のころ見慣れた二十年前のママがとつぜん現れてくるような気がする時があったの、――そうね、もっとそれ以上だわ、とつぜん、わたしが見たこともないママを見ているように思ったわ。つまり、ママが小さな少女だったころは、こんなご様子だったのかしら、と思えるような。もしそれがたんなる錯覚だったとしても、でも、そこにはなにかリアルなものがあったのだけれど、この錯覚はわたしを喜ばせ、喜びのあまりきっと心をはずませたでしょうに。そうでしょう？　でもそうならなかったの。わたしの心を重くしただけ。そして、ママがわたしの目の前で若返ったまさにその瞬間、わたしは恐ろしいほどママがかわいそうでならなかった。だって同時にママが苦しんでいるのがわかったのですもの。そしてわたしが話したあの幻覚は、ただママの苦しみに関係しているだけではなくて、まさにその苦しみが表れたのだ、表に出たのだとわかったの。ママの表現を借りると『苦しみの春』ですよね。大好きなママ、どうしてそんな言い方をするようになったのかしら。ママらしくないわ。ママは率直な人柄で、だからこそ最高にかわいらしいの。ママの目は善良に明るく自然と人の世を見てきて、書物の中はさまよわなかった。決して読書家ではなかったわ。今までは詩人の作るような言葉なんか必要としなかった、ああいう傷ついた、病んだ言葉なんて。それなのに今そんな言葉を使うなんて、そこには何か……」

「何があるって言うの、アンナ。詩人がそういう言葉を必要とするのは、どうしてもそういう言葉が必要だからよ。感情と体験が詩人たちの中からそういう言葉を押し出すのだわ。わたしも同じなの、おまえはわたしにふさわしくないと言うけれど。でもそれは間違っている。言葉の方から、それを必要としている人の方にやって来るの。そういう人はその言葉を恐れないものだわ、だってそれは自分の中から押し出されてきたんですもの。それとおまえの言う錯覚とか、幻覚ね、おまえはわたしの姿にそれを見ると言うけれど、その説明をしておきたいわ。それはあの人の若さのしたことだったのです。それは、あの人の若さと同じでありたい、若さに対する恥と屈辱のうちに滅びるのはご免だという魂の格闘だったのよ」

アンナは泣いた。二人はたがいに抱き合い、涙が混じりあった。

「その幻覚みたいなものも」、足の不自由な娘は気持を励ましながら言った。「ママがいま言ったことも、ねっ、ママ、ママが使うと外国語みたいだわ。ママの言葉は、あの幻覚と同じで、ママの口から出ると、なにか破滅の匂いがする。この不幸な感情の襲撃はママを破壊する。わたしの目はそれを見て、わたしの耳はママのお話にそれを聞き取るわ。わたしたちはそれを止めなければならない、終わらせなければならない。

どんなことをしても、ママをそこから救わなければならない。ママ、会わなければ、忘れるわ。問題は決心しだい、決心一つで救われるのよ。あの青年はもうわたしたちのところに来てはならない、わたしたちは彼におしまいだと言わなければならない。それだけではじゅうぶんではないわ。ママはよそのパーティーでも彼には会わない。そうよ、彼にこの町を離れてもらわなければならない。わたしが、そうするようになんとか話してみます。友好的に話してみるわ。あなたはここで自分を失い自分を浪費している、デュッセルドルフはとっくに用済みだろう、いつまでもここに引っ掛かっていてはならない、デュッセルドルフがドイツではない、もっとよく、もっと広くドイツを知らねばならない、ミュンヘン、ハンブルク、ベルリン、まだいろいろあるのだから、端から試してみなければならない、活発に動き回って、あちこちで暮らしてみて、それから故郷に帰る、それが当然の義務である、そしてヨーロッパで傷痍軍人の外国語教師なんかやってないで、まともな職業につかねばならない。そんなふうにぶつけてみるわ。わたしがこんこんと言い聞かせてみせます。それでも彼がうんと言わないで、いろいろ結びつきができてしまったデュッセルドルフに居座るなら、その時は、ママ、わたしたちが出ていきましょう。この家を手放して、ケルンかフランクフルトに移りましょう、タウヌスのどこか美しい村でもいいわ。ママは、ママを苦しめ、ママを破壊しようとしたものを、ここに置いていくのよ。そして『もう会わない』の助けをかりて忘れるのよ。もう会わないだけでいい、それはきっと助けになるわ。だって、忘れることができないということはないのだから。ママは、忘れるのは屈辱だと言うかもしれない。でも人は忘れるものよ、それを信じて。そしたらママはタウヌスで大好きな自然を満喫し、もう一度わたしたちの懐かしい、昔からのママになるわ」

そうアンナは痛切な思いを込めて話した。しかし、そのむなしさ！

「やめて、やめて、アンナ、おまえの話はもうたくさん。聞いていられません！　おまえはわたしと一緒に泣いてくれる、おまえの心配には思いやりがいっぱい。でもおまえの言うことは、おまえの提案は、不可能です、ぞっとするわ。追い払うんですって、あの人を？　引っ越すの、わたしたちが？　おまえの心遣いはどこに迷い込んでしまうの。おまえは大切な自然を持ち出すけれど、おまえのあしようこうしようは、自然をぶちのめすものだわ。おまえは、わたしが苦しみの春の息の根を止めて、自然をぶちのめすことを望んでいるのね、自然が奇蹟のようにわたしの魂を祝福してくれた春なのに。それはなんて罪でしょう、なんて忘恩でしょう、なんて不実でしょう、自然に対して。そして自然の慈悲深い全能への信頼をなんと手ひどく裏切ることでしょう。覚えているわね、――サラ、あの女がどのようにしてわが身に罪を負ったか。あの女は戸口の陰でひそかに笑って言った。『自分は老いている。この年寄りがまだ喜びを育むというのか。わが主人も老人なのに』。でも主なる神はそれが気に障ってこう言ったの。『なぜサラはそれを笑うのか』。わたしの考えでは、彼女が笑ったのは、自分の涸れしぼんだ老齢のせいというより、彼女の主人であるアブラハムもたいへんな年寄りで、ほんとに高齢の極みにあって、もう九十九歳だったからよ。九十九歳の男と喜びを育むなんて、どんな女がそう考えて笑わないでいられるでしょう、たとえ殿方の愛の営みの終わりが、女性の場合よりいつとはっきり決まっていないとしても。でもわたしの崇める人は若い、若くて、血気盛んだわ。だからわたしにはサラよりずっと簡単で魅惑的にならないわけがないの、あれを考えることが。――ああ、アンナ、おまえはわたしに誠実よね、わたしは喜びを育むわ、この血の中に、わたしの望みの中に、恥にまみれ、嘆きに満ちた喜びを。その喜びを絶つことはできない、タウヌスに逃げることはできない。だから、もしおまえがケンを説き伏せて、追い払ったら、――間違いなくわたしは、死ぬまでおまえを憎み続けるわ！」

たがのはずれた、酔ったようなこういう言葉を聞かされて、アンナの苦痛は大きかった。

「大好きなママ」、彼女は押し殺したような声で言った。「とても興奮しているのね。ママにはいま休息と眠りが必要です。飲み水にカノコソウエキスを二十滴入れましょう、二十五滴でもいいわ。この無害なお薬はときどきとても役に立つことがあるの。安心して。わたしが勝手にママのお気持に逆らって何かするなんてことは絶対にないから。お薬とこの約束で心を鎮めて下さいな、今はそれがいちばん大事なことなの。キートンのことを悪く言ったけど、ママの愛情の対象としては尊重してるわ、ママの苦しみの原因としてはいまいましく思わないではいられないけど。だから、あんな話し方をしたのは、ママの気持を軽くしようと思ったからだ、とわかってほしいの。わたしを信頼してくれて限りなく感謝しています。わたしに打ち明けて少しはママの心が軽くなったのならいいけど、いえ、そうだと信じます。もしかすると、この打ち明け話はママの回復のための前提だったのかも知れない――ママが心を鎮めるための、という意味よ。優しくて、快活で、わたしたちみんなにとって大切なママの心は、きっと回復するわ。苦しみながら愛する心――その心は、こう言ってよければ、時とともに、苦しむことなく理性に従って愛することを覚えるでしょう、ママもそう思わない？　そうね、愛というのは――」（アンナはこれだけのことを言う間に、そっと母親をその寝室に連れて行き、グラスにカノコソウエキスを垂らしてやった）「愛は、どんなものでもありえるわ。愛という言葉はなんと様々なものを覆っていることか。それでいて愛はいつも一つ同じ愛なのですよね。例えば、息子に対する母親の愛――エードゥアルトがママと特に親密でないのは、わかっています――、でもこの愛はとても深く、とても情熱的にもなりえるわ。優しくて、同性の子供への愛とはだんぜん違っていて、でも一瞬だって母性愛の枠からはみ出すことがない。どうかしら、ケンがママの息子であってもおかしくないという事実を利用して、ママがあの人に抱いている愛情を母性的なものに切り下げ、ママの救いのためにそれを母性的なものに移し変えてみたら？」

ロザーリエは涙にくれながらほほえんだ。

「体と魂がほんとうに融和しあうように、というわけね？」彼女は悲しそうにからかった。「おまえのことを愛してますよ。なんてことでしょう、わたしはおまえの賢さをあてにして煩わせ、無理強いし、悪用しているのね。わたしが間違っているわ。だってあなたの賢さをむなしく苦しめているだけですもの。母性的なもの――それはけっきょくタウヌスのようなものです……話し方が変ではない？　死にそうなくらい疲れた。おまえの言うとおりよ。ありがとう、辛抱強く聞いてくれて。おまえがわたしの愛情と呼ぶもののために、ケンを尊重してくれることにも感謝するわ。でも尊重しながら、あの人を憎まないで！　もしおまえがあの人を追い払ったら、わたしがおまえを憎まなければならなくなるでしょう。あの人は、自然がわたしの魂に奇蹟をおこす手段なのです！」

アンナは母の寝室から出ていった。一週間が経ち、その間ケン・キートンはテュムラー家で二回夕食をとった。一度目はロザーリエの親戚で、デュースブルクから来た中年の夫婦が同席した。夫人の方がロザーリエのいとこだった。アンナは、ある種の関係と心の緊張からは、人目に立つ霊気のようなものが、まったくの局外者にもほとんど避けがたく伝わっていくものだと思っていたので、客の様子を鋭く観察していた。彼女は、母のいとこが二三度けげんそうにキートンと女主人との間を交互に眺めるのを目にした。そのうえ一度は夫の口髭《ひげ》の中に微笑が浮かぶのを見た。この夜はさらにまた母に対するケンの態度が変わったのも認めた。彼は相手に合わせて挑発的に態度を変え、母がやっとの思いで彼の存在を無視するそぶりを装うと、それを甘んじて受けようとはせず、母が彼の方を向かざるをえないようにしむけたのであった。——二度目の時は家族以外の人はいなかった。フォン・テュムラー夫人は、娘とのあの会話にヒントを得て、その娘に当てつけた、滑稽な振る舞いをやってみせた。そうすることで彼女は娘のある種の忠告をあざけり、同時にそれを茶化して自分の利益を引き出したのである。そのときは、前の晩ケンが盛大に飲み歩き、札付きの弟子一人と工場主の息子二人という悪友どもと昔ながらのビールのはしご飲みを敢行し、この話はエードゥアルトがばらしたのだが、その彼の言う第一級のハングオーヴァー、つまりとんでもない二日酔いに悩まされながらテュムラー家にやって来た、そういう次第が露見したのであった。別れ際、おたがいにお休みなさいを言ったときに、ロザーリエはこずるく興奮した様子でいっしゅん娘をみつめた。そう、はじめは視線をまだ娘に向けたまま、早くも若い男の耳たぶをつまんで、こう言ったのである。

「さて、息子さん、ロザーリエ・ママの本気のお説教を良く聞いて、胸にしまっておきなさい。ママのおうちはお行儀の良い人たちだけしか入れないの、ほとんどまだドイツ語が話せないとか、くたびれて目を開けていられないとか、そういう夜遊び好きやビール好きの傷病兵は立ち入り禁止なのよ。耳に入った、役立たずさん？　素行をあらためなさい！　悪ガキどもが誘いに来ても、ついていくんじゃないのよ、これからはおまえの健康をだいなしにしないように！　素行をあらためますか、直しますか？」彼女はそのあいだずっと彼の耳たぶを引っ張っていた。そしてケンは、軽く引っ張られたのに大袈裟にぐらつき、その罰がなんだかひどくこたえるようなふりをして、彼女の手の下でひどいしかめっ面を作って体を歪め、そうしながらきれいな真っ白な歯をのぞかせた。彼の顔は彼女の顔のすぐ近くにあった。間近にあるその顔をのぞき込んで彼女はさらに続けた。

「なぜって、おまえがまたそんなことをして、素行が直らないならね、お行儀の悪い息子さん、おまえを町から追い出しますからね、わかった？　おまえをタウヌスの静かな村に送りますよ、そこは自然はとてもきれいだけれど、誘惑なんてぜんぜんないの。だからおまえは農家の子供たちに英語の授業でもしたらいいわ。今回だけはゆっくり休んで、二日酔いを直しなさい、悪い子ね！」そして彼の耳を離し、間近にあるその顔から離れると、こずるく青ざめた顔でもう一度アンナを見つめ、行ってしまった。

一週間後、異常なことが起こった。それはアンナ・フォン・テュムラーをこれ以上ないくらい驚かせ、感動させ、混乱させた――混乱させたというのは、母親のためにはそれを喜んだのだが、喜びながらもそれを幸福とみなすべきか、不幸と見なすべきか、よくわからなかったのである。午前十時に小間使いから奥様の部屋にお出でいただきたいと言われた。この小さな家族は別々に朝食をとったので――さいしょにエードゥアルト、それからアンナ、最後に女主人の順であった――、けさはまだ母親に会っていなかった。ロザーリエは自分の寝室の寝椅子に横たわっていた。軽いカシミアの毛布をかけ、少し青ざめていたが、小さな鼻が赤らんでいた。母は足音をたてながら入ってきた娘に、少しわざとらしく疲れたような笑顔でうなずきかけ、自分からは何も言わず、娘から尋ねるようにしむけた。

「どうしたの、ママ？　病気ではないの？」

「いいえ、違うわ、心配しないでね。これは病気ではないの。あなたを呼んでこさせるより、自分であなたのところに行って、挨拶しようかと、だいぶ迷ったのよ。でもいまは少し安静が必要なの、わたしたち女性が時々そうなるように静かにしている必要があるの」

「ママ！　いまのお話はどう理解したらいいの？」

するとロザーリエは体を起こして、娘の首に自分の腕を回し、娘を自分の方に、寝椅子の端に引き寄せると、頬に頬をよせ、娘の耳に、早口で、嬉しげに、一息で、ささやいた。

「勝ったわ、アンナ、勝ったのよ。また来たの、あんなに長いことなかったのに、また帰ってきたわ。すごく自然で、まるでみずみずしい女盛りみたい！　ねっ、なんて奇蹟でしょう！　偉大で善良な自然はわたしになんという奇蹟をおこすのでしょう。そうしてわたしの信仰を祝福してくれたのだわ。だってわたしは信じたのよ、アンナ、だから笑わなかった。善意の自然はそれを褒めてくださって、わたしの体にすでに起こってしまったように思えたことを撤回して、あれは間違いだと証明して、魂と体の調和を回復してくださった。でもそれは、あなたがそうなれと望んだのとは別な形だったのよ。魂が従順に体の働きかけを受け、体に導かれて年配の気品ある状態に移っていくということではないの。そうではなくて逆よ、逆なのよ、ねっ、おまえ、魂こそが体に対して支配者だと証明するの。おめでとうと言って。ねえ、だってわたしはほんとうに幸せなんですもの！　わたしはもういちど女になった、足らないところなんかない人間で、女として能力がある。だから、夢中になった男の若さに自分が値すると思っていいのよね、その若さの前で無力感にさいなまれ、目を伏せる必要はもうないんだわ。あの若さがわたしを打った命の小枝は、魂だけでなく、体にもあたり、この体をもういちど流れる泉に変えたのだわ。わたしに接吻して。わたしたち仲良しよね、わたしに幸せねって言って。このとおり幸せよ、そしてわたしと一緒に偉大で善良な自然を讃えて！」

彼女は寝椅子に身を沈め、満足げにほほえんだ。小さな鼻は真っ赤だった。

「大好きな優しいママ」、アンナは一緒に喜びたいとは思いながら、どこか重苦しい気分で言った。「ほんとにたいへんな感動的な出来事ね。ママの自然がどんなにすばらしいかということのしるしなのね。だってママの感情を生き生きと蘇らせてその力を発揮した上に、こんどはその感情に体の営みを左右する力を与えたのですものね。ほら、わかるでしょ、わたしはママの考え方を全面的に受け入れているわ。ママの体に起こることは、魂のしわざだ、ママの若く強い感情のなせるわざだ、そういうことですよね。そういうことについてわたしもときどき話したかも知れないけれど、——

わたしを俗っぽいと思わないでね、わたしが体に対する魂の全権を奪って、体にのみ相互の関係の決定権を与えたからといって。魂と体が互いに依存しあっていることくらい、自然とその統一についてなら、そのくらいのことはわかっています。どんなに魂が体の状態に左右されるとしても、――魂がその力で体に対してできることは、しばしば奇蹟に近づくのですね。ママの実例はそのもっともすばらしいものの一つだわ。でも、それでも、言わせて欲しいのだけれど、この美しい、晴れやかな出来事は、ママもそれを誇りに思っていて――もちろん、ママがそれを誇りに思うのは当然なのだけれど――、わたしは、こういう人間だから、どうしてもママのような印象を持つことができないの。それで何がどう変わるのか、と思ってしまうの。ママはすばらしいわ、でもママの自然――というか自然一般に対するわたしの賛美の気持がこれで本質的に高まるというわけではないの。わたしは足が不自由で、娘のまま老いていく身だから、体のことをあまり重大視しないのにもそれなりの理由があるんでしょうね。ママの感情のみずみずしさ、それは高齢の体の状態に真っ直ぐ逆らっていて、わたしにはそれだけでじゅうぶんすばらしく思えるわ、それだけで立派な勝利だと。――いま、ママの心の荒廃の無さが体の出来事に結びついたということよりも、感情のみずみずしさの方が、魂のより純粋な勝利のようにわたしには思えたくらいなの」

「待って、やめてちょうだい、いい子だから！ あなたが感情のみずみずしさと呼んだもの、あなたはそれを喜んだと言うけれど、程度はどうあれ結局は率直に、それは自分で自分を笑いものにする愚かしさだと、そうわたしに思わせようとしたのよね。そして、母親らしい年寄りの分際《ぶんざい》に退きなさい、わたしの感情を母親としての感情に引き下げなさいと忠告した。どう、それはちょっと早過ぎたのではないかしら。あなたもそう思わない、アンナちゃん？ 自然がそれには反対だと言ってくれました。自然がわたしの感情に同調して、誤解の余地もなくはっきりと教えてくれたんだわ、わたしの感情は自然に対してなにも恥じることはない、感情の相手の花咲く若さに対しても恥じることはないと。それでもあなたは、何がどう変わるのかと思うの？」

「ママってほんとに素敵な人ね。わたしが言ったのはね、決して、自然の言葉を軽視するということではないのよ。なによりも、自然のお告げを受けたママの喜びを減らしてやりたいなんてまったく思ってないわ。そんなことは信じないでね。それが起きたからといって何が変わるのかと言ったのは、外側の現実に関してだったの。いわば実際的なことですね。あの若い男——こんな冷たい言い方をしてごめんなさい——わたしたちのお友だちのキートンに対するママの感情を、できれば勇気をもって、母親としての感情に鎮めて欲しい、そのことにたじろがないで欲しい、そうママに忠告し、心からママに願ったけれど、あのときわたしの希望は、彼がママの息子でもありえるという事実を支えにしていたのです。この事実は何も変わっていない、そうでしょう。そしてママと彼との関係は、どちらの側からも、ママの側からも彼の側からもこの事実によって制限されざるをえないでしょう」

「そして彼の側からも。おまえはどちらの側からもと言うけれど、あの人の方だけを考えているのね。おまえは、あの人がわたしを、せいぜい息子のように、というのとは違う形で愛することができるとは思わないの？」

「わたしはそんなことを言うつもりはないわ、大好きな、大切なママ」

「どうしてそんなことが言えるのかしら、アンナ、おめでたい子ね！　よくって、おまえはこのことに権利はないの、愛の問題に必要な正当性がないのよ。この領域におまえの慧眼は利かないわ。だっておまえは早くに諦めたのだから。そうでしょ、そういう欲望から目を逸らしてしまった。精神的なことがらが自然の代わりをつとめたのよ。それでいいわ、おまえの幸せよ、美しいことだわ。でもどうしておまえはあれこれ判断して、わたしに希望はないと宣告を下そうとするの。おまえには見る目がない、わたしに見えるものが見えていない、いくつもの兆候があって、あの人の感情はわたしの気持を迎える用意があるとわたしに告げているのに、おまえはその兆候を摑んでいない。あの人がそういうときにただわたしを弄んでいるだけだと、おまえは言いたいの？　あの人の感情がわたしの感情に同調しているという希望を与えるよりも、あの人を鉄面皮で無慈悲な男だと決めつけたいの？　あの人の気持がわたしの気持に重なったとして、そこにどんな不思議があるんでしょう？　おまえは愛の生活に距離を置いているけれど、それでも、若い人たちが未経験な若さより、つまり愚かしい小娘タイプよね、そんなものより少なからず成熟した女を選ぶということを、知らないわけではないでしょう。そこには母性への回帰本能がはたらいているのかも知れない——逆に、若い男に対する年配の女の情熱の中に、母性の感情もいっしょに流れ込んでいるかも知れないのと同じように。わたしは誰に話しているのかしら。ついこのあいだおまえと話したとき、よく似たことをおまえが言っていたような気がする」

「そうだったかしら？　いずれにしてもママは正しいわ。わたしはママの言うことに全面的に賛成よ」

「それならわたしに希望がないと言ってはいけないわ、とくにきょうは、自然がわたしの感情を認めてくれた日ですから。絶対にだめよ、わたしの髪はグレーだけど。おまえはこの髪に目を向けているようね。そうよ、残念ながらグレーだわ。ずっと髪を染めずにきたのは間違いだった。自然はわたしにいわばその資格を与えてくれたけれど、いま突然そんなことを始めるわけにはいかないわね。でも顔なら多少のことはできる、マッサージではなくルージュを少し使ってみよう。おまえたち子供はそれで嫌がったりしないわよね？」

「まさか、ママ。ルージュといっても、ほんの少し控え目にするなら、エードゥアルトはぜんぜん気がつかないわ。わたしは……人工的なことはママの自然な感覚に合わないとは思うけれど、でもごく普通のやり方で自然のお手伝いをするのは、自然に対して罪を犯すことにはならないわ」

「ほんとう？　大事なことはね、ケンの感情の中で母性的なものへの愛着が、大きすぎる圧倒的な役割を持ってしまわないようにすることなの。そうなったら、わたしの希望に反することになるでしょう。そうよ、おまえはかわいい、誠実な子供で、『心』なんて言葉を言うのも聞くのも嫌いなのはわたしもよく知っているけれど——、でもわたしの心は誇りと喜びで膨らんでいる、これまでとはぜんぜん違った形であの人の若さに向き合うのだ、これまでとはどんなに違って自分を信頼していられることか、そう考えると、胸がいっぱいになるのです。おまえの母の心は幸せと命への希望に膨らんでいるの」

「なんて美しい、大好きなママ！　ママの幸せな気持をわたしにも味わわせてくれたのは、ママの素敵なところだわ。そのお気持はわたしも分かちあっています、心から分かちあっています。そのことを疑わないでね、たとえわたしが、一緒に喜びながらなにか不安が紛れ込むと言ったとしても、――これってわたしらしいでしょう？――なにか心配が――、実際的な心配、もっといい言葉の代わりにすでに一度使った言葉を繰り返せば、そういうことね。ママが希望とか、希望に繋がるいろいろなことを話すのを聞いて、それはもう要するにママの愛すべきお人柄なのだと思います。でもママはこの希望をもっと具体的に限定して、それがなにを目指しているのか、人生の現実の中でなにを狙っているのか、言ってはくれないのね。再婚するつもりなの？　ケン・キートンをわたしたちの継父にするつもり？　彼と一緒に婚礼の祭壇の前に進み出るの？　そう思うのはわたしが臆病なのかもしれない。でもママたちの年の開きが母と息子ほどもある以上、そうなったら、みんなが驚き呆れるだろうと心配なの」

フォン・テュムラー夫人は目を丸くして娘をまじまじと見つめた。

「いいえ」、母親は答えた。「考えもしなかった。それでおまえが安心するなら、請け合ってもいいですよ、ぜんぜんそんな考えはないわ。そうよ、アンナ、おかしな子ね。おまえたちに二十四歳の継父を与える予定はないわ。ほんとに変な子、『婚礼の祭壇』なんて、堅苦しい、信心深いことを言うのね」

アンナは黙っていた。目をしばたたかせ、視線は母の横をすり抜け、虚空に向けられていた。

「希望ねえ」と、母親が言った。「おまえが望むみたいに、誰が希望を限定しようなんて思うかしら。希望は希望よ。どうしておまえは、希望が、おまえの言う実際的な目標を目指すことを求めるのかしら。自然がわたしにしたことは、とても美しいことなの――わたしが次に待ち望むのは美しいことだけ、でも、それが訪れ、どんなふうに現実になり、どこにわたしを連れて行くか、そのことをわたしがどう考えているかなんて、おまえに言うことはできないわ。希望ってそういうものですよ。希望なんですからね、そもそも――すくなくとも婚礼の祭壇なんて考えないわ」

アンナは上下の唇を軽く押し合わせた。その間から、言いたくないが思わず知らずという感じで、小さくこうつぶやいた。

「だとすれば、比較的うまい考えかも知れない」

虚をつかれてフォン・テュムラー夫人は足の不自由な娘を見つめ、その表情を読もうとした。娘は母から目をそらせていた。

「アンナ!」母は声をひそめて叫んだ。「何が言いたいの、なんていうもの言いなの? 言わせてもらうけど、おまえらしくないわ! 言ってごらん、わたしたち二人のうち、どちらが芸術家? ——わたし、それとも、おまえ? おまえが偏見のなさで母親に劣ることがあろうとは、思いもしなかった——それだけではない、今の時代にも、おまえたちの、より自由な道徳にも劣っているわ! おまえは芸術ではあんなに進歩的で、最先端を行っていて、わたしみたいに単純な頭の人間には苦労しないとわからないくらい。それなのにおまえはいつの時代の道徳を生きているのかしら。ずいぶん昔、戦前みたいよ。いまは共和国の時代なのよ、自由があるんだわ。ものごとの概念が大きく変わってルーズになってきた、緩んできたのよ。それはいろんなところに現れています。たとえば若い人たちの間では、ハンカチを、以前は胸ポケットからほんの少し角を覗かせていたけど、長く垂らしておくのが、エチケットですよね、――旗みたいに垂らすのよね、ハンカチの半分くらいを。――そこにもはっきりしるしが見えるし、道徳が共和国になって緩んだことを意識的に宣言しようという姿勢が認められる。エードゥアルトも流行をまねてハンカチを垂らしているけど、わたしはそれを見て、なにかこう嬉しいのよ」

「なかなかのご観察ね、ママ。ママの言うシンボルとしてのハンカチは、エードゥアルトの場合、そう個人的に受け取られるべきではないと思うわ。ママのよく言うことだけど、あの青年は――あの子ももうそういう年よね――陸軍中佐だったわたしたちのパパからたくさんのものを受け継いでいるわ。たぶんいまは、パパという人をわたしたちのこの話に、こうしてあれこれ考えていることの中に引き込んだりしたら、それはマナー違反だとは思うけど、でも――」

「アンナ、おまえたちの父親は立派な将校で、名誉の戦死を遂《と》げました。でも軽率な浮気者で、けっきょく最後まで寄り道のやめられない男だった、男性の性生活にはっきりした終わりがないということのうってつけの実例ね。わたしはいつも見て見ぬふりをしていなければならなかった。だから、おまえがあの人を持ち出しても、別にマナー違反だとは思えないわ」

「それなら、ますますけっこうよ、ママ、――こんなふうに話していいなら。でもね、パパは貴族で将校で、ママが軽率と呼んだことはいろいろあっても、一定の名誉の観念の中で生きていました。それはわたしにはたいして問題ではないの。でもエードゥアルトは、その名誉の観念から、いろいろ引き継いでいると思えるの。姿とか、顔立ちとか、そういう外面的なことだけではなく、あの子は父親に似ているわ。ある種の状況の下では、あの子は父親と同じように反応するかも知れない」

「つまり――どういうこと、どういう状況?」

「ねえ、ママ、率直に言わせてね、わたしたちいつだってお互いにそうだったわね。いまママが想い描いているケン・キートンとママとの間のような関係が、完全に闇に包まれて、仲間内に知られずにいるという可能性は、考えられないことはないでしょうね。ただ、ママは感情に走るところがあって、そこがママの魅力だし、しらばくれて心を隠しておくなんてことはできない愛すべきところがあるから、それがいつまでうまくいくか、わたしは疑うの。どこかの恥知らずがうちのエードゥアルトに嘲笑的な当てこすりを言って、おまえの母親の――さあ、なんて言うのか――身持ちの軽さはみんな知ってるぜ、と吹き込んだとしましょう。あの子は殴りかかるでしょうね、その若造に平手打ちをくらわせて、あの子の正義感からどんな危険な警察沙汰が起こらないとも限らないわ」

「なんてことを、アンナ、おまえはなにを言い出すの！　わたしを恐がらせて！　わたしのためを思って言っているのだとはわかっていますよ、でも残酷だわ、それは、おまえの心配は、母親に子供が判決を下すみたいで残酷だわ」

ロザーリエは少し泣いた。アンナは、ハンカチを持った母の手を優しく導いて、涙を拭くのを手伝ってやった。

「大好きな、大切なママ、ごめんね！　ママを悲しませるつもりなんかないの！　でもママは――子供が親を裁くなんて言わないで！　ママの考えでは、わたしが――いえ、我慢しながら、なんて言うつもりはないわ、それじゃあんまり傲慢ですもの――ママを尊敬し心から心配しながら、ママの言う幸せを、そういう気持で見ていないと思うの？　そしてエードゥアルトは――どうしてあの子の話になったのかしら、――共和制支持のハンカチのせいだったわね。わたしたちのことはどうでもいいの、仲間内の人たちもどうでもいいわ。大事なのはママのことよ。ねえ、ママは、自分は偏見がないとおっしゃった。でもほんとにそうかしら。さっきパパのことに触れて、パパがその中で生きていた、ある種の伝統的な観念について話したわね。パパの頭では、ママを悲しませた寄り道はその観念にぶつからなかった。ママがパパの寄り道を何度も許したのはどうしてかというと――はっきりさせてみましょうね――、結局はママも同じ考えだったから、――つまり、その寄り道は本物の放蕩とはなんの関係もないとわかっていたからではないの。パパはそんなことのために生まれたわけではなかったし、そんなお気持もなかった。ママもそうではないわ。せいぜいわたし、芸術家であるわたしが、変わり種だけれど、このわたしも別な意味で、解放やら道徳的堕落を利用するには不適格なの」

「まあ、なんてことを」、フォン・テュムラー夫人がさえぎった。「そんな寂しいことを言わないで、自分のことなのに！」

「自分のことを話しているみたいだけど」と、アンナが答えた。「ママのことなの、ママの話をしているのよ。ほんとうにママが心配なの。遊び好きなパパにとっては、自分にも社会の判断にも矛盾することなく、ただのやんちゃにすぎなかったことでも、ママがやったら放蕩になってしまうでしょうね。体と魂の調和というのは、それはたしかに良いもので、ぜひ必要なものですよね。ママが誇り高く幸せであるのも、自然が、ママの自然がほとんど奇蹟的なやり方で、ママにそれを贈ってくれたからだわ。でも、生活と持って生まれた道徳的な確信との調和は、それは結局のところ、もっと必要欠くべからざるものなのですよ。それが破れてしまったら、心が引き裂かれ、つまりは不幸が始まるかも知れない。それはそのとおりだろうと、そんな予感はしませんか。ママが夢見ていることを現実にしてしまったら、自分に反して生きていくことになると思いませんか。結局ママは、パパもそうだったけれど、特定の考え方に繋がれているの。もしこの結びつきを壊してしまったら、ママ自身を壊すことになってしまうでしょう……わたしは不安に怯えながら、感じるままを話しています。どうしてまたこの言葉を使うことになったのかしら、壊すって? わたしは前に一度心配にかられてこの言葉を使ったのを覚えているわ。一度どころか何度もそういう感じがしていた。何かが訪れて、ママはその捧げものとなって幸せだけれど、そのことの全体はなにか破壊と関係があるような、わたしにはなぜかそんな気がしてしかたがないの。ママに告白しますね。さいきん、二三週間前、ママの神経がたかぶって夜遅く、わたしの部屋でお茶を飲みながらお話ししたことがあったわね、あの後のことよ、わたしはオーバーロスカンプ先生に相談してみたい気持になったの。エードゥアルトが黄疸になったとき治療してくれた先生、わたしも一度診てもらったことがあるわ、喉の炎症でものが飲み込めなくなったときだった——ママは医者知らずよね——。あの時わたしはママのことやママがわたしに打ち明けてくれたことについて先生に相談し、ママのことで安心できる言葉を先生から引き出してみたくなったの、目的はそれだけ。でも自分にそれを禁じた。もう、すぐに禁じたのよ。それは誇りからです、ママ、わかってくれるわね、ママを誇りに思って、ママのためにも。そしてママの体験をお医者様に引き渡すのは、屈辱的なことに思えたの、黄疸や喉の炎症ならお医者様のところでも無事に治るんでしょうけど、もっと深い人間の苦しみが相手ではね。ドクターにはありがた迷惑の病気もあるというのがわたしの考えなの」

「どちらにも感謝しますよ、かわいい子」、ロザーリエは言った。「オーバーロスカンプさんに相談しようとまでわたしを心配してくれたこと。そしてその気持を捨ててくれたこと。ありがたいわ。おまえがわたしに何かが訪れたと言ったことは、わたしの女としての復活祭で、魂がわたしの体に実現してくれたことだけれど、おまえはどうしてそれをほんのわずかでも、病気という考えと結びつけようとするのかしら。幸せって――病気なの？　それはもちろん軽率でもないのよ、それは生きているということだわ、喜びと苦しみの中で生きているの、生きているということが希望ですよ、――希望についてはおまえの理性が満足するようなどんな説明もしてあげられないけれど」

「説明は要らないわ、大好きなママ」

「それではもう行きなさい。わたしを休ませてね。わかってるでしょ、こういうおめでたい日には、わたしたち女は少し静かにじっとしているのがいいの」

アンナは母に接吻し、床を踏む音を響かせながら寝室を後にした。二人の女性はそれぞれにいま交わしたばかりの会話をたどった。アンナは胸に思っていることを必ずしもすべて話したわけではなかったし、またすべて話すわけにもいかなかった。彼女は疑った。母が「女としての復活祭」と讃えたもの、この感動的な復活は、母の身にいったいいつまで続くのだろうか。そしてケンは、もし彼が――それはたしかにありそうなことではあったが――母に献身したとして、それもどれだけ続くのだろうか、老いて恋する女はいつだって、自分より若い恋人に、どれだけ怯えねばならないことだろう、最初の日から、男の誠実をめぐって、さらには男の敬意さえ気になって、どれだけ苦しむことだろう。母が幸せをただただ喜びと思わず、苦しみを含めての人生と思っているだけでもまだましだった。なぜならアンナは母が夢見たものにたくさんの苦しみを予見して、怯えていたからである。

ロザーリエ夫人の方は娘の咎め立てを受けて、面《おもて》に表した以上に深く衝撃を受けていた。エードゥアルトが状況次第では彼女の名誉のために若い命を賭けねばならなくなるかも知れないという考えは、大したことではなかった、――そのロマンチックな想像は、彼女としてそれで泣きはしたけれど、むしろ彼女の心臓を高鳴らせた。しかしアンナが母の「偏見のなさ」を疑って言ったことや、生活と道徳的確信との間の必要不可欠な調和や放蕩について語ったことは、彼女が休んでいたこの日一日、その善良な魂を深く考え込ませ、ロザーリエとしては、これらの疑問にも根拠がある、娘の異議申し立てにも一部の真実があると認めないわけにはいかなかった。なるほど彼女はそれと同じくらい、この新しい状況下で、若い恋人と再会する心からの喜びを抑圧することもできなかった。しかし、自分に反して生きるのかと聞いた賢い娘の言葉は、彼女にまとわりついてあれこれと考え込ませた。そして彼女の魂が腐心したのは、諦念という考えを幸福という考えの中に汲み上げることだった。そうだ、諦念もそれ自体が幸福でありうるのではないか、もしそれが悲痛な「ねばならぬ」ではなく、自由意志で、無理強《じ》いされたという意識からではなく果たされるのであれば。ロザーリエは、それが可能だという結論に達した。

ケンは彼女の大いなる生理的慰めから三日後、再びテュムラー家に姿を現した。エードゥアルトと一緒に英語を読み、英語を話し、そのまま夕食まで残った。彼の感じのいい少年のような顔ときれいな歯、広い肩と細い腰、それを見た幸せがロザーリエの目から輝き出た。この生き生きとした輝きは、そう言っていいと思うが、少し紅をさして強調した頰を自然なものに感じさせた。もし紅をさしていなかったら、じっさい彼女の顔の青白さはあの燃えるような喜びと衝突していただろう。彼女は挨拶の時、この日もそうだったが、その後も一週間ごとにキートンが来るたびに決まって彼の手をとり、それを少し引っ張るようにして彼の体を自分の方に引き寄せ、そうしながら真剣に、きらきらした目で、意味ありげに彼の目を覗き込んだので、アンナは、母が自然と共にした経験をこの若い男に告白したくてたまらず、いま正にそうしようとしているのだ、という印象を受けた。ばかげた取り越し苦労ではある！ もちろんそんなことは起きなかった。夕食の時間が進んでも、若い客に対するこの家の主婦の態度は快活で揺るぎない善意に満ちていた。そこからは、以前娘に一杯食わせた偽りの母性や、これまで時折彼女の態度を不自然にしていた内気や怯え、また痛々しい卑下が、きれいさっぱり気持のいいくらいなくなっていた。

キートンは、自分が居ながらにして、髪は灰色だが魅力的なこのヨーロッパ女性の心を征服したことを、とっくに察知して喜んでいたのだが、彼女の人柄の変化は理解できなかった。彼女を重んじる気持は、わかりやすいことではあるが、彼女の弱みを知ったことで低下していた。しかしその弱みは逆にかえって彼の男を惹きつけ刺激した。彼の単純素朴さは彼女の単純素朴さに共感して引きつけられるように感じた。そして、こんなにすばらしい、若々しい表情の目なら、五十という年齢も手の老化も帳消しにしてくれるだろうと思った。彼はしばらくの間――アメリィ・リュッツェンキルヒェンやルイーゼ・プフィングステンとではなく、ロザーリエには予想外のある社交界の婦人と――肉体関係を続けていたが、そういう関係を彼女と始めてみたらという考えは、彼にとってけっして奇想天外なものではなかった。そしてアンナが観察したとおり、生徒の母親との交際のトーンを、少なくとももときどきは馴れ馴れしい挑発的なものに変え始めていたのである。

しかしこれが、いまやこの好人物にとって、もはやどうしてもうまくいかなくなってしまった。会うたびにまず握手をして、彼女は二人の体が触れ合わんばかりに彼を引き寄せるけれど、そして彼の目を間近に深々と覗き込むけれど、そういう大胆な仕草にもかかわらず、彼は友好的ではあるが断固とした気品にぶつかって、自分の枠の中に押し戻され、生み出そうと思った効果を何一つ生み出させてもらえず、冷水を浴びせられてたちまち卑屈な態度を余儀なくされるのであった。この経験は何度も繰り返されて、彼としてはどうにも合点がいかなかった。いったいあの人はおれに惚れているんだろうか、いないんだろうか、彼は自問し、すげない拒絶と叱責を子供たちのいるせいにした。足の不自由な娘とギムナジウムの最上級生のせいだな、と。しかし、たまたまサロンの隅で彼女と二人きりで話すことになっても、事態は変わらなかった、――そして自分のささやかな攻撃にふざけたトーンを与えるのはやめ、心から優しい、せっぱつまった、いわば情熱的な特徴を添えてみたのだが、それでも何も変わらなかった。一度は、みんなが聞きたがった、あの巻き舌を使わない口蓋音のｒで、いつもより熱く彼女をロザーリエと呼んでみた。これは、ただの呼びかけと考えれば、彼の故郷の了解ではとくべつ大胆というわけでもなかったのだが。しかし彼女は一瞬燃えるように赤くなりはしたものの、ほとんどすぐに席を立ち、部屋から出ていって、その晩は彼にそれ以上言葉も視線も与えなかった。

その年の冬はほとんど厳しさを見せず、寒気も雪も少なく、そのぶん雨がたくさん降って、早々と終わりかけていた。二月というのにすでに日射しの暖かい日々があり、春の息吹が通い、小さな葉芽《ようが》が灌木の林のそこここで膨らみ始めていた。ロザーリエはわが家の庭のスノードロップを愛情を込めて歓迎し、いつもの年よりも早く、ほとんど早過ぎるくらいに、スノーフレークを――それからすぐに花筒《かとう》の短いクロッカスを楽しむことができた。これは立ち並ぶ屋敷の前庭や王宮付属庭園のそこかしこに咲き出ていて、散歩の人たちはその前に足を止め、たがいにあれこれと指さしあって、色とりどりに群がり咲く様を楽しんだのである。

「変じゃない？」フォン・テュムラー夫人は娘に言った。「クロッカスってイヌサフランにそっくりよね。同じ花みたい！　始まりと終わり――取り違えてしまいそう、それほどよく似てるわね、――クロッカスを見ると秋に戻ったような気がするし、別れの花を見ると今は春かと思うわね」

「そうね、ちょっとした混乱だわ」、アンナが答えた。「ママの旧友の母なる自然は、きっと曖昧さとか神秘化という典雅なご趣味をお持ちなのね」

「あなたはすぐに辛辣な言葉を自然に向かって吐こうとするのね、意地悪な子、わたしが不思議がると、決まって冷やかす。やめてちょうだい、大好きな自然に対するわたしのこまやかな関係を馬鹿にしないでね——少なくともいまはだめよ、自然がわたしの季節を呼び戻そうとしているのだから。——この季節をわたしの季節と呼ぶのは、わたしたちの生まれた季節が特別わたしたちに似通っているからなの。そしてわたしたちはそれぞれの季節に似ているわ。あなたは待降節《たいこうせつ》の子供だから、ほんとうにあなたの誕生が良いしるしの中にあったと言えますね——ほとんどクリスマスのしるしを受けているようなものですよ。たしかに凍《い》てつくようではあっても、考えるほどに嬉しさに暖められるその季節に、あなたはきっと共感し心惹かれる気持がするに違いないわ。だって実際、わたしの経験からすると、わたしたちを産んでくれた季節に対して、わたしたちは共感に満ちた関係にあるのですもの。その季節がまためぐってくるということには、わたしたちの命を確認し、励ましてくれるものがありますね、なにか蘇らせてくれるようなものが。ちょうどわたしにとって春がそうなのだけれど、――春だからそうだ、それとも詩で歌われるようにレンツって言ったらいいのかしら、その春《レンツ》がみんなに好かれるシーズンだからそうだっていうわけじゃないのよ、そうではなくて、わたしという人間が春の一部で、春がわたしだけに特別に親しく微笑みかけてくるような気がするの」

「春にはたしかにそういう力がありますね、ママ」、冬の娘が答えた。「その点については一言も辛辣な言葉は浮かんできませんから、安心してね！」

しかし、このことは言っておかねばならない。ロザーリエが「自分の」季節の到来と展開によって受け取るのが常であった――あるいは常であると信じていた、あの命の鼓舞は、彼女がまさにそう語ったとき、なかなかその真価を発揮しようとしていなかった。ほとんどそれは、娘との会話が彼女に吹き込み、彼女が律儀に守っていた道徳的決心が彼女の自然に逆らい、彼女もそのせいで、あるいはまさにその自覚で「自分に反して生きている」かのようであった。アンナが得た印象がまさにこれだった。足の不自由な娘は、母を説得して自己抑制を強いたことで、自分を責めた。アンナ自身の自由な世界観はそんな自己抑制に固執していなかった、それはただ愛する母の魂の平安のために必要と思われただけだった。もっと厄介なことがあった。彼女は自分の心に認めたくない劣悪な動機を疑っていた。彼女は自問した、自分はかつて官能の幸せを恨みがましくも熱望し、けっきょく知ることがなかった、それで母親のそれをひそかにねたみ、だからこそあらゆる小賢しい理屈をこね回して母を道義に縛りつけたのではないかと。いや、そんなはずはない。それにもかかわらず、彼女が目にしたものは彼女の良心を苦しめ、重くした。

彼女の見たところ、ロザーリエはあれほど好きだった散歩なのにすぐ疲れてしまい、ときどき何か家に用事があるという口実で三十分もしないうちに、ときにはもっと早く、家に帰ろうとせがむことがあった。休んでいることが多くなったし、たいして運動しているわけでもないのに、体重が落ちた。アンナは、母の前腕《ぜんわん》が服からのぞくたびに、その痩せ方を見て不安になった。最近の様子ならもう誰も、母が飲んでいるに違いないと言って、若返りの水のことなど聞かなかっただろう。とくに目の下の外見が良くなかった。青ざめ疲れていて、若い男のためにまた女の機能の回復を祝ってさした頬紅が、顔の色の黄ばんだ血色の悪さをうまく隠していなかった。しかし母は体調を聞かれると、明るく問題ないという調子で、「何が言いたいの、わたしは元気よ」と答えるので、フォン・テュムラー嬢は、オーバーロスカンプ先生に母の健康の衰えを相談しようという考えを捨ててしまった。この断念には罪の意識だけではなく、畏敬の気持も働いていた、――お医者様にはありがた迷惑な病気もあるという言葉で言い表したあの感情である。

そういうわけだったので、ある晩、母と子供たちと、ちょうど居合わせたケン・キートンとの間で、ワインを飲みながら小さな相談がまとまったとき、ロザーリエが見せた積極性、自分の力への信頼は、アンナにとってそれだけいっそう嬉しかった。そのときは、アンナが母の寝室に呼ばれてあの不思議な報告を聞かされてから、まだ一ヶ月も経っていなかった。ロザーリエはその晩、以前のようにかわいらしく溌剌《はつらつ》としていた。そしてみんなが賛成したハイキングの発起人と言ってもよかった、――もしキートンにその手柄を与えようとしないのであれば。なにしろ歴史好きのおしゃべりでその気にさせたのは彼だったのだから。キートンは以前行ったことのあるベルク地方のあらゆる城塞と王宮についてしゃべった。ヴッパー川沿いの城塞について、ベンスベルク、エーレスホーフェン、ギンボルン、ホンブルク、クロットルフについてしゃべり、それから選帝侯カール・テオドールの話になった。この人物は十八世紀に宮廷をデュッセルドルフからシュヴェッツィンゲンに、その後さらにミュンヘンに移したのだが、——そのことは、その代官たるゴルトシュタイン伯にとっては、その間にもこの地に重要な様々の庭園・建造物を企画し実行する妨げにはならなかった。この人のもとで、選帝侯立美術学校や王宮付属庭園の最初の設備が整えられ、イェーガーホーフの王宮が建造された。——そしてぼくの知るところでは、とエードゥアルトが付け加えた、少し遠い場所にあるホルターホーフの宮殿も、町の南の同じ名前の村にそのころ造られたのだ。もちろんホルターホーフもそうだよ、とキートンが確認した。そして自分でも驚いたことに、と言って、こう打ち明けた。自分はこの後期ロココの産物をまだこの目で見たことがない、さらにまたライン川まで延びる付属の庭園さえも、あんなに有名なのに、行ってみたことがない。フォン・テュムラー夫人とアンナはたしかに一二度そこを散策したことはあったが、エードゥアルトも同じく、みごとに配置された王宮の内部はまだ一度も見学したことがなかった。

「見とらんもんもあるんね！」一家の主婦が楽しげにこれはまずいという気持を示した。彼女が方言に敬意を表するのは、いつものんびりと愉快な気分でいるしるしだった。けっこうなデュッセルドルフ人ね、と彼女は付け足した、四人とも揃いも揃って！　一人はそもそもまだ行ったこともないわけだし、他の三人は城の宝のお部屋をまだ見たことがない、どんな外国人もそれに惹かれて行くというのに。「子供たち」、彼女は叫んだ。「このままじゃだめね、話しておしまいというわけにはいきませんよ。ホルターホーフにハイキングに行きましょう、この四人で、近日中に！　いまは天気もよくて、すばらしい季節だわ、気候も安定している。庭園の中は芽吹きの時期でしょう。お庭は春の方が、アンナとわたしが散歩した夏の暑さの時期より、すてきでしょうね。わたし急にあの黒鳥が恋しくなったわ、庭園の堀を――覚えてるでしょう、アンナ――赤いくちばしと水搔きのついた足で、メランコリックに気位高く、滑るように泳いでいたわ。餌をやったときに、食べてあげてもいいみたいな態度だったわね。あの鳥に白パンを持っていってやりましょう……待って、きょうは金曜日ね――日曜日に行きましょう、それで決まりね？　エードゥアルトはその日しかだめなのよね、キートンさんもそうですよね。日曜日は人出が多いでしょうけど、わたしは大丈夫。めかしこんだ人たちに混じって、楽しんでる人たちと一緒に楽しんで、うれしかことがあるならその場にいたいわ――川向こうのオーバーカッセルのお祭りでも、揚げ菓子の匂いがして、子供たちが赤い棒キャンディーをしゃぶり、サーカス小屋の前では嘘みたいに品のない振舞いの人たちが鈴を鳴らしたり、笛を吹いたり、叫んだりしている、そういう場所にいるのも好き。ほんとにすてきだわ。アンナは違うのね。そういうのを見て悲しくなるのよね。でもね、アンナ、それがあなたで、あなたには、堀に浮かんだつがいの黒鳥の高貴な悲しみの方が大切なのよね……一つ思いついたわ、子供たち、水路を行きましょう！　電車で地上を行くのはどのみち退屈。これっぽちも森はないし、広々とした野原もほとんどない。水の上ならもっと楽しいわ、父なるラインに運んでもらいましょう。エードゥアルト、蒸気船運航会社の時刻表を手に入れてくれないかしら。それとも、ちょっと待って、おしゃれな感じでいくなら、少し奮発してライン上りのモーターボートを借り切るのはどう。そうしたら、あの黒鳥みたいにわたしたちだけだわ……問題は、午前中出るか午後出るか、それだけよ」

午前中がいいということになった。エードゥアルトが、お城はどのみち午後になるとほんのわずかな時間しか見物できないはずだと言った。それなら日曜の朝にしよう。ロザーリエの熱心な主導で相談はすぐにしっかりとまとまった。モーターボートのチャーターを任されたのはキートンだった。市役所河岸の発着所、水位計のところで、翌々日の朝九時に集合ということに決まった。

そのとおりになった。その朝は日射しが明るく、少し風があった。河岸には行楽熱心なたくさんの人たちが押し合いへし合いし、子供を連れ自転車を携え、ケルン―デュッセルドルフ間を運航する白い蒸気船へ乗り込む順番を待っていた。テュムラー家の人たちとその同行者のためには、借り上げたモーターボートが準備されていた。運転するのは、両の耳たぶに耳輪を下げ、上唇の上のひげを剃り、顎の下に赤みを帯びた船員ひげをたくわえた男で、婦人たちの乗船を助けてくれた。客たちが支柱の上に張られた幌の下に丸く置かれたベンチに座るやいなや、船は岸を離れた。ボートは幅広い水路の流れに逆らって快適なテンポで進んだ。水路の岸には味気ないものばかりが並んでいた。古いお城の塔、ランベルトゥス教会の歪んだ塔、町の港湾施設が後ろに消えていった。同じようなものがもっとたくさん、流れのカーブを大きく曲がるたびに現れた。そまつな倉庫、工場の建物。岸から川の中に突き出た石積みの突堤の背後が、しだいにひなびた景色に変わっていった。エードゥアルトはもちろんケンもその名を知る村落や古い漁村が、堤防に守られ、草地や畑やヤナギの藪や小さな沼からなる平坦な土地を背景に現れた。何度流れが曲がっても、目的地に着くまで、おそらく一時間半の間こんな風景なのだろう。でも良かった、ロザーリエは叫んだ。ボートで行こうと決めて正解だった。郊外電車なら時間はかからないだろうけど、あんなおぞましいものに乗らないで良かった。彼女は水路を行く自然のままの魅力を心から楽しんでいるようだった。目を閉じ、抑えた声で、なにか楽しげな歌を、ときどき激しく吹き付けてくる風に向かって歌っていた。「水を渡る風よ、わたしはおまえのことが好き、おまえもわたしのことが好き？　水を渡る風よ」。やせて細くなった彼女の顔は、羽根をあしらった小さなフェルトの帽子の下でとてもかわいらしかった。彼女の着ていたウール地の、折り襟の付いた、グレーと赤のチェックのコートは、とても良く似合っていた。アンナもエードゥアルトも船旅のためにコートを着ていた。ただ、母と娘の間に座っていたケンだけが、毛足の長いウールのジャケットの下にグレーのウールのセーターですませていた。ハンカチが胸ポケットからだらんと垂れていた。するとロザーリエが急に体の向きを変え、目をかっと開いて、そのハンカチを彼のポケットに深く押し込んだ。

「お行儀良くね、お行儀良くしなさい、青年はね！」彼女はしっかりたしなめるように頭を振りながら言った。

彼はにっこり笑った。「サンキュー」。そして、さっき彼女から聞こえてきたのは何という歌《ソング》だったのか、知りたがった。

「ソング？」彼女は聞き返した。「わたしが歌っていた？　もそもそ言っていただけ、ソングなんてとても」。そしてすぐにまた目を閉じて、ほとんど唇を動かさずに口ずさんだ。「水を渡る風よ、どんなにおまえが好きだろう！」

それから彼女はモーターの騒音の中でおしゃべりをした、まだ豊かにウェーブしたグレーの髪から風が吹き飛ばそうとする小さな帽子を何度も押さえながら。——蘊蓄《うんちく》を傾けてしゃべった、ラインの船旅はホルターホーフを越えてからどんなふうに続いていくのか、レーヴァークーゼンとケルンに向かい、そこからさらにボンを過ぎてズィーベンゲビルゲの山麓のゴーデスベルクやバート・ホネフへ向かう。そこは美しいところである。ぶどう園や果樹園の中に、ライン川に面してきれいな湯治場がある。アルカリ炭酸泉で、リューマチにとても効果がある。アンナは母親を見つめていた。彼女は母がいまもときどき腰痛に悩まされているのを知っていた。これまでも折にふれてゴーデスベルクかホネフに初夏のあいだ療治滞在を計画したことがあった。風に向かって少し息を切らしながら炭酸泉の効能を話している姿には、どこか無意識にしゃべっている様子があって、アンナに、母がこの瞬間も腰を走る痛みから解放されていないのだなと思わせた。

一時間後ハムサンドの朝食をとり、小さな携帯用のグラスでポートワインを飲んだ。十時半になって、ボートは簡易桟橋に接岸した。それはもっと大きな船には利用不可能なもので、川の中に突き出す形で宮殿と庭園のすぐ近くに造られていた。ロザーリエが船の操縦者に謝礼を払った。帰路はやはり簡単にすませるために、電車で地上を行くことになっていたからである。庭園はちょくせつ川まで延びていたわけではなかった。まだかなり湿り気を帯びた草の道をたどっていくと、やがて古い王侯然とした自然が彼らを迎えた。手入れは行き届き、よく剪定されていた。イチイの生垣のくぼみに休憩用のベンチを備えた円形花壇が高い位置にあって、そこから方々にみごとな樹木の並木道が延びていた。多くの新芽はつやつやとした褐色の保護膜にまだ包まれてはいたのだが、すでにほとんどの木が芽吹き始めていた、——細かい砂利を敷き、頭上を枝に覆われた散歩道が、ときに四列にさえ並ぶブナや、イチイや、菩提樹や、トチノキや、幹の高いニレの間を抜けていた。遠い異国から取り寄せられた珍しい木々も、広い芝生のそこここにそれぞれの姿を見せていた。見なれない様々の針葉樹、シダのような葉を持つブナ。キートンはカリフォルニア原産のセコイアデンドロン、柔らかな気根を持つヌマスギを見つけた。

ロザーリエはこれほどの壮観に興味を示さなかった。自然は親しいものでなければいけない、そうでなかったら心に語りかけてこない、そう彼女は言った。しかしこの見事な庭園が、そもそも彼女の自然感覚にそれほどアピールしていないようだった。そこここで誇らしげな幹を見上げることもほとんどなく、彼女は、息子の若い英語教師と足音をたてて行くアンナの後ろから、黙ってエードゥアルトと並んで歩いていた。そこでアンナは機転を利かせてこの並び方を変えてしまった。彼女は立ち止まると弟を傍らに呼び、いま歩いている並木道の名前や、そこに交差してくる曲がりくねった散歩道の名前を尋ねた。というのは、これらの道は「扇並木」とか「トランペット並木」などなど、古くからの名前を持っていたからである。アンナはその後もエードゥアルトを自分のそばに留め置き、ケンをロザーリエの傍らに残した。彼は彼女の脱いだコートを持ってやった。庭園の中は風が静かで、水の上よりもずっと暖かかったのである。高い枝越しに柔らかな春の日がさして、道にまだらの模様を作り、二人の顔の上で戯れてまばたきさせた。

若々しくほっそりとした体をぴったり包む、仕立てのきれいなブラウンのツーピー

の屋階に開けられた卵形の小窓を見上げた。神話風にゆったりと布をまとわせただけの、パンやニンフの彫像が、縦長の窓の両脇に台座に乗って立っていた。どれもみな、屋外階段とアプローチをガードする、不機嫌な表情の、前脚を交差させた四頭の砂岩のライオンと同じように、風化していた。

キートンは歴史に夢中であるところを示した。どれもこれも「すばらしく《スプレンディド》」て「ぞくぞくするくらい《エクサイティングリィ》コンチネンタル」だった。オー・ディア、海の向こうの散文的な国を思うとね！　そこには、こんなふうに貴族的な優美さのうちに風化していくものなどなかった。なにしろ、自分の名誉、文化の名誉のために尊大にも贅沢に耽ることのできた選帝侯だの、方伯だのは、そもそもいなかったのだから。ところでその彼が今度はまた、時間の中に厳かに留まり続けた文化に対して、大胆不敵な態度をとったのである。ライオンには背中の、尻に近い所に、騎手を取りはずすことのできる玩具の子馬と同じように、円錐形の突起が付いていたのだが、彼は警戒を続ける一頭の尻にうちまたがり、入場を待つ見物人を楽しませた。そして目の前の突起を両手でつかみ、「ハイ！」だの、「それ、進め《オン・オールド・チャップ》！」だのと言って、この猛獣に拍車をくれるような格好をした。どんなにはしゃぎすぎても、これ以上愉快で、悪戯小僧めいた姿はなかっただろう。アンナとエードゥアルトは、母を直視するのを避けた。

そのとき閂《かんぬき》の軋《きし》む音がした。キートンは急いでまたがっていた獣からおりた。管理人は、腕のない左袖を巻き上げ、軍服のズボンをはいた男で、見たところ戦傷を負った下士官であったが、この閑職をあてがわれ、いまちょうど中央玄関の片側の扉を開けて、入場を開始したところであった。彼は高い扉の敷居の上に立ちはだかり、見物客が自分の横を通るようにして、小さな束から入場券を渡し、一つしかない手でまたすぐにそれを半分にちぎっていた。そうしながら早くも語り始めていた。斜めに歪んだ口とかすれた聞きにくい声で、すっかり暗記してもう何百回も繰り返した説明を機械的に唱え始めた。ファサードの造形的な装飾は、選帝侯が自分でローマから呼び寄せた彫刻家が作った、宮殿と庭園はフランスの建築家の作である、ライン河畔にあるもっとも重要なロココ建築と見なさなければならない、たしかにルイ十六世の様式へ移行する特徴をいくつか見せてはいるが。宮殿には五十五の広間と部屋があり、総工費は八十万ターラーであった——などなど。

玄関の間《ま》にはかび臭い冷気が漂っていた。ボートの形をした大きなフェルトのスリッパが一列に並べられていた。貴重な寄せ木張りの床を保護するため、それに足を突っ込まねばならなかったが、ご婦人方はしきりにくすくす笑っていた。その床はじっさい逸楽の部屋部屋の最大の見ものであり、見物客は慣れないスリッパにぎごちなく足を引きずったり滑らせたりしながら、棒読みのような説明を続ける片腕の男の後についてそれらの部屋をめぐった。床の象眼《ぞうがん》細工は部屋ごとに違う図柄で、その中央部に、現実の花や空想の花をかたどった星形を作り出していた。その艶やかな表面は静かな水面のように、人の影や、反りを持った豪奢な家具のシルエットを映しだし、それに対し、背の高い鏡は、花飾りを巻き付けた金色の柱と金の縁取りをほどこした絹地花柄の壁布の間にあって、クリスタルのシャンデリアやかわいらしい天井画、扉の上に掲げられた狩りと音楽のメダイヨンやエンブレムを、鏡同士の間で相互に繰り返し映しあい、死角はたくさんあるにもかかわらず、見通しきれないほど空間の奥行きが延びているようなイリュージョンを生み出すことに成功していた。金に糸目をつけない贅沢、無条件に享楽を求める意思が、溢れ出る優美と金色の渦巻き装飾の中から、その存在をアピールしていた。それらの数々の装飾は、もっぱらそれを生み出した時代の揺るぎない趣味の様式によってまとめ上げられたものだった。ニッチにアポロやミューズたちを立て並べた祝宴用の大広間に入ると、寄せ木象眼の床が大理石に変わっていた。壁に貼られた大理石と同じようなものだった。浮き彫りをほどこした丸天井にはドレープが描かれ、バラ色のキューピッドがそれを引き開けて、そこから陽光が降り注いでいた。そして丸天井のギャラリーからは、管理人の機械的な説明によると、かつては宴席に集う人たちの上に音楽が降り注いだのであった。

ケンはフォン・テュムラー夫人の肘を支えてエスコートしていた。アメリカ人というのは車道を渡るとき、連れのご婦人にそうするのである。アンナとエードゥアルトから離れ、見知らぬ人たちに混じって、二人は管理人の後ろについていた。この男はかすれた声で、ぶっきらぼうなドイツ語の文章を単調に唱え、観光客に目の前のものを説明した。みなさんは、ここにあるものを全部見られるわけではない、という話であった。宮殿の五十五もある部屋の中で、と機械的に語り、型どおりに少しぶっきらぼうで当てこすりめいた調子になったが、口を歪めたその表情はその言葉の冗談のトーンに少しも合わせてはいなかった、——全部の部屋がそのまま開放されているわけではないんです。当時の支配者たちはいたずら好き、秘密好き、隠し上手でした。秘密の隠れ場とか、チャンスを提供してくれる人目に付かない場所が大好きでした。機械仕掛けのトリックでそこに行きます、たとえばこんなふうに。そう言うと彼は一枚の壁鏡の前で立ち止まった。それはバネを押すと横にずれて、繊細な浮き彫りの手すりを付けた狭い螺旋階段が不意に人々の視線の前に現れた。階段の上り口のすぐ左手に、腕を欠いた男性の四分の三のトルソーが台座に乗って立っていた。それは、髪にブドウの房の冠をつけ、木の葉で編んだいかがわしい飾りを腰に下げ、上体をややのけぞらせて、山羊鬚のあたりに淫猥な歓迎の気配を漂わせて、台座の上から誰にともなく笑いかけていた。「あはぁ」とか「おほぉ」とかいう声が上がった。「こんな具合です」、案内人は毎回語っているとおりの口調で、マジックミラーを元の位置に戻した。「あるいはまたこんなのもあります」、先に進みながらそう言うと、何も注目すべきところのない絹の壁布の一部が秘密の扉になっていて、それを開くとどこへともなく通路が現れるというのを見せてくれた。そこからかびの臭いが押し寄せた。「こんなことが好きだったんですね」と片腕の男は言った。「時代変われば、品変わる」、味気ない格言めいたことを口にして、案内を続けた。

ボート形のフェルトのスリッパはとても履きにくかった。フォン・テュムラー夫人は片方が脱げてしまった。床が滑って足から外れてしまい、キートンが笑いながら捕まえて、ひざまずいて履かせている間に、見物の一行に追い越されてしまった。彼はあらためて彼女の肘の下に手をそえたが、夫人はぼんやりした微笑をうかべたままその場を動かず、向こうの部屋に消えていく人たちを見送っていた。それから、彼の手に支えられたまま向き直ると、せわしなく壁布の、さっき開いた場所を手探りした。「そこは違いますよ《ユー・アーント・ドゥーイング・イット・ライト》」、ケンがささやいた。「ぼくに任せて。《リーブ・イット・トゥー・ミー。》ここでした《トワズ・ヒア》」。彼は圧縮バネを見つけ、扉は開いた。秘密の通路のかびの臭いが彼らを包み、二人は数歩その中に踏み入った。周りは闇だった。思いきり深いため息をつくとロザーリエは若者の首筋に両腕をからませた。彼も喜んで彼女の震える体を抱いた。「ケン、ケン」、彼女はどもった、顔を彼の首に押しあてた。「愛してるわ、あなたを好きなの、そうよ、わかってるのよね、隠し通すことなんてできなかったんですもの。あなたも、あなたも、わたしのことを好き？　ちょっとでも、ほんのちょっとでも。言って、あなたの若さでわたしを愛することができる？　自然はグレーの髪のわたしにあなたを好きにならせてくれたけど。イエス？　イエスなの？　あなたの口、あぁ、やっとあなたの若い口に、欲しかったのよ、ずっと、あなたの大好きな唇に、そうよ、これよ、――キスしてもいい？　言って、してもいいの？　あなたがわたしを眠りから起こしたのよ。わたし何だってできるわ、あなたと変わらないわ。ケン、愛は強い、奇蹟よ、ほら、このとおり、たいへんな奇蹟をおこしてくれた。キスして、大好きなあなた！あなたの唇が欲しかった、あぁ、どんなに欲しかったか。だって、わかってね、このかわいそうな頭はほんとうにあれこれ思い悩んだの、頭の解放と放蕩三昧がおまえのすることだろうか、生き方が変わったら、もって生まれた確信とぶつかっておまえは壊れてしまう、なんて。ああ、ケン、思い悩んで思い悩んで、その方がわたしを壊してしまいそうだった。それにあなたに恋い焦がれて……つかまえたわ、とうとうつかまえたわ、あなたの髪、あなたの口、この息はあなたの鼻の息、この腕、わたしを抱きしめているこの腕、ずっと見ていたのよ。あなたの体の温もり、さっき食べてみたわ、あの黒鳥は悪い子だった……」

あやうく彼女は彼の体にくずおれてしまうところだった。彼が彼女を支え、通路の中を進んでいった。彼女の目に通路が少し明るんで見えた。前方に下りる階段があって、その先に開かれた扉のアーチ形の枠が見えた。扉の向こうでは上からのどんよりした光がアルコーブに射し、その壁布にくちばしを触れあうつがいの鳩が刺繍されていた。二人用のソファーとして使えるものが置かれていて、そこに彫り込まれたアモルは、目隠しをされて、片手に松明《たいまつ》のようなものを掲げていた。どんよりした暗がりの中で、二人はそこに腰をおろした。

「ふぅ、死人の空気ね」、ロザーリエは彼の肩で身震いした。「悲しいわ、ケン、大好きな人、二人きりなのに、こんな死人の場所にいなければならないなんて。わたしは夢見ていたのよ、善良な自然の懐で、自然の香りに包まれて、ジャスミンやフランラの甘いかすみの中で、そういう場所がよかったわね、そういうところであなたに初めてのキスをすべきだったわ、こんな墓穴の中でなく！　だめ、やめて、悪い人ね、もちろんあなたのものよ、でもかびの中ではいや。あしたあなたのところに行くわ、あなたの部屋に、あすの午前中、いえ、今晩かも知れない。うまくやるわ、気の回るアンナの裏をかいてやる……」彼はそれを約束させた。さすがに二人ともみんなのところに戻らなければならないと思った、引き返すのか、先に進むのか。キートンが先に進もうと決めた。別な扉を通って死の臭いのする逸楽の部屋をあとにした。暗い通路が再びそこにあった。それは曲がり、坂になり、やがて二人は錆びついた小さな門の前に出た。ケンが力いっぱい押したり揺すったりすると、がたがた揺れながらそれは開いた。門の外はびっしりと革のように固い蔓草が絡まっていて、ほとんど通り抜けられないほどだった。天空の風が吹きつけてきた。水音がした。広い花壇の向こうで階段状の滝が落ちていた。早い春の花、黄色の水仙が花壇を飾っていた。そこは王宮の裏手の庭だった。ちょうど右手から観光客のグループが近づいてきた。すでに案内人の姿はなく、アンナと弟がしんがりだった。あの二人は先に来た人たちに紛れこんだが、その人たちは大規模な噴水や樹木園の方角に散り始めていた。ちょうどい、立ち止まって、まわりを見て、姉弟を迎えよう。「いったいどこにいたの？」そう質問があった。そして「こっちが聞きたいくらいだわ」。そして「あんなふうに消えてしまうなんてことがあるの？」それどころかアンナとエードゥアルトは、いなくなった二人を捜しに引き返したと言った。でも無駄だった。「けっきょくこの世から消えてしまうなんてことがあるはずもなかったのよね」とアンナが言った。「あなたたちだって」とロザーリエが答えた。誰も相手を見なかった。

シャクナゲの茂みを抜けて王宮の翼部を迂回し、最初の池のところに戻った。市電の停留所がすぐ近くにあった。蛇行するライン川をさかのぼる船旅は時間がかかったが、騒がしく工場地区を抜け、労働者の家が建ち並ぶ団地の脇を走る電車での帰路は速かった。姉と弟はたがいに、あるいはまた母と、ときどき言葉を交わした。アンナは母の手が震えているのを見て、しばらくその手を握っていた。町に着いて、ケーニヒスアレーの近くで別れた。――

フォン・テュムラー夫人はケン・キートンのところには現れなかった。その夜、明け方であったが、深刻な異常が彼女を襲い、家中を驚愕させた。最初の復活の時に彼女を誇らしく幸せにしたもの、彼女が自然の奇蹟、感情の気高いわざと讃えたものが、災厄《さいやく》という形で繰り返された。呼び鈴を鳴らす力は残っていたが、急いで駆けつけた娘と小間使いは、血まみれになって気絶している彼女を見つけた。医者のオーバーロスカンプ博士がすぐにやって来た。彼の処置で意識を取り戻した夫人は、先生がいることに驚きを示した。

「まあ、先生、どうしてここに?」と彼女は言った。「アンナがきっとお手間をかけたのですね?　でも女の人の普通のあれですよ」

「奥様、状況次第でその機能は慎重に見守る必要があります」、白髪の医者は答えた。娘には断固たる口調で、患者を婦人科病院に搬送する必要がある、救急車を使うのが一番いいと明言した。この症状は厳密な上にも厳密な検査が必要だ、――それで問題ないという結果になるかも知れないが。子宮出血は、いま伺った最初のものも、今回の、前より危険な二度目のものも、筋腫が原因という可能性もある、それは手術でわけなく除去できる。院長と第一外科医のムテージウス博士に、お母様は安心してお世話になったらいい。

彼の指示が守られた——フォン・テュムラー夫人の側からはなんの抵抗もなく、アンナは心中ひそかに驚いた。母は、自分の身に起きるどんなことにも、ただ大きな、遠くを見つめる目をしているだけだった。

ムテージウスによって行われた両手による触診の結果、患者の年齢の割には大きすぎる子宮と、卵管に沿って異常に肥大した組織、さらに、とっくに小さくなっていていい卵巣の代わりにふくらんだ腫瘍が認められた。子宮掻爬《そうは》の結果、その特徴からして部分的に卵巣に由来すると思われる癌細胞が検出された。しかしその他の特徴から、子宮そのものの中で子宮癌の細胞が盛んに増殖中であることは、疑いをいれなかった。すべてが急激な増殖の危険な兆候を示していた。

教授は二重顎の、ひどい赤ら顔の男で、水色の目に心の動きとは何の関係もない涙をためていた。彼は顕微鏡から顔を上げた。

「所見としては、だいぶ進行している」、教授は、ドクター・クネッペルゲスという助手に言った。「しかし手術はする、クネッペルゲス。骨盤の結合組織、リンパ組織、すべて残さず摘出すれば、いずれにしても延命はできるかもしれない」

しかし腹腔を開いてみると、アーク灯の白い光の中に、さしあたっての快復などは望むべくもない恐ろしい光景が、医者たち看護婦たちの前に現れた。明らかに快復を図る時期はとうに過ぎていた。骨盤組織のすべてが壊滅的な打撃を受けていただけではない。腹膜も、一目見て、致命的な侵蝕を受けていた。リンパ組織のすべての腺に癌性の肥厚があった。肝臓にも癌細胞の病巣があることは間違いなかった。

「さて、この状態をよく見ておきたまえ、クネッペルゲス」、ムテージウスは言った。「おそらくきみの予想を越えているだろうね」。それが彼自身の予想も越えていることは気づかせなかった。「われわれの優秀な技術にも」と、彼は目に無意味な涙をためて付け加えた、「いささか要求が過大すぎる。全部を取るなんて無理な話だ。こいつが左右の尿管にもすでにもぐり込んでいると、きみが認めるなら、きみは正しいよ。尿毒症が始まるのも、そう先ではない。いいかい、わたしは、子宮そのものがこの貪欲なごろつきの産みの親だと言うことを否定はしない。しかし、わたしの推測をよく聞いておきたまえ。この経過は卵巣から始まった、――つまり使われなかった顆粒状細胞だね、それが生まれてから時に休眠していることがあって、更年期が始まった後、どういうものかはわからないが、なにかの刺激を受けて悪い方に展開する。すると有機体は、きみがそう言いたければ後の祭り《ポスト・フェストゥム》と言ってもいいが、発情ホルモンを大量に浴びせられるのだ、いわば水浸しにされる感じだね。それは不可欠の出血をともなう子宮粘膜のホルモン性過形成を結果する」

クネッペルゲスは痩せて功名心と自意識の強い人間であったが、わずかにお辞儀をして、皮肉を隠しながら教示に感謝した。

「では始めよう、アルコトガ成サレタト考エラレンガタメニ」、そう教授は言った。

「生死の問題は本人に任せねばならない、この言葉は実に深くメランコリーに浸されているがね」。——

アンナは母を上の病室で待っていた。母はエレベーターで上に運ばれ、担架で病室に戻り、看護婦たちによってベッドに寝かされた。そのとき彼女は麻酔の眠りから覚め、はっきりしない声で言った。

「アンナ、ねえ、おまえ、あの子がわたしをシュッシュッって脅したの」

「誰が、ママ?」

「黒鳥よ」

彼女はもう眠りに落ちていた。しかしその後の二三週間、彼女はときどき黒鳥を思い出した、血のように赤いくちばしと、翼の黒いはばたきを。彼女の苦しみは短かった。尿毒症による昏睡が彼女をすぐに深い無意識に沈めた。その間に進行した左右の肺炎に、疲弊した心臓は二三日しか耐えられなかった。

しかし臨終の直前、ほんの二三時間前、彼女の精神はもう一度光を取り戻した。彼女は目を開いて娘を見た。娘は母の手をとり、ベッドの横に座っていた。

「アンナ」、母は言った。上体を少しベッドの縁に、仲良しの娘の方に近寄せることができた。「わたしの声が聞こえる?」

「もちろんよ、聞いてるわ、大好きな、大好きなママ」

「アンナ、自然がだましたとか、残酷にあざけったとか、言ってはだめよ。自然の悪口を言わないでね、わたしだって言わないいんだから。向こうに行くのはいや——おまえたちや、人生とその春と別れて。でも死がなかったら、春はどうなるのかしら。やはり死は生きることの偉大な手段なのですよね。そして死はわたしに復活と愛の喜びの姿を貸してくれたのだから、それは偽りではなく、善意と恩寵だったのですよ」

さらに少し娘の方に体を寄せた。そして消え入るようなささやき声。

「自然——わたしはいつも自然が好きだった、そして愛を——自然はその子供に示してくれた」

穏やかな死だった。彼女を知るすべての人がその死を悼んだ。

# すげかえられた首

## あるインドの伝説

# 1

美しい腰を持つシーターは戦士の血をひく牛飼いスマントラの娘であったが、この娘と、そう呼んでよければ、その二人の夫との物語は、まことに血なまぐさく、人の心を混乱させるもので、これに耳を傾けようという人に、魂の強さと、マーヤー[1]の残酷な欺瞞にもたじろがない精神の力を強く要求する。聞き手の方々には、これを伝える者の揺るぎない態度を手本としていただければ幸いである。というのも、こういう話を物語るには、ほとんどそれを聞く以上の勇気が必要だからである。その始めから終わりまで、ことの次第は以下のようであった。

その昔、生け贄を容れる器が血や酪酊を誘う飲み物で底からゆっくりと満たされていくように、記憶というものが人々の魂の中で成長していった頃、厳格な男性信仰の母胎が遥か昔の原男性の種に対して開かれ、母性への憧れに包まれて古い数々のシンボルに若やいだ戦慄が走り、その憧れに促されて、巡礼の行列が数を増し、春ともなれば大母神の各地の住まいに押し寄せていた頃、その頃のことであったが、二人の若者が固い友情を結んでいた。年齢も属するカーストもほぼ同じ、ただ二人の体つきは大いに異なっていた。若い方はナンダといい、少し年長の方はシュリーダマンといった。ナンダは十八歳、シュリーダマンは既に二十一歳、二人ともそれぞれのその日に神聖な紐を体に巻かれ、二度生まれた者たちの仲間に加えられていた。[2] 二人は同じ寺院の村で生まれ育った。村の名は〈牝牛の繁栄〉、むかし神々の指示でコーサラ国のその場所に村の姿を得たのである。村はサボテンの生垣と板塀に囲まれていた。その囲いの、東西南北に向けて造られた門について、かつて、門の柱と根太《ねだ》には蜂蜜とバターが溢れると祝福の言葉が与えられたことがあった。そう述べたのは、雄弁の女神に仕え、実相認識に通じ、つねに正しい言葉を語り、村で食事を得ていた遍歴の行者であった。

　二人の若者の友情は、それぞれの我意と我欲の相違にもとづいていた。一方のそれは相手のそれを得ようと努めた。すなわち、肉体を持つことは孤立を生み、孤立は相違を生み、相違は比較を生み、比較は不安を生み、不安は不思議の思いを生み、不思議の思いは賛嘆を生む。そして賛嘆は交換と一体化の渇望となる。「これこそそれ《エタット・ヴァイ・タット》」。この教えはことに若さにあてはまる。若さにおいて生命の陶土がまだ柔らかく、我意と我欲が、大きな一つの全体の砕け散った破片としてまだ固まっていないのであれば。

若者シュリーダマンは商人であり、商人の息子であった。一方ナンダは鍛冶屋と牛飼いをかねていた。それは父親ガルガがハンマーをふるい、鳥のつばさを煽《あお》いで火をおこし、同時に囲い地や牧場で角のある家畜を飼っていたからである。シュリーダマンの父親について言うと、名前はバヴァブーティ、男系を辿ると、ヴェーダに通じたバラモンの一族の生まれである。これはガルガやその息子のナンダにはまるで縁のないことであった。だからと言って二人がシュードラ［隷民］だったのではない。少し山羊鼻ではあったが、どこまでも人間の社会に属していた。シュリーダマンにとっては勿論のこと、すでにバヴァブーティにとってバラモンの出自はわずかに一つの記憶

1　バラモン教の説く幻としての現象界。迷妄、幻影。
2　ヒンドゥーの上位三身分に生まれた男子は、少年期に『ヴェーダ』を学ぶように定められ、そのための「入門式」を済ませると、宗教的に生まれかわった者として「二度生まれた者」と呼ばれ、聖なる紐を授けられた。隷民のシュードラは『ヴェーダ』の学習を許されていなかった。

に過ぎなくなっていた。なぜならバヴァブーティの父親がすでに、学生期に続く家長の段階に断固として留まり、生涯隠者や禁欲者の段階に進むことがなかったからである。[3]彼は、ヴェーダの知識に対して払われる敬虔な供物によってのみ生きることを潔《いさぎよ》しとしなかった。あるいは、それでは満足しなかった。そしてモスリンや樟脳《しょうのう》や白檀《びゃくだん》や絹やサラサを商う堂々たる商売を始めた。そして、彼が犠牲の奉仕のために作った息子も、〈牝牛の繁栄〉という村落で一人のヴァーニジャ、つまり商人になり、その息子もまた、すなわちこれがシュリーダマンなのだが、父や祖父と同じ道をたどった。ただし聖職の指導者たるあるグルの後見を受け、文法や天文、実相観照の基本学習に少年期の数年を捧げている。

ガルガの息子、ナンダは違った。彼の運命《カルマ》は別だった。伝統だの血筋だのに促されて、精神的なものと関わったことは決してなかった。あるがままの男で、民衆の子であり、単純陽気で、クリシュナ[4]もかくやの姿であった。というのも、その皮膚や髪は黒く、その胸には〈幸せの仔牛〉と呼ばれる縮れ毛がはえていたからだ。鍛冶屋の仕事で両の腕は逞しく、牛飼いの仕事によってさらに良い特徴が加わった。つまり、その体は実に姿が美しく、ナンダはそこに芥子油を塗り、野の花の首飾りや、金の装身具さえもつけることを好んだのである。ひげのない人好きのする顔は体と良く釣り合い、すでに述べたように、少し山羊鼻で、唇もやや分厚かったが、どちらも好印象を与える程度だった。そして黒い両の目がいつも笑っていた。

こうしたすべてのことが、シュリーダマンには自分と比べて好ましかった。彼は頭と手足の色がナンダよりは少し明るく、顔立ちも違っていた。鼻梁はナイフの刃のように薄く、両の目は瞳と瞼のせいで優しく、さらに両頬の周りに柔らかい扇形の髯を生やしていた。四肢も柔らかで、鍛冶屋や牛飼いの仕事の痕跡はなく、というよりもむしろ、半ばはバラモン、半ばは商人という手足だった。胸は薄くてやや固さに欠け、おなかの周りには少し脂肪がついていた、といって非難すべきほどではない。膝と足は華奢だった。それは、全体の主要部となる高貴で知力に満ちた頭に対し、付属品として、付け足しとして仕えるような体であった。いっぽう、ナンダの全身は体がいわ

3　ヒンドゥーの人生は、学生期、家住期、林住期、遊行期と四つの住期を最終的な解脱に向けて進むことを理想としていた。
4　ヒンドゥー教の三大神の一つヴィシュヌの化身。牛飼いの神。悪人悪鬼を倒し多くの偉業を成す。

人の故郷の西方、旅程にして二三日、クルクシェートラの町から遠くない円形の集落にあった。そのクルクシェートラは人口の多いインドラプラスタのやや北方、ヤムナー川に面しており、シュリーダマンの用向きはそこにあった。町には彼の家の取引仲間がいて、この人も家長の段階に留まったバラモンであったのだが、その店で、故郷の女たちが細い糸から織り上げた色とりどりの織物を、米を搗《つ》く杵《きね》や使いやすい薪と交換し、できるだけ利益をあげるというのが、彼の役目であった。これらの品物は〈牝牛の繁栄〉村で不足し始めていたのである。

いま二人は、それぞれが自分の荷物を背負い、街道筋では人々に混じり、森や荒野は二人だけで抜けていった。ナンダは、ビンロウジュの実やタカラガイの殻、それに靭皮紙《じんぴし》に塗られた足裏化粧用の赤い顔料[6]をいれた箱を背負っていた。下層民の銑鉄の支払いにあてるつもりであった。シュリーダマンは鹿皮に縫いつけた織物を背負っていたが、ナンダは友だち思いの気持から時々それを自分の荷物の上に載せてやった。そうして一日半の旅程が過ぎたとき、二人は、〈黄金蠅〉という小さな川のほとりにある、カーリー[7]の神聖な沐浴場に到着した。カーリーは万物を包摂する、森羅万象の母神であり、ヴィシュヌ[8]の酔いしれた夢である。小川は解き放たれた牝馬《ひんば》のように楽しげに山懐から流れ出し、いったんその勢いを鎮めると、聖なる地点で静かにヤムナー川と合流し、そのヤムナー川はさらに神聖な地点で永遠のガンジス川に流入する。――そしてこのガンジス川が幾筋にも分かれて海に注ぐのである。あらゆる汚《けが》れを祓う、たくさんの名高い沐浴場で、人々は命の水を汲み、水の懐に身を沈め、新生を得るのだが、――そのような多くの沐浴場がガンジスの岸辺と河口を縁取っている。そしてそこでは、他の河川が地上の銀河に注ぎ、またその河川にはさらに他の河川が合流する。ちょうど雪山から出た娘である〈黄金蝿〉がヤムナー川と結ばれるように。そこでは至る所にそのような清めと結合の場所が見いだされる。誰もが犠牲を捧げ聖

6 直訳は「赤色のアルタ」。この〈alta〉が不明。サンスクリットには、女性が唇や足裏の化粧に使う赤い樹脂を言い表す〈alakta〉という言葉がある。あるいはこの語が、マンのテキストに入るまでの間に、何らかの音の転写のずれや綴り字の脱落を被って、〈alta〉に変わったのだろうか。

7 シヴァの妃とされ、破壊を続ける時間の黒い女神。

8 ヒンドゥー教において世界を維持する太陽神。若々しく力に溢れ、天界・空界・地界を三歩で歩むとされる。

なる水を汲めるように気持よく整備され、川の中に延びる神聖な階段が用意されている。だから、信心深い人が形式も厳粛さも捨てて蓮や岸辺の葦をかき分け、川の懐に水音高く飛び込む必要はなく、威儀を正して川中に歩み入り、水を飲み、水を浴びることができるのである。

さて二人の友人が行きあたった沐浴場は、賢者が奇蹟の効能を喧伝《けんでん》し、人々が貴賤を問わず（もちろん時間は違ったが）群をなして押し寄せる、そういう、供物でいっぱいの大きな場所ではなかった。小さく静かで人目につかず、川の合流点ではなかったが、ともかくも〈黄金蠅〉の岸辺には位置していた。その岸は川床から二三歩、丘のように盛り上がり、その頂きに、全ての望みと歓喜の女神を祀る聖堂が建っていた。木だけで作られた小さなその聖堂は、すでに少し朽ちかけてはいたが、たくさんの像が彫りつけてあり、神像の部屋の上には瘤のように張り出した塔が付いていた。川の懐に導く階段は木製で壊れていたが、厳粛な気持で入っていくにはじゅうぶんだった。二人の若者はこの場所に行きあたった喜びを互いに語り合った。そこは、祈りと元気回復と木陰での休憩の機会を同時に与えてくれた。真昼の気温はすでに非常に高く、春にしては早くも辛い夏の気配が迫っていた。小さな聖堂の横から岸辺の丘に向かってマンゴーやチークやカダンバの木、マグノリアやギョリユウやタラジュが作る藪や林が続いていた。その木陰に守られて朝食をとり休息をとったら、どんなにか気持がいいだろう。友人たちはまず、この場でできる限りの敬虔な勤めを果たした。僧侶はいなかった。いれば二人に油か精製したバターを与えてくれただろう。聖堂の前にはテラスが設けてあって、そこに立てられた石の陽物《リンガ》にそれをふりかけるのである。二人はそこで見つけた柄杓《ひしゃく》で川から水を汲み、何か決まり文句を呟きながら、所定の儀式を執りおこなった。それから合掌して緑の川の懐に入り、水を飲み、作法に従って体に水を注ぎ、水に潜り、感謝を捧げ、宗教上の必要よりも少し長く、ただ気持が良くて水に留まり、そのあと、結合の祝福を手足に感じながら、願ってもない木陰の休憩所に移った。

ここで二人は兄弟のように旅の食事を分けあった。それぞれが自分の分を食べてもよかったし、どちらも中身に変わりはなかったのだが、分けあったのである。ナンダが大麦の平たいパンを割ると、「ほら、おまえ」と言いながら、半分をシュリーダマンに渡した。シュリーダマンが果物を割ると、同じ言葉でナンダに半分を与えた。シュリーダマンは食事中、木陰のために陽に灼かれずまだ完全にみずみずしい緑を保っている草の中に、横座りになり、体の側面に両膝と両足を揃えていた。いっぽうナンダは少し庶民的なやり方で両膝を立ててしゃがみ、両足を体の前につき出していた。そういう生活習慣で育っていなければ、そう長くは保っていられない姿勢である。二人は何も考えず、無意識にそれぞれの姿勢をとった。というのは、もし彼らが自分たちの座り方を気にかけていたら、シュリーダマンは自然のままでありたいという気持から膝を立てただろうし、ナンダはそれとは反対の気持から横座りをしただろう。ナンダは黒くて癖のないまだ濡れている髪に小さな帽子を載せ、白い木綿地の腰布を巻き、左右の二の腕に腕輪をつけ、金のバンドでつなぎ合わせた粒石の鎖を首にかけていた。その首輪で囲まれた胸の上に、〈幸せの仔牛〉の縮れ毛がのぞいていた。シュリーダマンは頭に白い布を巻き、短い袖のついた同じく白い木綿の長いシャツを着ていたが、その裾は、膨らみをつけてズボンのように巻かれた腰布の上に垂れていた。シャツの襟刳《えりぐ》りには、細い鎖につながれた小さなお守り袋がさがっていた。二人ともその額に、鉱物の白い顔料で描かれた信仰の印をつけていた。

食べ終わると、彼らは残りを片付け、お喋りに興じた。実に気持のいい場所で、王侯といえどもこれ以上の贅沢はできなかっただろう。花房と葉がかすかに揺れる木々の間に、斜面の丈高いトウや竹を透かして、水面と川中への階段が見えていた。蔓《つる》植物の作る緑の茎の綱飾りが、木々の枝を優美に結びつけて周囲に垂れ下がっていた。姿の見えない鳥の鳴き交す囀《さえず》りに、金色の蜂の羽音が混じった。蜂は草の花の上を飛び交い、せわしなく花にとまった。清涼な植物の匂い、また濃密な植物の匂いがした。ジャスミンは強く香り、タラの実は独特な芳香を放った。白檀の香りがした。そのうえ、ナンダが沐浴の儀式の後すぐにまた体に塗りこんだ芥子油が匂っていた。

「ここにはあの六つの波は寄せてこないね。飢えと渇きと、老いと死と、苦しみと妄執」、シュリーダマンが言った。「ここは異常なくらい安らぎに満ちている。まるで人の世の果てしない煩《わずら》いから、その穏やかな中心に移されたみたいで、ほっと息をつくことが許されるようだ。ほら、なんてひっそりしているんだろう。ぼくが『ひっそりした』という言葉を使うのは、それがひそかに耳を澄ますという行為から出ているからなんだ。それは、静けさによってしかそうする気持にならないよね。なぜなら、静けさの中にあって完全に静寂ではないもの、そこでは夢の静けさが語り出すようなもの、そういうものすべてに対してぼくたちが耳を傾けるのは、まさに静けさの働きによるからだ。でもぼくたちはその時、まるで夢の中にいるかのようにもそれを聞いているんだね」

「きっとおまえの言うとおりだよ」、ナンダが答えた。「市場の騒音の中で耳を澄ましたりしないもの。ひっそりしているというのはやっぱり、聞き耳をたてるあれこれの音がある静けさだけを言うんだろうね。完全に静かで沈黙に満たされているのは、涅槃《ニルヴァーナ》だけだ。だからそれをひっそりしているとは言えないよね」

「言えないね」、シュリーダマンは答えて、思わず笑ってしまった。「涅槃《ニルヴァーナ》をひっそりしているなんて言うのは、きっとまだ誰も思いつかなかっただろうね。でもおまえは、ただ否定的にもせよ、ある意味それを思いついたんだ。涅槃《ニルヴァーナ》をそうは呼べないと言って、それに使えそうなあらゆる否定語の中から——だって涅槃《ニルヴァーナ》については否定語でしか語れないもの——、いちばんへんてこな言葉を選ぶんだから。おまえはたびたび実に抜け目ないことを言うね、——正確であってしかもおかしなことがらに『抜け目ない』という言葉を使ってよければだけど。ぼくはそういうのが好きだよ。だってそれを聞くと、しゃくりあげて泣く時みたいに、ときどき腹掛けが急に震え出すんだもの。ほら、これで笑うのと泣くのがどんなに近いかってわかるね。ぼくたちが快と苦を本質的に違うと決めて、一方を肯定し、他方を否定するなら、それは錯覚に過ぎないってことも。そういう時はやはり、二つ一緒に良いとか悪いとか言わなくちゃあね。ところで人生を活気づけるものの中で、まっ先に肯定し、それは良いと言うことのできる、涙と笑いの結合が一つあるよ。『感動』という言葉がそれにぴったりだ。つまり明るい同情を表す言葉だね。そしてぼくの腹掛けの震えがしゃくりあげて泣く時にとても似てるのも、まさに感動からくるんだ。おまえの抜け目なさが僕には残念な気がするのもね」

「どうしておれのことがおまえには残念なんだい」、ナンダが尋ねた。

「それは何と言ってもおまえがまさに輪廻《サンサーラ》の子供で、人生の内に閉じこめられた子供だからだ」、シュリーダマンが答えた。「そしてまったく魂の仲間ではないからだ。魂というのはね、涙と笑いの恐ろしい大海から浮かび上がろうとするものなんだ。ちょうど蓮が大水の上に身をもたげ、天に向かって萼《うてな》を開くように。おまえは淵にいてこそ健やかなのだ。そこには縺《もつ》れあい流転するおびただしい姿や仮面がひしめいている。おまえが健やかだということは、すなわち、そういうおまえを見る者もまた、同じく健やかになるということなのだ。ところがそのおまえが断然その気になって、涅槃《ニルヴァーナ》なんかに関わりあい、そこはひっそりとしていないなんて否定語で条件づけるご意見まで述べて、それにご執心なんだからね。それはまさに泣きたいほどへんてこで、さっきそのために作った言葉で言えば、感動的だよ。おまえの人を元気にする健やかさが惜しまれてならないからね」

「ねえ、いいかい」、ナンダが答えた。「いったいおまえはおれのことをどう思っているの。おれが輪廻《サンサーラ》の目くらましに囚われていて、蓮になる能力が無いから気の毒だっていうなら、おれもそうかと思うだろうよ。でもおれが何とかおれなりに涅槃《ニルヴァーナ》について言ってみようとすると、それが残念だなんて、気分が悪いね。おれは、おまえこそ気の毒だって言ってやりたいね」

「逆にぼくの方が気の毒だなんて、いったいどうしてだい」、シュリーダマンが尋ねた。

「おまえはいろいろヴェーダを読み、実相認識も多少は得たけれど」、ナンダが答えた。「それでいて、そうしなかった人たちより簡単に、自分から進んで目くらましにかかってしまうからだよ。感動で体がくすぐったくなるってこのことだね、つまり明るい同情だよ。なぜってこの場所みたいにちょっとひっそりしていると、おまえはすぐにうわべの平和に目くらましされて、飢えと渇きの六つの波とかの夢を見て、煩いの穏やかな中心にいるなんて思うわけだ。でもここがひっそりしているのは、そしてこの静けさの中に耳を澄まして聞くべきことがいろいろあるのは、ここでとんでもなくせわしない活動が続いていて、おまえの安らぎの感情なんて思い込みに過ぎないということのしるしなのだよ。鳥たちが鳴き交わすのは、ただ交尾のためだ。蜜蜂やトンボや空を飛ぶ甲虫は、腹を空かせて動き回っている。草の中では目には見えなくても、何千という命がけの戦いがおこなわれている。あんなにかわいく木々を飾っている蔓草は、自分が強く茂るために、木々の息を止め、樹液を吸い尽くそうとしている。これが本当の実相認識だよ」

「よくわかっているよ」、シュリーダマンが言った。「そのことで目くらましはされていない。あるいは、それでもほんの一瞬、自分から進んでならそんなこともあるかもしれない。というのは、真実と認識は知性によるだけではないのだ。人の心の比喩的な直観というものもあるんだよ。この直観というのは現象界という書物を第一の冷静な意味で読むだけではなく、第二のより高い意味でも読み取ることができて、その書物を純粋で精神的なものを見る手段として使うのだ。マーヤーの幻はもちろんそれ自体は幸せと安らぎではないけれど、それがそのための手がかりを与えてくれるのでなかったら、どうしておまえは安らぎを感じとり、静かであることの幸せを心に経験するつもりだろうか。真実を直観するために現実を利用するのは、人に許された当然のことだ。言語がこの当然の許可のために作り出した言葉が『詩《ポエジー》』なのだ」

「へえ、そういう考えか」、ナンダが笑った。「つまり、おまえの話によると、詩は賢さの後にくる愚かさなんだね。誰かが愚かだったら、まだ愚かなのか、またしても愚かなのか、聞くべきなんだろうね。おれたちにとって、おまえら賢い連中は、わざわざ話をややこしくする、と言わざるをえないよ。だって、賢くならなきゃ、と思うと、まだそうならないうちに、また愚かになってしまうという話だろ。おまえらはおれたちに、新しいより高い段階なんて教えちゃいけないよ。さしあたって最初の段階を昇る勇気をなくしてしまうからね」

「おまえにそんな話はしなかったよ」、シュリーダマンが言った。「賢くならなければいけないなんて。さあ、食事もすんだし、柔らかな草に寝て体を伸ばそう、木々の枝越しに空を眺めよう。わざわざ見上げる必要がなくて、目が自然に上に向けられた姿勢で空を眺めるのは、特別な経験だよ。母なる自然がしているやり方だものね」

「さんせー《シャー》」、ナンダが賛成した。

「さいせい《シャート》だよ」、シュリーダマンが正しいきちんとした言葉に訂正した。ナンダはおたがいのことがおかしくて笑った。

「シャート、シャート」、ナンダが復唱した。「細かくこだわる男だね、おまえは。おれの言葉が聖俗まぜこぜだからって、ほっといてくれ。おれがサンスクリットを話すと、鼻に手綱を通された若い牝牛が鼻を鳴らしてるみたいになるんだ」

この素朴な比喩に今度はシュリーダマンも心から笑った。そしてその提案に従って、二人は体を伸ばし、二人の肌に引き寄せられる、「インドラ[9]のお気に入り」と呼ばれる赤白の蠅を木の葉をふって払いながら、木々の枝と揺れる花房越しに、まっすぐにヴィシュヌの青空を見上げた。ナンダが仰向けに寝る姿勢に同意したのは、母なる大地のやり方で空を見るのが特別重要だったからではなく、従順さからだった。彼はすぐにまた身を起こし、口に花をくわえて、いつものドラヴィダ人のしゃがんだ姿勢に

9　以下に語られるインドラは、紀元前一五〇〇年頃、西北インドに進出したアーリア人の崇拝した軍神。肌の黒い鼻の低い先住民を倒したとされ、『リグ・ヴェーダ』に歌われる神々の中で、最多の賛歌を捧げられている。

もどった。

「インドラのお気に入りはしつこくてうるさいね」、ナンダは飛び回るたくさんの蠅を一人の人間扱いにして、そう言った。「やつはたぶんおれの芥子油が狙いなんだよ。しかし、やつの守り神で、象を乗り回し、稲妻のくさびを操る偉い神様に命じられて、おれたちを苦しめ、罰しようとしているのかもしれない、——何のためか、おまえにはきっとわかるだろう」

「おまえに罰《ばち》があたるはずはないよ」、シュリーダマンが答えた。「だって、去年の秋インドラの感謝祭を、古い、というよりもっと新しいやり方で、宗教の習慣とバラモンの戒律に従って行おうという意見に、おまえはあの木の下で賛成した。そして、ぼくたちがそれにもかかわらず協議の中で別な結論を出し、インドラへの奉仕をやめると宣言したことには、おまえはなんの責任もないのだ。ぼくたちは、先住民の砦を壊した雷神インドラのためにバラモンが行う儀式の虚しいご託宣より、もっと村の住民にふさわしい、ぼくたちの信仰心にとってもっと自然な、新しいと言うか、より古い感謝祭に取り組もうと考えたのだよね」

「たしかに、おまえの言うとおりだよ」、ナンダが答えた。「だけれどおれは相変わらず、そのことで心が落ち着かないんだ。なぜって、おれはあの木の下でインドラ支持の意見を述べたけれども、インドラ御自身はそんな細かいことはお構いなしで、〈牝牛の繁栄〉村全体に責任をとらせるんじゃないかと恐れているんだ。なにしろインドラから祭りを奪ったんだからね。あの時、インドラへの感謝の奉仕にはもう正当性がない、少なくともおれたち牛飼いや農民には、それより信仰心に溢れた簡素なものが必要だ、みんながふとそう思い、どこからかそんな考えが浮かんだんだね。その疑問はこうだった。偉いインドラがおれたちに何の関係がある。ヴェーダに通じたバラモンはいつまでもインドラにお経をあげているが、おれたちは牝牛や山や森の牧場に犠牲を捧げたい。それこそおれたちの本当の、おれたちにふさわしい神様なのだから。だっておれたちは、インドラがこの土地の新参者の先頭を切ってやって来て、先住民の砦を壊した時より、もうずっと前から、そうしていたような気がするんだ。そしておれたちにはもう、どうすべきかよくわからなくなっていても、きっと何か浮かんでくるだろう、おれたちの心がそれを教えてくれるだろう。おれたちはこの近くの放牧場〈斑山〉に篤い信心のしきたりをもって奉仕したい。そのしきたりは、おれたちが心の記憶からあらためて取り戻してこなければならないという意味で、新しいものなのだ。おれたちはあの山に清らかな獣を犠牲として捧げ、酸っぱい乳と花と果実と生米の供物を供えよう。それから、秋の花輪で飾った牝牛の群に、右の脇腹を山の方に向けて、山の周りを回らせよう。重い雨を孕んだ雲の雷鳴のような声で、山に向かって吠えさせよう。おれたちの古くて新しい山への奉仕はこんなふうにしよう。ただ、バラモンたちが反対しないように、連中には何百人分もの食事をあてがうことにして、村中の柵囲いから乳を集め、凝乳や乳で煮た米で腹一杯にしてやったら、連中もきっと満足するだろう。——あの時あの木の下で、何人かがそう言ったのだ。賛成する者がいて、そうでない者もいた。おれは山への奉仕には最初から反対だった。黒い先住民たちの砦を破ったインドラを、大いに恐れ、大いに敬ってもいるのだから。それに、なんたってもう何が何だかわからなくなっていることから何かを取り戻してくるなんて、だめだと思う。でもおまえはきれいな正しい言葉で、——『正しい』というのは言葉が、だよ——新しい祭りを作ることを弁護して、インドラの頭越しに山への奉仕の更新に賛成したのだ。それでおれは黙った。おれが思ったのは、学校に行って実相知を得た人たちが、インドラに反対して祭りの簡素化を言うなら、おれたちは何も言うことがない、とね。ただ、砦を破った新来の偉い神様が承知してくれて、大勢のバラモンへの大盤振舞《おおばんぶるまい》に満足し、日照りや滅茶苦茶な大雨でおれたちを打ちのめすことがないように、と願うばかりだ。思うに、ひょっとすると、神御自身が自分の祭りに飽き飽きして、気晴らしのために、山への生け贄や牝牛の行列が代わりに始まるのを望んでいるのかもしれない。おれたち単純な者は、インドラを心から怖れ敬っていたよ。でももしかすると、近頃は神御自身が自分に対し、もうそういう気持をお持ちでないのかもしれない。おれだってやっぱり復活した祭りを大いに楽しんだし、花輪で飾られた牝牛を山の周りに追う手伝いをして面白かった。でもね、さっきまたしても、おまえがおれの俗語《プラークリット》を直して、『シヤート』と言わせたがった時に、ふと思ったんだ、おまえが正しい訓練された言葉で単純なものを弁護したのは、なんて奇妙なことだろうって」

「おまえにぼくの非難はできないよ」、シュリーダマンが答えた。「なぜって、おまえは民衆の言葉で、バラモンたちの読経《どきょう》の勤行《ごんぎょう》を弁護したんだからね。あれでおまえはきっと楽しい幸せな気持になっただろう。でもぼくがおまえに言えるのは、正しく訓練された言葉で単純なもののために語るほうが、もっとずっと人を幸せにするということだよ」

3

それから二人はしばらく黙っていた。シュリーダマンは草に寝たまま空を見上げていた。ナンダは立てた両膝を逞しい腕で抱き、斜面の木々と藪を透かして母なるカーリーの沐浴場の方を眺めていた。

「しっ、うわっ、やられた、インドラ様もびっくりだ!」、ナンダは小声で立て続けにそう言うと、分厚い唇に指をあてた。「シュリーダマン、兄弟、ほら、そっと起きて、あれを見ろ。あそこの水浴びに降りていくあれだよ。目を開けて、それだけのことはあるぞ。女にはおれたちは見えない、でもおれたちからは見える」

若い娘が人気《ひとけ》のない結合の場所に立ち、沐浴の祈りを捧げようとしているところだった。娘はサリーと胴衣を、水に降りる階段の上に脱ぎ捨て、丸裸でそこに立っていた。首にはわずかな鎖を飾り、ゆらゆらと揺れる耳輪をつけ、たくさんの結び目を作った髪に白いリボンを巻いているだけである。その体の愛らしさは眩いばかりで、夢まぼろし《マーヤー》からできているようだった。この上もなく魅力的な肌の色は暗すぎず白すぎず、むしろ金色に輝く鉱石のようで、ブラフマー[10]の思うまま輝かしく作られていた。加えて、幼さを残す肩は甘美の極み、嬉しげにカーブを描く腰は腹の前面の広がりを生み、胸は処女の固さを保って蕾のよう、尻は誇らしく張り出し、上に向かって匂やかに軽みを増しながら、ほっそりした華奢な背中に続き、娘が蔓草《つるくさ》のような腕を上げたり、首筋で両手を組んだりすると、そこに柔らかなくぼみが現れ、また繊細な腋の下が暗く開かれるのであった。これほどにすべてが見事であるのだが、中でももっとも印象深くブラフマーの考えを実現しているところは、人の目を眩ませ現象界の命に魂を釘付けにするその胸の甘美さは別にして、このすばらしい尻が、象牙のような背中のほっそりとした若枝のしなやかさにつながっていくところであった。そしてこれはこれでもう一つの対照、つまり、賛歌でも捧げたくなるくらい見事に張り出した腰のカーブと、その上のウエストの華奢なくびれとの対照によってもたらされ、可能とされたのである。それは、偉大な苦行僧カンドゥが恐ろしい荒行によって神々と等し

10 ヴィシュヌ、シヴァと並ぶヒンドゥー教の最高神。宇宙の最高原理を具現し、世界を創造する力を体現する。

い力を集めないように、インドラが遣わした天の娘プラムロチャもかくや、という姿であった。

「ぼくらは退散しよう」、起きあがって座っていたシュリーダマンが、娘の姿をじっと見つめたまま、小声で言った。「向こうにぼくらが見えないのに、ぼくらが見てるなんて、良くないよ」。「どうして」、ナンダが声をひそめて応じた。「おれたちが先にここに来たんだ。ひっそりとしたこの場所に。耳を澄まして聞こえるものに、じっと耳を澄ましているんだ。だからおれたちにはどうすることもできないよ。おれたちは動かない。ぼきばき音をたてて逃げ出して、あの娘が知らないうちに見られてたって気づいたら、そりゃたまらないだろう。おれは見てて楽しいよ。おまえだってそうじゃないのか。ほら、もう目が赤くなってるよ、リグ・ヴェーダの詩句を唱える時みたいに」

「静かに」、今度はシュリーダマンがナンダに注意した。「冗談はよせ。これは真面目で神聖な現象だ。ぼくたちがその様子をひそかにうかがうのは、真面目で敬虔な気持でそうする時しか許されないのだ」

「いやあ、そうだとも」、ナンダが答えた。「こういうのは冗談ではないよね。でも、それでも楽しいよ。おまえは平らな地面から見上げたいと言った。ほら、いいかい、時にはまっすぐに立ったまま、まさに天を覗くことだってあるんだよ」

それからしばらく二人は黙って、身じろぎもせず眺めていた。金色の娘は、さきほど二人がしたように両手をあわせ、結合をとげる前に祈りを捧げた。二人は少し横から見ていたので、その体ばかりでなく、二つの耳飾りに挟まれたその顔も、この上なく愛らしいことを見逃さなかった。小さな鼻も、唇も、眉も愛らしく、とりわけ蓮の葉のようにカーブした目が愛らしかった。娘が少しこちらを向いたとき、友人たちは盗み見に気づかれたのではないかとびっくりしたが、まさにその時、この魅力溢れる姿態が、たとえば醜い顔立ちによって台無しにされることなく、統一がとれていて、頭部の優美さが体つきの優美さを完全に保証しているのを認めることができた。

「あの娘、知ってるぞ」、突然ナンダが指をパチンと鳴らしてささやいた。「いまわかった。いままで誰だかわからなかったよ。シーターだ、スマントラの娘の、この近くの〈瘤牛村《こぶうし》〉の。あそこから身を清めに来たんだ。そうだとも。おれにわからないはずがない。あの娘をぶらんこで天まで届けと揺すってやったことがあるんだもの」

「ぶらんこに乗せたんだって」、シュリーダマンが小声で迫るように聞いた。ナンダが答えた。

「もちろんだとも。みんなの前でこの腕の力の限り揺すってやった。服を着てたらすぐにわかったさ。でも裸じゃ、なかなかわからないよ。あれは〈瘤牛村〉のシーターだ。この前の春あの村に叔母を訪ねた。ちょうど太陽神の補助祭があって、あの娘が……」

「あとで話してくれ、頼むよ」、シュリーダマンがナンダの話をさえぎって、不安そうにささやいた。「あの娘を近くから見てるのは、大変な幸運だけど、これには、簡単に話を聞かれてしまうという不利もあるんだ。もう一言もしゃべるな、あの娘を驚かせないように」

「そしたらあの娘は逃げてしまって、おまえはもう二度と拝めないだろうね、まだまだ見飽きるどころじゃないのに」、ナンダがひやかした。しかし言われた方は、断固黙れと合図し、そうして二人は再び静かに座って、〈瘤牛村〉のシーターが沐浴の祈りを捧げる様を見ていた。娘は祈りを終えると、お辞儀をし、天を仰ぎ、慎重に川の懐に降りていった。水を汲んで口にふくむと、流れに身を沈め、片手を載せた頭頂部まで潜り、それからまだしばらくの間、優美に浮かび上がったり、流れに横様に身を委ねたりしながら、水浴を楽しみ、そうしたことをやり尽くすと、水滴をたらしながら、冷えた美しい体で乾いた所に上がってきた。しかしこの場所で二人の友人に与えられた幸運は、これで終わらなかった。水浴の後、身を清めた娘は階段に腰を下ろし、日の光を浴びて体を乾かしたのだが、その際、他に誰もいないと思いこんで、その体の優美な自然が求めるままに、気持よくあの姿勢、この姿勢をとり、それもやり尽くすと、ゆっくり服を着て、川への階段を逆に上って、聖堂の方に姿を消した。

「終わった、おしまいだ」、ナンダが言った。「これでおれたちは少なくともまた話しても動いてもいいわけだ。気配を殺しているのも、長い時間だと退屈だね」

「どうして退屈なんて言えるのか、わからないよ」、シュリーダマンが応じた。「ああいう水浴に我を忘れ、ただそこに没入していることより他に、もっと幸せな状態があるだろうか。ぼくはずっと息を止めていたかったよ。あの娘の姿を失うのが恐いからじゃない。他に誰もいないと思っている安心を奪うのが恐くて、それが心配だったんだ。あの娘がそう思っていることに、自分は神聖な責任があるように感じるよ。シーターっていうんだね。それがわかって嬉しいよ。あの娘をその名前で崇めることができて、ぼくの責任感も慰められる。で、ぶらんこで揺すってやったから知ってるんだって？」

「そうさ、言ったとおりだよ」、ナンダがきっぱりと答えた。「この前の春、おれがあの村に行ったとき、あの娘は太陽の処女に選ばれていた。おれはお日様の手伝いをして、あの娘を揺すってやった。天まで届けと高く、上からのあの娘の悲鳴がほとんど聞こえないくらいにね。どのみちみんなの金切り声でかき消されたんだけど」

「おまえはついてたね」、シュリーダマンが言った。「おまえはいつだって運がいいんだ。あの娘のぶらんこの漕ぎ手に選ばれたのは、明らかにおまえの逞しい腕のせいだ。あの娘がぶらんこに乗って、空に舞い上がる様が目に浮かぶよ。ぼくの想像の中の空を飛ぶ姿が、ぼくらがさっき見た立ち姿と混じり合う、直立して祈り、敬虔に身を屈めたあの姿と」

「たぶんあの娘には」、ナンダが答えた。「祈ったり懺悔《ざんげ》したりする理由があるのかもしれない。――おこないのせいではないよ、とても身持ちの堅い娘なんだから。でもあの姿のせいだとしたら。もちろん本人はどうすることもできないけれど、でも厳密に言うと、やはり何らかの責任はあるわけだ。ああいう美しい姿は心を捉えて離さない、と言われるよね。でもどうして捉えて離さないんだろう。それは、あの姿がおれたちを望みと喜びの世界に縛りつけ、それを見た者をいっそう深く輪廻《サンサーラ》の呪縛に巻きこむからだ。だから造られた生き物であるおれたちから澄んだ意識が消えていく、ちょうど息が絶えるようにね。それがあの姿の作用なのだ、意図したことではなくてもね。でも、あの娘が目を蓮の葉のような切れ長にしているのは、やはりまた、なにかの意図があるのかなと思わせる。美しい姿は与えられたものだ、望んで受け取ったものではない、だから祈る必要も償う必要もない、なんて勝手な言い草だよ。それはそうだよ、『与えられた』と『受け取った』との間にほんとの区別なんてない。あの娘もそれがわかっているから、きっと、自分が人の心を捉えてしまうことの許しを求めて祈るんだろう。でもなんてったって、あの娘は美しい姿を受け取ってしまったんだ、——それは、与えられるものをただ受け取るというようなことではなく、自分からそれを受け取ったのだ。そして、どんなに篤い信仰心で沐浴しても、そこを変えることはできない。入った時と同じ、傍《はた》迷惑なお尻のまま、水から出てきたんだからね」

「そんな下品なもの言いをするなよ」、シュリーダマンは思わず激して非難した。「あんなに繊細で神聖な姿なのに。たしかにお前は実相知のようなものを少し思いつきはした。でもいかにも田夫野人《でんぶやじん》の言い方だ。言わせてもらうよ。おまえが実相知を利用したやり方は、おまえがこの現象にふさわしくなかったということを、明らかにしてくれる。ところがなんてったって、今のぼくらの立場では、ぼくらがあの現象にふさわしいところを示せたか、どういう気持でその様子を窺ったかということこそが、肝心要《かなめ》の問題だったんだよ」

ナンダは自分の発言に対するこの否定を非常に謙虚に受け入れた。

「では、教えてくれ、兄さん《ダウジ》」、ナンダは友人を「兄」と呼んで、請うた。「おまえはどういう気持で様子を窺っていたんだい。またおれはどんな気持で窺っていたら良かったんだろう」

「いいかい」、シュリーダマンが言った。「すべてのものには二通りのあり方がある。一つはそれ自体として、一つは他人の目に映るものとして。すべてはただそこにあり、かつ見られるものとしてある。魂と姿なのだ。そしていつも、ものの姿にばかり気を取られて、ものの魂を気にかけないというのは、罪深いことだよ。皮膚病の乞食の姿がひき起こす吐き気を克服するのは、必要なことだ。ぼくらの目やその他の感覚の受け取る印象のまま、その姿に留まっていてはならない。なぜなら見えるものはまだ実体ではないからだ。ぼくらはいわばその背後に回り込んで、認識を得なければならない。どんな現象もその認識へとぼくらを向かわせようとする。なぜなら実体は現象以上のものであり、大切なのは、その存在、その魂を、姿の背後に見いだすことだからだ。しかし、惨めさの姿がひき起こす吐き気に留まっていてはならないというだけではなく、同様に、いやそれ以上に、美しいものの姿がひき起こす快楽の中に留まっていてもならないのだ。なぜなら、美しいものをただ美しいものとしてのみ捉えようとする感覚の誘惑は、吐き気をひき起こすものの場合よりずっと大きいけれど、美しいものだってその姿以上のものなのだから。つまり、美しいものは、乞食の姿がその惨めさのせいで、ともかくもぼくらの良心に働きかけるような、相手の魂に迫れという要求を、一見まったくしないようだけれど、にもかかわらず、ぼくらは美しいものの実体を尋ねもせずにその姿をただ楽しんでいる時に、やはりその美しいものに対して責任を負っているのだ。特に、ぼくらだけが一方的に見ていて相手から見られていない時には、特に深く、その責任を負っている。ぼくにはそう思えてならない。いいかい、ナンダ、ぼくらが覗き見したあの娘の名前を、スマントラの娘のシーターだと教えてもらえたのは、ぼくにとって本当に良いことだった。だってそのおかげでぼくは、あの娘の姿以上のものを少しは手に入れ、知ったのだから。そうとも、名前はそのものとその魂の一部なのだからね。でもそれより何より、あの娘が身持ち正しい乙女だと聞いて、なんてぼくは幸せに思ったろう。これはなんてったって、もっと良くあの姿の背後に回って、あの娘の魂を会得しろということだからね。しかしさらにこんなふうに言えるかもしれない。あの娘が目を蓮の葉形の切れ長にして、ひょっとしたら睫毛《まつげ》にも化粧しているかもしれないが、それは、ほんらい身持ちの正しさとは何の関係もないただの風習に過ぎないのであり、――あの娘はまったく無邪気に、身持ち正しく風俗習慣に従って、そうしているのだ、とね。なにしろ美には美の現れる姿に対して義務があるのだから。あの娘は美の義務をはたすことによって、もしかしたら、ただ人の気持をかき立て、自分の魂を探らせようとしているだけなのかもしれない。あの娘には立派な父親、スマントラと、行き届いた母親がいて、二人が身持ち正しく娘を育てたのだと思うと、ぼくはほんとに嬉しくなる。そして、その家の娘として暮らし働く様子が目に浮かぶ。石の上で穀物をすりつぶし、竈《かまど》で粥を作り、羊の毛を紡いで細い糸にする姿がね。なぜならぼくの心は覗き見したことに責任を負っていて、心のすべてをかけて、あの姿から一人の人間を獲得したいと望んでいるのだから」

「それはよくわかるよ」、ナンダが答えた。「でも考えてみてくれ、おれにはその望みがそれほど切実にはならなかった。だっておれはあの娘を天まで届けと揺すってやったから、もうとっくに一人の人間になってしまっているんだ」

「ありそうなことだよ」、シュリーダマンが答えた。その声はこの話になって少し震えはじめていた。「きっとそんなことだろう、なぜなら、おまえがその価値ありと認められてあの娘と親しくなったのは、――正当なのか不当なのか、それは決めずにおくよ、だっておまえがそう認められたのは、おまえの腕と逞しい体のせいであって、おまえの頭脳と考えのせいではないからね――、で、その親しみのおかげで、あの娘はおまえにとってすっかり肉体を具えた一人の人間になったけれど、それがかえって、あのような現象の持つより高い意味に向ける視線を鈍らせたのだ。さもなければ、あの娘が受け取った美しい姿のことを、あんなに許し難く下品に話すことはできなかっただろう。いいかい、子供であれ、処女であれ、母親であれ、老婆であれ、すべての女の姿の中には、万物を産み、万物を育てる偉大な女神、シャクティが隠れているのだ。万物はその胎《はら》から産まれ、その胎に帰る。僕たちは、どんな現象でもそのしるしがあれば、そこに女神御自身を敬い讃えなければならない。そうではないか。この

〈黄金蠅〉の川岸で、女神はぼくらにこの上もなく慈悲深いお姿を顕して下さった。ぼくらは女神御自身の、あの姿をとっての御顕現に心の底から感動しないではいられないのだから、自分で気付いているけれど、実際、話そうとすると、少し声が震えてしまうのだ。ただし、その一部はおまえの話し方に対する不満からでもあるよ——」

「おまえの頬も額も日焼けしたみたいに赤くなっているよ」、ナンダが言った。「それにおまえの声には、震えてはいても、いつもよりずっと豊かな響きがある。それはさておき、請けあって言うけど、おれだっておれなりにすっかり感動してしまったよ」

「よくわからないね」、シュリーダマンが答えた。「どうしておまえは、あんな下手くそな話し方をして、あの美しい姿を非難することができたんだろう。あの娘の美しさのせいで、被造物である人間たちが否も応もなく呪縛され、意識の息が消えていく、なんてね。それは、ものごとを罰すべき一面性でしか見ていないということだし、真実で完全な存在がこの上なく甘美な姿で顕れたのに、それにすっかり心を満たされてはいないということを暴露するものだよ。というのは、あの娘はすべてであって、ただ単にそれだけのものではないからだ。生と死であり、妄想と知恵であり、呪縛者であり解放者なのだ。これがわからないか。おまえは、あの娘が被造物である人間の群を惑わし、呪縛することだけを知っていて、あの娘が呪縛の闇を越えて真実の認識に導くということを知らないのかい。だとすれば、おまえはほとんど何も知らず、解くのは難しいにしても、一つの秘密を会得していなかったということだ。つまり、あの娘がぼくらに与える陶酔は、同時に感激でもあって、これはぼくらを真理と自由に導くものだということを。なぜなら、縛るものは同時に解き放つものであるということ、感覚の美と精神を一つに結ぶものは感激であるということ、これこそがその秘密なのだ」

ナンダの黒い目は涙に光っていた。なぜならナンダの心は感動しやすく、形而上的な言葉を泣かずに聞くことは、ほとんどできなかったからである。特にいま、シュリーダマンの普段はかなり弱々しい声が、とつぜん心に迫る力強い響きを帯びるようになったのだから。そうしてナンダは、山羊鼻をすすり上げながら言った。

「兄さん《ダウジ》、きょうはまたなんて見事に話すんだろう。おまえがそんなふうに話すのをまだ一度も聞いたことがないよ。胸が苦しくなるよ。あんまり苦しくって、もうやめてくれって、言いたいくらいだ。いや、でも、もっと話してくれ、呪縛とか、精神とか、すべてを包む女神とか」

「ほら、わかっただろう」、シュリーダマンは上機嫌で答えた。「あの娘がどんな存在か、惑わすだけでなく、知恵を生み出すことも。ぼくの言葉がおまえの胸に迫るのなら、それは、あの娘が滔々《とうとう》たる雄弁の女神だからだ。そしてそれはブラフマーの知恵と一つに溶け合っているのだ。あの娘の二重性の中にぼくらは偉大な女神を認めなければならない。なぜならそれは、黒い、恐怖を呼び起こす、怒りの女神であり、湯気の立つ皿から生きとし生けるものの血を飲むのだが、しかし同時にそれは、神聖さと恩寵に溢れる女神でもあり、万物の流れ出る源であり、命あるものすべてを愛情豊かにその養う胸で守ってもいるのだから。あの娘はヴィシュヌの偉大なマーヤーなのだ。マーヤーはヴィシュヌを抱きとめ、ヴィシュヌはマーヤーの中で夢を見る。そしてぼくらはそのヴィシュヌの中で夢を見るのだ。たくさんの川が永遠のガンジス川に流れ込み、そのガンジスは海に注ぐ。そのようにぼくらは世界を夢見るヴィシュヌの神性の中に流れ入る。そしてこの神性は母なる大海に注ぐのだ。いいか、ぼくたちは神聖な沐浴場を備えた、ぼくらの人生の夢の河口に到着したのだ。するとそこに、万物を産み、万物を食い尽くす女神が、ぼくらを惑わしぼくらを感激させるために、甘美きわまりない姿で顕れた。ぼくらはその胎で沐浴したが、おそらくその顕現は、ぼくらが女神の生殖力のしるしを敬い、それに水を注いだことへの褒美だったのだろう。リンガとヨニ、男根と女陰――神命を受けた男がシャクティと共に婚礼の炎の周りを回り、手と手を花のバンドで結ばれて、『われこの女を得たり』という言葉を述べるとき、人生にそれ以上に偉大なしるしと偉大な時間があるだろうか。男は女を両親の手から受け取り、王の言葉を語る。『われはこれなり、なんじはそれなり。われは天、なんじは地、われは歌の調べ、なんじは歌の言葉。いざわれら共に進まん』。二人はまぐわいを祝う、――もはや人間ではない、この男とあの女ではない。それは偉大な一対。男はシヴァ、女はドゥルガー[11]、高貴な女神。二人の言葉は混乱し、もはや彼らの言葉ではない。陶酔の深みからもれる切れ切れの声。有頂天の抱擁のうちに二人は息絶え、この上ない生の高みへと上っていく。これこそが神聖な時なのだ。その時ぼくらは認識の中に湯浴《ゆあ》みし、母の胎の中にあって自我の妄執から救われる。なぜなら、美と精神が感激の中で溶け合うように、生と死は愛の中で一つに溶け合うからだ」

11　これもシヴァの妃。ブラフマー、ヴィシュヌ、シヴァなど神々の怒りの光が合一して出現し、魔神の軍を倒す。その顔面から黒い女神カーリーが生まれる。

ナンダはこの形而上的な言葉に丸ごと心を奪われてしまった。目からは涙が溢れていた。「雄弁の女神はなんとおまえに優しく、ブラフマーの知恵を授けてくれることだろう。もうこれ以上耐えられない、でも、もっともっといつまでも聞いていたい。もしおれがおまえの頭の生み出すせめて五分の一でも歌い語ることができたら、おれはこの全身でおれ自身を愛し、自分を尊びたくなるだろうに。だからこそおれにはおまえが必要なんだ、兄さん。だっておまえはおれの持っていないものを持っていて、おれの友達なのだから、おれには自分がそれを持っているような気がするんだよ。なぜならおれはおまえの仲間としておまえの一部であり、少しはシュリーダマンでもあるのだ。でもおまえがいなければ、おれはただのナンダに過ぎないだろう。それではおれはだめなんだ。率直に言うよ、おれはもしおまえと別れたら、一瞬も生き延びたいとは思わないだろう、薪の山を築いて、この身を焼き滅ぼしてくれと頼むだろう。これだけは言わずにいられない。さあ、これを取れよ、そして出発しよう」

ナンダは指輪をはめた黒い手で旅の荷物を探り、キンマの巻き葉を取り出した。これを噛むと口に良い香りがするので、食事の後に好んで噛まれるのである。ナンダは涙に濡れた顔をそむけて、シュリーダマンにキンマを渡した。なぜならキンマは契約と友情の固めとしても尊ばれているからである。

## 4

こうして二人は旅を続け、それぞれの用向きに応じてしばらく別々な道を進んだ。つまり二人が帆船の多いヤムナー川に達し、水平線の向こうにクルクシェートラの町のシルエットを見たとき、シュリーダマンはその任務のために牛車で混雑する広い通りを進み、人々のひしめく町の路地に、米つき棒と薪を取り引きする男の家を探した。いっぽうナンダは街道から折れて、下層民の円形の集落に通じる狭い小道をたどった。彼らが父親の鍛冶仕事のために銑鉄を売ってくれるはずだった。二人は別れる時たがいに祝福しあい、三日目の決まった時間にこの分かれ道の所で再会し、それぞれの用事を済ませた後は来た時と同じように、また一緒に故郷の村に帰ろうということになった。

さて三度目の太陽が昇った日、ナンダは下層民から手に入れた灰色のロバに重い鉄を積み、自分もそれにまたがって、別れと再会の場所で少し待っていなければならなかった。というのは、シュリーダマンがちょっと遅れたからである。彼は広い街道の向こうから商品の包みを持ってやっと帰ってきたが、その足取りは重く引きずるようで、柔らかい扇形の髯に囲まれた頬は落ち窪み、その目は悲しみに沈んでいた。シュリーダマンは仲間に再会しても喜びを表さなかった。ナンダが荷物を取って灰色のロバに積んでやろうと走り寄っても、その態度は変わらなかった。あいかわらず来た時と同じように背中をかがめ、打ちひしがれた様子で、友人の傍らを歩いてゆく。話す言葉はほとんど「そう、そう」ばかり、それが「いや、いや」と言うべき時でさえもそうなのである。ところがまたこの「いや、いや」を言わないでもないのだが、それがまた遺憾なことに、「そう、そう」と言うべき時なのである。すなわち、食事をとって休憩しようという時に、シュリーダマンは、食べたくもないし、食べられないと言い、どうしたのかと聞かれて、眠ることもできないのだ、と付け加えたのである。

これはもう病気の兆候であった。帰路二日目の夜、心配したナンダは星空の下でやっと相手に少し喋らせることができたが、シュリーダマンは、病気だということを認めたばかりでなく、引き絞るような声で、これは不治の病だ、死病だ、と付け加えた。その言うには、死なざるをえないばかりでなく、死にたいのだ、こうならざるをえないのと、こうしたいのが、一つに綯《な》い合わされて、区別できないばかりか、二つが一つになって身をさいなむ望みが生まれたのだ。そこでは、こうならざるをえないがこうしたいになり、こうしたいがこうならざるをえないになって、もうどうしようもない、というのである。「おまえの友情が真剣なものなら」、シュリーダマンは、あいかわらず喉のつまったような、同時に激しく感動したような声でナンダに言った。「ぼくのために薪の小屋を作って最後の親切を見せてくれ。ぼくがその中に座って、炎に包まれて死ねるように。なぜって、不治の病に内側から焼き滅ぼされる苦しみといったら、それに比べれば、肉体を焼く炎なんて、慰めの油、聖なる川での清めの沐浴に思えるくらいだもの」

「いやあ、なむさん、おまえはどうしちゃったんだい」。友人の御託を聞かされてナンダは考えた。ここでぜひ言っておかなければならないが、このナンダは、なるほど山羊鼻で、その体つきからして、彼が鉄を買い取った下層民とバラモンの孫のシュリーダマンとの中間に位置していたが、この難しい局面に賞賛すべき対応力を示し、友人の病気による優越的立場を前にしても落ち着きを失わなかった。それどころか、こういう状況下で病気にかかっていない方が受け持つあの優越性を利用し、それを病める友への友情に誠実に奉仕させ、自分の驚きは押し殺して、相手の立場になりながらも、同時に理性的に、シュリーダマンに語りかけることができたのである。

「約束するよ」、ナンダは言った。「おまえがそう言うのだからきっと疑う余地はないのだろうけど、本当におまえの病気が治らないということがはっきりすれば、おれはためらわずにおまえの指示を実行し、薪の小屋を作るよ。それどころか、火をつけた後おれもおまえの横にいられるように、大きな小屋にするね。だっておれは、おまえと別れて一時間でも生きながらえようとは思わないし、それくらいなら、おまえと一緒に炎に飛び込むつもりだからね。でもだからこそ、つまりこれはおれ自身にも大いに関係することだから、おまえは何よりもまず、どこが悪いのか、病名は何か、おれに言わなければならないよ。たとえそれが、治らない確信をおれがつかんで、一緒に灰になる準備をするためだけのことだとしてもね。これが正しい適切なもの言いだということは、おまえも認めなければいけない。おれでさえこの限られた頭でいまの話の正しさがわかるんだもの、もっと賢いおまえは、そうだと認めざるをえないだろう。もしおれがおまえの立場に立って、おまえの頭がおれの肩の上にあるかのように、一瞬でもおまえの頭を使って考えてみれば、おまえがいま考えているような、そんな大それた決心をするなら、その前に、その病気は治らないという、おれの、というかおまえの確信には、他人の検証と確認が必要だ、そういう考えにおれ自身同意しないわけにはいかないのだよ。だから、さあ、話してくれ」

頬の落ち窪んだシュリーダマンは、なかなか話し始めようとしなかった。むしろ、自分の苦しみは致命的に希望のないもので、その証明とか検討とかは必要ないのだ、などと言っていた。しかし、さんざんせっつかれてついに、片手で両目を覆い、話しているあいだ友人の顔を見なくていいようにしながら、次のような告白を始めたのである。

「あの時からだ」、シュリーダマンは語った。「おまえがかつて天まで届けと揺すってやったあの娘、スマントラの娘のシーター、その裸ながらも身持ち正しい姿を、デーヴィー［女神］の沐浴場で覗き見したとき、あの娘を思う苦しみの芽がぼくの魂の中に降りてきて、それ以来、刻一刻と成長を遂げたのだ。その苦しみは娘の裸体と身持ち正しさのどちらにも関係があって、二つが一つであることから生まれてきた。いまではその苦しみはぼくの五体の隅々までも貫いて、気力を消耗させ、眠りと食欲を奪い、ゆっくりと、しかし確実に、ぼくを破滅に向かわせている」。この苦しみは、とシュリーダマンは続けた。それゆえ死に至る苦しみであり、希望がない。なぜならその治癒、というのは、娘の美しさと身持ち正しさゆえの望みが満たされることなのだが、そんなことは考えられないし、想像もできない、とんでもないことなのだ。要するに、人間の分際でどうこうなるようなことではない。わかりきったことである、人が幸福の望みに取り憑かれ、それが満たされなければ生きていけないようになってしまっても、神様しかその実現を考えられないようなことならば、その人は破滅するしかない。「もしぼくが」、とシュリーダマンは話を結んだ。「あの娘を、山鶉《やまうずら》の目をした、美しい肌色の、見事な腰を持つシーターを、わがものとしなければ、ぼくの精気は自然とかき消えてしまうだろう。だから、炎の小屋を作ってくれ。なぜなら人と神との相克からの救済は、灼熱の中にしかないからだ。でもおまえがぼくと一緒に炎の中に座していようというなら、おまえの若さと、その朗らかな、胸毛にも露わな人となりを思ってぼくは確かに気の毒になる。でもまた、それはぼくにとっていいことかも知れないとも思う。なぜって、いずれにしても、おまえがあの娘を揺すってやったのだと思う気持も手伝って、ぼくの魂に火が点いたのだし、そんな幸運に恵まれた誰かを、この世に残していくのは、やっぱり嫌だろうからね」

こんな話を聞かされて、ナンダは、シュリーダマンが呆気《あっけ》にとられ心底《しんそこ》驚いたことには、とつぜん爆笑し、とめどもなく笑いながら、友人を抱きしめたり、その場を躍り回って飛び跳ねたりした。

「惚れた、惚れた、惚れた」、ナンダは叫んだ。「それだけのことさ。それが死に至る病の正体だ。お楽しみだよ。お慰みじゃないか」。そしてナンダは歌い始めた。

賢い男、賢い男
もの思う姿のいかめしさ
自慢の機知の種が切れ
閃《ひらめ》き煌《きら》めき飛んで逃げ

小娘の目くばせ一つ
男の頭をひとひねり
お猿が木から落ちたって
これほど阿呆にゃ見えまいに

歌い終わるとナンダはまた、腹をかかえ、両手で膝を打って笑い、叫んだ。

「シュリーダマン、兄弟、それだけのことで、おれはほんとに嬉しいよ。薪の山だとか御託を並べて、おまえの心の藁小屋に火がついただけじゃないか。あの小さな魔女はおまえの視線の先にちょっと長くいすぎたんだ。で、［愛欲の］神様カーマが花の矢でお前を射たというわけだ。なぜって、あのとき蜜蜂の羽音に聞こえたものは、カーマの弓の弦《つる》のうなりだったからだ。そして、春の妹で、愛の快楽のラティ［カーマの妃］がおまえの心を捉えたのだ。これはみんなまったく普通のことで、嬉しくなるくらいありふれたことだ。ちっとも人間の分際を超えてなんかいないよ。というのは、おまえの望みの実現は神様にしか考えられないと、おまえには思えるのかもしれないが、それはまさにおまえの望みがそれだけ切実だからであり、なるほどその望みは神様から、つまりカーマから出たものではあるが、それは決してカーマのものではなく、カーマがおまえに贈り与えたものだからだ。おれは薄情でこんなことを言うんじゃないよ、ただ、おまえの恋い焦がれた心を少し冷まそうと思うんだ。望みの実現を要求できるのは神々だけで、人間はだめなんて思うのは、目標をべらぼうにつり上げすぎだ。——それどころか、あの畝間《うねま》に種を蒔きたいと思うおまえの欲望、それ以上に人間らしい、自然なことはないと思うよ」。（シーターとは「畝間」という意味なので、ナンダはそう言ったのである）。「でもおまえには」、とナンダは続けた。「あの諺がほんとにぴったりだね。『昼は梟《ふくろう》の目が見えぬ。夜は鴉《からす》の目が見えぬ。恋に眩んだ者ならば、昼間も夜も目が見えぬ』。この格言をおまえに掲げるのは、これで今のおまえの姿を知ってほしいからだ。瘤牛村のシーターはドゥルガーの沐浴場に裸で現れて、おまえには女神に見えたかもしれないが、ぜんぜんそんなものではなくて、そりゃ、並はずれてかわいいかもしれないが、ごく普通の娘だということを、よーく考えてもらいたいね。あれは他の娘たちと同じように生きているんだ。穀物を粉にひき、粥を煮、羊の毛を紡ぎ、両親がいる。その親だって他の人と同じだ。親父のスマントラは戦士の血をひくとか言ってるけれど、——大したことじゃない、というか、はるか昔の話だ。要するに、話の分かる人たちだよ。で、おまえはこのナンダのような友だちを何のために持っているの。もしこの友だちが出かけていって、おまえが幸せになれるように、このまったく普通の実現可能なことをおまえのために首尾良く収めるのでなかったら。さあ、どうだい、おまえは阿呆か。炎の小屋を建てて、おれもおまえの横にしゃがもうなんてかわりに、おれが助っ人になって、おまえの新婚の家を調え、腰の美しいあの娘と一緒に暮らさせてやろうじゃないか」

「おまえの言葉には」、シュリーダマンはしばらく黙っていた後で答えた。「いろいろ人を傷つけるものがあった。おまえの歌ったあれはまったく度外視しても。なにしろおまえがぼくの望みゆえの苦痛を普通でありふれていると言うのが、気に入らない。だってそれはぼくの力を超えていて、今にもぼくの命を粉砕しそうなのに。それに普通、自分たちより強い、つまり自分たちにとって強すぎる熱望は、人間の分際を超えたものとか、ただ単に神のものとか呼ばれるのが正しいのだ。でもおまえは、ぼくに良かれと思い、ぼくを慰めたいと思っているのだよね。だからぼくは、おまえがぼくの死病を言い表した、俗っぽい無知な呼び方を許そう。許すばかりではなくて、おまえの最後の言葉、あれで僕にそれが可能だと示したことをおまえが本当に可能だと思っているらしいということが、もう死ぬつもりでいたぼくの心を、新しい激しい命の鼓動へと駆り立てたよ、――ただその可能性を想像し、自分にはできないことを信じてみただけなのに。たしかに、ぼくとは心の状態の違う局外者の方が、事情をより明確に、より正しく判断できるかも知れないと、一瞬はそう思いもする。でもすぐにまた、自分とは違う心の状態なんてどれも信じられなくなるし、けっきょく、ぼくに死ねと命じるこの心持だけを信じてしまうのだ。それに、神々しいシーターがすでに子供の時に結婚していて、一緒に大人になった夫とやがて結ばれる定めになっているということだけでも、ありそうな話じゃないか。——そう思うのはおぞましい劫火の苦しみだ、だから、涼しい薪の小屋へ逃れる以外、もう何も残っていないではないか」

しかしナンダがその友情にかけて言うには、その心配はまったく無用であって、じっさいシーターはどんな幼児婚によっても縛られていない、というのである。親父のスマントラはそういう結婚に反対で、主な理由は、相手の男児が早死にでもして、娘をやもめ暮らしの屈辱に晒《さら》すようなことはしたくないからだ。それになんてったって、夫のいる娘だったら、ぶらんこの処女に選ばれはしなかっただろう。そうさ、シーターはどんな拘束も受けていない、こちらの思うままだ。シュリーダマンは身分もいいし、家庭もしっかりしている、おまけにヴェーダにも通じているのだから、あとはただ友だちに正式に任せてくれれば、この一件を引き受けて、家と家の交渉に取りかかり、きっと幸せな結末をつけてやるよ。

ぶらんこの一件が再び持ち出されて、シュリーダマンの頬が苦しそうに引きつった。しかし彼は友人の助力の申し出に感謝の意を表し、ナンダの健全な分別に感化されてしだいに死の熱望を離れ、自分の幸福の望みの実現、すなわち、あのシーターを妻としてその腕に抱くということが、人間にふさわしい理解可能な領域の外にあるわけではないということを、だんだん信じてもいいような気分になってきた。もちろんシュリーダマンとしては、ナンダがもし求婚に失敗したら、その逞しい腕で必ず燃え上がる小屋を作らねばならないということに固執したのではあったが。ガルガの息子は友を穏やかになだめてそれを約束したが、何よりも一つ一つ着実に、あらかじめ定められた求婚の手続きを友との間で取り決め、その間シュリーダマンは完全に背後に退いて、ただ結果を待つだけということにした。すなわち、ナンダはまずはじめにシュリーダマンの父親のバヴァブーティに息子の意向を知らせ、娘の両親と交渉を始めさせる、それから、ナンダも求婚者の代理人兼仲人として瘤牛村に赴き、友人としての立場を発揮して、二人の間の距離を縮めるように仲介する、という手筈であった。

あとは有言実行だった。バラモンの血筋の商人バヴァブーティは、息子の親友から伝えられた事の次第を喜んだ。戦士の血を引く牛飼いスマントラは、立派な贈り物を伴う提案が披露されて悪い気はしなかった。ナンダは求婚の家で、無骨ながら説得力のある声で、友を讃えて歌った。それからまた、シーターの両親が〈牝牛の繁栄〉村へ答礼の訪問をし、求婚者の真面目さを実地に見聞して、上首尾に事が運んだ。こうして一つ一つ交渉が進み、日々が過ぎていくうちに、娘は、商人の息子シュリーダマンが、やがて主人となり夫となるべく自分に定められた人だと思うことに慣れていった。結婚の契約書が作成され、それへの署名が、大盤振舞の食事と幸せを約束する贈り物の交換によって祝われた。星占いの助言を得て慎重に選ばれた婚礼の日が近づいてきた。シュリーダマンとシーターの結合はその日と決められていて、そのことがシュリーダマンに、その日の到来を信じる気持を邪魔していたのだが、ナンダの方は、その日の来ることを承知していて、婚礼の世話人として走り回り、親戚や友人たちを招待した。花嫁の家の中庭で、いつものバラモンが読経する中、乾かした平らな牛糞を山と積んで婚礼の火を用意したときも、たくましい腕を振るって一番の働きをしたのが、ナンダだった。

こうしてその日が来た。どこから見ても姿の美しいシーターが、白檀と樟脳と椰子油で体を清め、金銀細工を飾り、きらきら光る胴衣とサリーに身を包み、頭を薄いベールで覆って、自分に授けられた夫を初めて見(夫の方は、周知のように、すでに娘を見ていた)、夫をその名で呼んだのである。時はなるほどその歩みに従って訪れるのを待たねばならなかったが、やはりその時は訪れて、シュリーダマンは「われこの女を得たり」という言葉を口にした。米とバターの供物を捧げて両親の手から娘を受け取り、自分を天と呼び、女を地と呼び、さらにわれは歌の調べ、なんじは歌の言葉と呼んで、手を打ち鳴らす女たちの歌に合わせて、妻とともに三度、燃えさかる薪の山の周りを回った。それから一組の白い牡牛の牽く車に厳かに導かれ、自分の村へ母の懐へと妻を連れ帰ったのである。

幸せを約束する儀式がまだまだたくさん残っていた。二人はここでも炎の周りを回り、夫は妻に砂糖黍《さとうきび》を食べさせ、妻の衣装の中に指輪を落とし、一族や友人たちと祝宴の席を共にした。しかし食事も酒も終わり、ガンジスの水とバラの油が注がれると、二人は、〈幸せな夫婦の部屋〉と名付けられた部屋に導かれた。そこには二人のために花の寝台が用意されていた。接吻と冗談と涙の別れが繰り返された。――つねに二人のそばを離れなかったナンダが、一番最後に戸口で二人に別れを告げた。

## 5

この物語はここまで非常に好ましい歩みを進めてきたのであるが、傾聴して下さる皆さんは、それに騙されて、この話の本当の性格について、どうか欺瞞の落とし穴にはまらないようにしていただきたい。私たちがいったん話を閉じていた間に、物語はいっしゅん顔をそむけた。そして、その顔が再び皆さんの方に向けられたとき、それはもう、さっきと同じ顔ではない。歪められておぞましい仮面になっている。人を混乱させ、石と化し、激しい生け贄の行為へと走らせる恐怖の顔。シュリーダマンとナンダとシーターが、旅の途中で見たような顔。彼らはその旅を……いや、一つ一つ順を追って。

シュリーダマンの母が美しいシーターを娘としてその懐に迎え入れ、シーターが鼻のほっそりした夫に結婚の喜びを満喫させてから、六ヶ月が過ぎた。すでに猛暑の夏は過ぎ、雨期は一面の雲で空を覆い、みずみずしく咲きでた花で大地を覆ったが、この季節もすでに終わろうとしていた。天空には雲ひとつなく、蓮が秋の花を咲かせる頃だった。新婚の二人は二人の友人のナンダと語りあい、シュリーダマンの両親の同意を得て、シーターの親もとへ旅をしようということになった。こちらは、娘が夫を抱擁して以来、娘に会っていなかったので、結婚の喜びが娘にどんな効果をもたらしたのか、その目で確かめたいと思っていた。シーターは少し前から母となる喜びを感じていたが、遠い道のりではないし、涼しくなる季節ならそう負担にもならないので、思い切って出かけることにしたのである。

彼らは、屋根と覆いを備えた荷車で旅をした。一頭の瘤牛と一頭の一瘤駱駝《ひとこぶらくだ》が車を牽《ひ》き、友人のナンダが御者を務めた。夫婦の前に陣取り、小さな帽子をはすに被り、両脚をぶらぶらさせていた。道を進むことに気をとられて、後ろを振り向き車中の二人とおしゃべりする気になど、とうていなれないという様子であった。二頭の動物にあれこれ声をかけ、またときどき大きな明るい声で歌い出すことがあった、——しかしそのたびに、最初の数音で早くもその声は萎え、口ずさむほどの音から、家畜への小さな掛け声に変わってしまう。苦しげな胸の奥から突然激しく歌い出す様には、何か人をぎょっとさせるものがあったが、その声が急に消えていく様もまた異様であった。夫婦はナンダの背後に黙って座っていた。目の前にナンダがいたのだから、視線をまっすぐ前に向けていれば、ナンダの首筋が見えたことだろう。じっさい新妻の目は時々ゆっくりと膝から上がってそれを見たのである。そしてほんのいっときそこに留まると、またさっと膝に伏せられた。シュリーダマンは、屋根から下げられた麻の粗布の方に顔をそむけ、この光景を絶対に見ないようにしていた。褐色の背中に脊椎が浮き出し、肩胛骨《けんこうこつ》が敏捷に動く様を、横に座る妻のように目の前に見ないですませるために、できればナンダと席を替わり、自分が御者をやりたかった。しかしそうするわけにはいかなかった。シュリーダマンが楽になりたくて望んだその並び方は、それはそれで正しくなかっただろう。――こうして三人は街道を静かに進んでいった。しかし三人とも、まるで走ったかのように、呼吸が荒かった。白目に血管が浮き出ていた。これはいつも悪いしるしである。たしかに、予見の才を持つ人ならば、黒い翼が三人の車を影で覆い一緒に進んでいくのを認めたことだろう。

三人は好んで夜の闇の中を進んだ。というか、夜が明ける前の早朝に旅を進めた。これは一般に真昼の太陽の辛さを避けるために行われることなのだが、三人がそうしたにはそれなりの理由があった。いまや彼らの魂には混乱が潜んでいて、闇はその混乱に好都合であったので、彼らはそれと気付かずにその機会をとらえて心の混乱を空間の中にも再現し、ある所まで来て道に迷ったのであった。すなわちナンダが、シーターの故郷の村へ行くのに必要な地点で街道からそれるように牡牛と駱駝を御すことをせず、月のない、ただ星ばかりの夜だったせいもあって、間違った場所で曲がってしまったのである。ナンダが入り込んだ道は、間もなく道ではなくなり、道のように思わせる木々の間の隙間に過ぎなくなった。はじめはまばらに生えていた木々がしだいに数を増し、三人を迎える深い森の木々となって、彼らを呑み込み、間もなくその隙間さえも彼らの視界から奪われた。それに沿って進んできた三人は、帰路にそれを利用しようと思っても、もはやそうすることはできなかった。

木々の幹に取り囲まれ、森の柔らかい土の上をなお車で前進することは、不可能だった。三人は道に迷ったことを認めあった。しかしそれぞれの胸にこう認めることはなかった、すなわち、自分たちは自分たちの心のどん詰まりにふさわしい状況を自ら招き寄せたのだと。なぜなら、御者ナンダの後ろにいたシュリーダマンとシーターは、眠っていたわけではなく、目を開けて、ナンダが二人を迷わせるのを許したからである。彼らはその場所で火をおこし、獲物を狙う肉食獣から身を護りながら日の出を待つしかなかった。やがて森が明るむと、三人は周囲の様子を探り、二頭の家畜を車から外してそれぞれに歩かせ、チークと白檀の木の間になんとか隙間を見つけては、あてもなく、大変な難儀を重ねて車を押し、やっと密林の端に出た。目の前に、通れなくもなさそうな、灌木の茂った石の谷間が開けていた。ナンダは、ここを行けば目的地に着くに違いないと、断言した。

斜めにかしぎ、あちこちぶつかりながら、谷間の道をたどっていくと、岩から切り出された聖堂にぶつかった。三人にはそれがデーヴィーの聖所、近寄りがたく危険に満ちたドゥルガーの、暗黒の母カーリーの聖所であるとわかった。ふと衝動に駆られてシュリーダマンは、車から降りて女神に拝礼したいという希望を述べた。「ちょっとお参りして、お祈りをし、すぐ戻ってくるよ」と連れの二人に言った。「その間ここで待っていてくれ」。そして車を離れ、横にそれて、聖堂へと続く荒れた階段を登っていった。

〈黄金蠅〉の小川のひっそりとした沐浴場に立つあの母神のお堂と同じように、ここも大きなお堂と言えるようなものではなかった。しかし篤い信仰心によって柱や装飾画が刻み出されていた。柱に支えられた入り口には原生林が迫り、豹が唸り声を上げてその柱を見張っていた。岩の壁面を彫って彩色をほどこした絵が左右にあった。内部の通路の両側も同じだった。肉に縛られた人生の幻影、それは、骨と、皮と、皮膚と、腱と、髄、精液と、汗と、涙と、目やに、糞と、小便と、胆汁とをこね合わせて作られ、激情と、怒りと、妄想と、欲望と、嫉妬と、失意、愛するものからの別れと、愛のないものへの束縛と、飢えと、渇きと、老齢と、悔恨と、死とによってさいなまれ、甘く熱い血潮にいつ涸れるともなく貫かれ、千変万化の姿となって苦しみ楽しみ、群がってむさぼりあい、互いの姿へと変わりあう。そこでは、人のものも、神のものも、動物のものも、混沌となって流れ溢れ、象の鼻が人の腕となり、猪の頭が女の頭に取って代わると見えるのだった。

——シュリーダマンはその絵に注意を向けなかったし、自分がそれを見ているとは思わなかった。しかし、壁の間を抜けながら、赤く血走った目がその上をさまようと、それは愛と目眩《めまい》と同情を呼び起こしながら、彼の魂に入り込み、母神の姿を見る心の準備をさせたのである。

岩屋の中は薄暗がりが支配していた。わずかに上の方から森の中を抜けて、昼の光が集会の広間に射していた。シュリーダマンは最初にそこを通ったのだが、それに接して奥に通じる一段と低く作られた控えの間にも、その光は落ちていた。そこには低い位置に扉があって、それを抜けて再び階段を降りると、目の前に女神の子宮が開かれた。そこがそのお堂の胎であった。

シュリーダマンは階段の下で身震いして後ろによろめき、思わず両手を広げて、入り口の両脇に置かれた男根《リンガ》の石像を摑もうとした。カーリーの像は恐怖を呼び起こすものだった。シュリーダマンの血走った目にそう見えただけなのか、それとも彼は、怒りの女神のこれほどに勝ち誇ったおぞましい姿を、まだ一度も、どこでも見たことがなかったのか。頭蓋骨と切り落とした手足で作られたアーチ形の枠を背景に、その偶像は、すべての光を奪い取りかつ放射する様々な色彩を身にまとって、岩壁からその姿を現していた。きらめく冠をかぶり、生き物の骨や手足を腰に下げ、また花輪のように飾り、回転する車輪のような十八本の腕を持っていた。母神は周囲に剣と松明を振りかざし、一つの手で口に運んだ頭蓋骨からは、血が湯気を立て、足元には一面に血が流れていた、――恐怖の女神は、生命の満ち潮の海に、血の海に漂う一艘の小舟の中に立っていた。本物の血の臭いがシュリーダマンの鼻梁の薄い鼻をかすめた。それは少し古びて甘ったるく、この山の洞窟、地下の祭儀場の淀んだ空気の中に漂っていた。床には血糊のこびり付いた溝が何本か掘られていた。首を落とされた動物の、急激に流れ出る生命の液を排出するためである。水牛と豚と山羊の首が四つ、五つ、ガラスのような目をかっと開けて、何人《なんぴと》もその力から逃れられない女神像の祭壇の上に、ピラミッドの形に積み上げられていた。首を落とすために使われたこの神像の剣は、乾いた血がまだらについてはいたが、鋭い刃をぎらりと見せて、像の横の床石の上に転がっていた。

シュリーダマンは、死をもたらしつつ命を贈り、犠牲を命じる女神の、激しく見据える顔を、怖れ戦《おのの》きつつ凝視した。その恐怖はしだいに膨らんで感激へと変わっていった。また女神の腕の旋回に目を凝らすと、彼の視覚も酔ったように回り始めた。シュリーダマンは拳を握りしめて、暴力的に高まっていく胸を押さえた。とてつもない戦慄が、冷たく熱く、次々と彼を襲い、その後頭部を、鳩尾《みぞおち》を、惨めにも興奮した性器を刺激して、極端な行為をせよ、己に逆らい、永遠の母胎のための行為をせよ、と促した。とうに血の気の失せた唇は祈った。

「生まれ出たすべてのものに先駆けて存在された、始まりなき方よ。その衣の裾を何人も掲げたことのない夫なき母よ。快楽と恐怖に満ち、万物を包摂される方よ。御身から溢れ出たすべての世界とすべての姿を、再び呑み込まれる方よ。生きとし生けるものをあまた犠牲に捧げて、人々はあなたを崇めております。すべて命あるものの血ほど、あなたにふさわしいものはありません。もし私がこの身を犠牲としてあなたに捧げたら、どうしてあなたの恩寵が、私の救いとならないことがありましょう。それによって地上の生から逃れ出るのは、それがどんなに望ましくても、できないということくらい、私にもよくわかっております。しかし、母胎の門を通って、再び私を御身の中に戻らせて下さい。そのとき私はこの私から解放され、もはやシュリーダマンではなくなります。シュリーダマンにとって快楽というのはすべて混乱の元です。なぜなら、シュリーダマンは快楽を与えることができないからです」

こういうどこか意味不明の言葉を語るや、床の剣を摑み、胴体から自分でその頭を切り離した。――

さっと話してみたのだが、これはまた、急いでそうする以外、しようのないことであった。しかし、にもかかわらず、物語の語り手としては、ここで一つだけ希望を述べておきたい。すなわち、聞き手の皆さんは、自分で自分の首を刎《は》ねるということが、しばしば伝承され、いろいろな報告にも普通のこととして出てくるからというだけで、いま話したことを、何かありふれた自然なこととして、無関心かつぼんやりと受け止めたりしないでいただきたい。個々のケースは決して普通ではない。誕生と死は、考えかつ語る対象としてはごく普通のことである。しかし、誕生か死に立ち会い、それが普通のことであるかどうか、自分に問い、分娩中の女に問い、死んでゆく者に問うてみるがよい。自分で自分の首を刎ねるというのは、それがどんなにしばしば報告されていても、ほとんど実行不可能な行為である。それを徹底的に遂行するには、とてつもない熱狂と、すべての生命力と意志力を完遂の一点に恐ろしいまでに集中することが必要である。だから、考え深く穏やかな目とほとんど逞しいところのないバラモン出の商人の腕を持ったシュリーダマンが、ここでそれを完遂《かんすい》したということは、普通のことではなく、ほとんど信じがたい驚きをもって受け取られるべきことなのである。

この話はここまで。さて、シュリーダマンがあっと言う間に恐ろしい犠牲を実行し、ここには頰の周りに柔らかい髯を蓄えた彼の首が、あそこには高貴な首の重要度の少ない付属物だった体が転がっていた。その両手は犠牲の剣の柄をまだしっかりと握っていた。胴体からは激しい勢いで血が噴き出していた。血は、わずかな傾斜をもって床を走るV字溝に落ち、それからゆっくりと、祭壇の下に掘られた穴に向かって流れていった、——その様は〈黄金蠅〉の小川によく似ていた。川はさいしょ仔馬のように雪深い山《ヒマヴァント》［ヒマラヤ］の門から噴き出して、それからしだいに静まりながら、河口への道を進むのである。——

6

さて、この岩屋の母胎を出て、外で待っている二人の所に戻ってみると、それを目にしてべつに驚く必要もないことだが、彼らははじめこそ黙っていたが、やがて互いに言葉を交わし、シュリーダマンの消息を尋ねあった。なにしろほんのちょっとお参りしてくると言って入っていったのに、もう長いこと帰ってこないのだから。美しいシーターはしばらく前から、ナンダの首筋と自分の膝をかわるがわる眺め、ナンダと同じように静かにしていた。彼も山羊鼻と庶民的な分厚い唇を、前方の二頭の家畜に向けたまま動かさなかった。しかしついに二人は座ったままもぞもぞしはじめ、しばらくして友人の方が意を決し、若い人妻の方を振り向いて尋ねた。

「ねえ、どう思う、どうしてこんなに長く待たせるんだろう。こんなに長いことあそこで何をやっているんだろう」

「わからないわ、ナンダ」、シーターが、甘く震えるよく響く声で答えた。それこそまさに、ナンダが耳にすることを怖れていた声だった。そのうえ彼は、シーターが余計なことに自分の名前を付け加えるかも知れないと、かねてから怖れてもいたのだ。しかし、もしナンダが、あっさり「やつはどこにいるんだい」と聞くかわりに、「シュリーダマンはどこにいるんだい」と聞いたら、それも同じくらい不必要なことだったのだが。

「さっきからもう」と、シーターは続けた。「何も考えられないわ。ねえ、ナンダ、もしあなたが私の方を振り向いて、私に聞かなかったら、私の方が、ほんのちょっと後に、私からあなたに質問したわ」

ナンダは首を振った。半分は友人の帰りが遅いのを訝《いぶか》る気持から、半分はシーターがいつも口にしてしまう余計なことに抵抗するため。というのも、「振り向いて」と言うだけでじゅうぶんに意味は伝わるのに、「私の方を」と付け足すのは、もちろん正しくはあるが、危険なまでに不必要であったからだ、——特にシュリーダマンを待ちながら、甘く震える少し不自然な声で話されると。

ナンダは黙っていた。それは、話せば自分も不自然な声になり、もしかすると女をその名前で呼んでしまうかも知れないという恐れからだったが、女にならって、自分もそうしてみたい誘惑を少し感じてもいた。しばらくして、次の提案をしたのは女の方だった。

「ねえ、どうかしら、ナンダ、あの人のあとを追って、どこにいるのか、探してきてくれない？　あの人がお祈りに夢中になっていたら、あなたの強い腕で揺り起こしてきて。――私たち、これ以上待てないわ。私たちをこんな所に置き去りにして、日が高くなる時に時間を無駄にさせるなんて、ほんとにあの人、どうかしてる。ただでさえ道に迷って、もう遅れているのに。たぶん私の両親はもうそろそろ、私のことを心配し始めているわ。だって、何よりも私がかわいいんですもの。だから、さあ、ナンダ、あの人を拝み倒して、連れてきて。行きたくないとか言って抵抗したら、ここへ引っぱってきて。あなたの方があの人よりずっと強いのよ」

「いいよ、行って、連れてこよう」、ナンダが答えた、――「もちろん穏やかにね。時間を思い出させさえすればいいんだ。そもそも、道を見失ったのは、おれのせいで、他の誰のせいでもないからね。おれはもう自分でも、後を追おうと考えていたよ。ただ、ここでひとりぼっちで待つのは、あんたが不安なんじゃないかと思ったんだ。でもほんのちょっとの間だよ」

そう言うとナンダは御者台から降り、聖所へと登って行った。

そして私たちは、どんな光景がナンダを待っているか、知っているのだ。ナンダに同行しなければならない。まず、集会の広間、ここを通っていくナンダはまだ何も予感しない。次に、奥に通じる控えの間。そこでもナンダは何も知らない。そしてついに階段をくだって母胎の中へ。さて、そこで、ナンダはつまずき、よろめいた。唇に驚愕のうつろな叫びがもれ、かろうじて男根《リンガ》の石像にしがみついた。シュリーダマンとまったく同じであったが、それは、友を驚かせ、恐ろしく感激させた女神像のせいではなく、床のぞっとする光景のせいであった。そこに友人が横たわっていた。ターバンのほどけた、蠟のように白い首が、胴体から切り離されていた。血が、幾筋かの溝を、穴の方へと流れていた。

かわいそうに、ナンダは象の耳のように震えた。指輪をはめた黒い両の手で頰を押さえた。庶民的な唇からは、半ば息の詰まったように、友だちの名前が繰り返し繰り返し押し出された。前屈みになり、床に転がる切り離されたシュリーダマンに向かい、途方に暮れた身振りをした。なぜならナンダは、体の方か、首の方か、どちらに向き、どちらを抱きしめ、どちらに語りかけたらいいのか、わからなかったのである。けっきょく最後に首だと決めた。いつだって断然、首こそ主要部だったのだから。青ざめた首に向かってひざまずき、山羊鼻の顔を号泣に歪めながら、その首にしきりに語りかけた。そのあいだ少なくとも片手は体の上に置き、時々はこちらの方にも顔を向けたのである。

「シュリーダマン、おれの親友、何をやらかしたんだ。どうしてこんな思い切ったことができたんだ、おまえの手と腕で、こんなとんでもないことをしてしまうなんて。だって、おまえのすることじゃないよ。でも、おまえは、誰もおまえがするなんて思わなかったことを、してしまったんだね。いつもおれはおまえの頭脳に感心していた。それが今は、泣きながら、おまえの体もすごいと言わなければならないとは。だってこんな最高に難しいことができたんだからね。やってしまったおまえの心は、どんなぐあいだったんだろう。我が身を屠《ほふ》るなんて、気前の良さと絶望が、手に手を取って、どんな犠牲の舞踏をおまえの胸の中で踊ったのか。ああ、なんてことだ、きれいな首が華奢な体から切り離されてしまった。今も薄い脂肪が腹のあたりにあるけれど、あったからって、それが何なんだ。気高い首ともう結ばれていないんだから。教えてくれ、おれが悪いのか。おまえがこうしたのは、おれが何かしたからではなくても、おれがいたからか。いいかい、おれはなんとかおまえの考えをたどろうとしている。だっておれの頭はまだ生きていて考えるのだから、——もしかしたらおまえは実相学にもとづいて二つを区別したのかも知れない。そして存在による罪の方が行為による罪よりずっと本質的だと認めたのだろう。でも人間に、その行為を避ける以上のどんなことができるだろうか。おれはできるだけ黙っていた。甘ったるい声なんか出してしまわないように。何一つ余計なことは言わなかった。あの人に話しかける時も、あの人の名前を付け足したりしなかった。おれ自身がおれの証人で、もちろん他に証人はいないけど、あの人がおまえをあてこすっておれを誉めようとした時も、おれは全然真《ま》に受けなかったよ。でもそれもこれもいったい何になる、おれがこの体でここにいるというただそれだけのことで、おれに罪があるというなら。荒野に行って、隠者にでもなって、厳しい戒律を守っていたらよかったのか。おまえがおれに言わなくても、おれはそうすべきだったんだろう。そう認めるしかないと、後悔でぼろぼろだよ。でも、おれがぜんぶ悪いんじゃないと言うために、これだけは言える、おまえがおれに言ってくれたら、おれは絶対そうしただろう。なあ、懐かしい首のおまえ、おまえが切り離されてそこに転がる前、おまえの体の上に載っていたときに、どうしておれに話してくれなかったんだ。おれたち首同士はいつだっておたがい語りあってきたじゃないか、おまえは賢くて、おれは単純で。それなのに、こんなに深刻できわどい場面になって、おまえは黙ってしまった。もう、手遅れだ。おまえは何も話さなかったが、寛大にも残酷に振る舞って、おれがどう行動すべきか、示してくれた。なぜって、おまえはきっと信じなかったはずだ、おれがお前の後におめおめと生き残って、おまえがその華奢な腕で仕遂げたことを、おれのはち切れそうな腕が拒むだろうなんて。おまえと別れて生き延びるつもりはないと、おまえに何度も言ったよね。おまえが恋患いに罹って、炎の小屋を作れと命じたとき、おれは、もしそんなことになれば、二人分の小屋を作って、おまえと一緒に自分もそこに入ろうと、おまえに宣言した。今しなければならないことを、おれはとっくにわかっていたのだ。たとえ、今はじめて、混乱した考えの中からそれがはっきりとわかるようになってきたとしても。おれがここに踏み込んで、おまえが横たわっているのを見たとき、――つまり、体がそこにあって、首がその横にあったのだが、――もうその時すぐに、ナンダの判決は下されたのだ。おれはおまえと一緒に焼け死ぬつもりだった。だからおまえと一緒に血まみれにもなろう。おれにはそれ以外どんな道もない。たとえばおれがここを出て、あの人におまえのしたことを告げたとする。あの人が恐怖の叫びをあげて、そこにひそかな喜びを聞き取ったとして、それでどうなる。汚《けが》れた名前を背負ってうろつき回り、みんなに言われるのか、やつらが必ず言うようなことを。『ナンダ、あの悪党め。友だちを襲って、嫁さん欲しさに殺しちまった』。まっぴらだ。絶対にごめんだ。おれはおまえの後を追う。永遠の母胎がおまえの血と一緒におれの血も飲んでくれ」

こう言うや、首から体の方に向き直り、すでに硬直した手から剣の柄を引き剝がし、その逞しい腕で、自ら下した判決を断固として実行した。そしてナンダの体は、こちらを先に言うと、シュリーダマンの体の上に斜めに倒れ、その人好きのする頭は、友の頭の横に転がり、白目をむいてそこに落ち着いた。しかしその血はシュリーダマンの場合と同様、はじめは激しくすばやく噴き出したが、それからゆっくり溝の中を穴の口へと流れていった。

# 7

そのあいだ、畝間《うねま》という名前のシーターは、外で一人、荷車の幌の下に座っていた。眺めることのできる首筋が、もう目の前になかったので、時間はそれだけいっそう長くなった。彼女が日常ありがちな苛立ちをつのらせている間にこの首筋に起こったことは、この女の夢想だにしないことだった、——とはいっても、それにもかかわらず、彼女の心の奥深く、どんなに怒りが強くても、毒にも薬にもならないありきたりの腹立ちの下の方で、何か恐ろしいことの予感が兆してはいたのである。その腹立ちのせいで、シーターはかわいい足をばたつかせたり、踏みならしたりしていたが、この予感あればこそ、待っていなければならないという気持も生まれたのであった。しかしその予感に対して、苛立ちや怒りはおよそふさわしい態度ではなかった。なぜなら、それは何があるとも知れない世界に属することであって、そこには足をばたつかせればすむようなことは何一つなかったからである。この種の予感に対して若い女性の心が隠微な感受性を具えているということは、考えてみなければならない。なぜならシーターはしばらく前からある種の状態と経験を重ねながら暮らしてきたのであるが、その状態と経験は、端的に言って、あの人智を越えた世界と何らかの親近性を持たないわけではなかったのである。しかし彼女の独り言にはそのような気配は表れていなかった。

「いやんなっちゃう、もう、うんざりだわ」、シーターは思った。「あの男どもったら、似たり寄ったり、どっちもどっちよ。二人ともあてになんないわ。あっちがこっちと一緒に人を置き去りにして、そんなことをしてあの人にどんな得があるのか、私にはわからないわ。こっちを見に行かせれば、こうして独りぼっち。それもどんどん日が高くなる時に。だって道に迷ってもうずいぶん時間を損しているんですもの。もう腹が立って逆上しそう。どんな説明もどんな弁解も、なるほどって許せるようなものはないわね。はじめあっちがいなくなって、それから迎えに行ったはずのこっちもいなくなるなんて。私に考えられる最悪のケースは、シュリーダマンがお祈りに夢中でその場を動こうとしないのに、ナンダがどうしても動かそうとして、二人が大喧嘩になったってことだわ。でも私の夫が華奢なことをよく知っているから、むりやり力ずくでってことはしないわね。だって、その気になれば、あの人を腕に抱えて、——あの腕、たまにちょっと触ると、鉄みたい、あれで夫を子供のように連れ帰るくらい簡単ですもの。そんなことになったら、シュリーダマンには屈辱でしょうね。でも、待っていなければならないなんて、気分が悪くて、ナンダがそうしてくれたらって、つい思ってしまいそう。お二人に言っとくわ。私が手綱を取って、一人で両親の所へ帰ったら、あなたたちのせいよ、——二人がやっと帰ってきたら、この場所は空っぽってわけ。夫も友だちもなしにあそこに帰るのが、そんなに不名誉なことでなければいいのに。だって、二人が置いてきぼりを食わせたんですからね。私はこの考えをまっすぐ実行するでしょうに。でも私は、自分から立ち上がって、二人の後を追って、いったい二人が何をしているのか確かめるしか、他に仕方がないの。(いまこそ正にその瞬間だった)。私はかわいそうな妊娠中の女ですもの、二人の謎めいた行動の裏には、何かとんでもないことが潜んでいるに違いないと、不安に胸がきゅっとなっても、何も不思議ではないわ。でもあれこれ考えた中で、けっきょく一番いけないのは、二人が何かの理由で喧嘩してしまったっていうこと。それで引くに引けなくなっているること。喧嘩の理由なんて知るもんですか。それなら私が割って入って、きっと二人の頭を冷やしてやるわ」

こう言うと美しいシーターも車を降り、サリーに包まれた腰を揺らしながら、母神のお堂への道に踏み出した、――そして五十回の呼吸の後、運命の贈り物の中でも最もおぞましい贈り物の前に立っていた。

シーターは両腕を振り上げた。二つの目は眼窩《がんか》から飛び出した。そして気を失って倒れ、床に伸びてしまった。しかしそれが何の役に立っただろう。おぞましい贈り物は泰然として待つ時間を持っていた。なにしろ、シーターが自分勝手に待っていると思いこんでいたその間も、この贈り物こそが待っていたのである。その贈り物はどこまでもその顔を変えることはなかった。不幸な女が再び我に返った時、全ては元のまだった。シーターはあらためて気絶して倒れようとしたが、持ち前の良い天性がそれを妨げた。それで石の上にうずくまり、髪の毛に指を突っ込んで、切り離された二人の頭と、横たわったままの体と、ゆっくりと流れる血をじっと見つめた。

「神々よ、精霊よ、そして偉い行者様」、青ざめた唇がつぶやいた。――「私はおしまいです。二人の男も、二人そろって、――私はもうダメです。私の主人、私の夫、一緒に炎の周りを回ってくれた人、私のシュリーダマン、みんなの尊敬する頭と人並みには熱い体を持っていた人、あの体は神聖な夫婦の夜ごとに、いま私が知るだけの喜びを教えてくれました、――尊い首がその体から切り離されて、逝って、死んでしまいました。逝って、死んでしまったんです、もう一人も。私を揺すって、あの人のために私に求婚してくれたナンダ。――その体は血まみれになって、首から切り離されて、――そこに横たわっているわ、誇らしげな胸に今もまだ〈幸せの仔牛〉の縮れ毛が。――頭をなくして、そんな姿で何になるの。この人に触って、腕や腿の力と美しさをじかに確かめることもできるでしょう、その気にさえなれば。でも、そんな気になりません。血まみれの死がこの人とそんな悪ふざけとの間をさえぎるのです。以前なら名誉と友情にさえぎられていたみたいに。二人はおたがいに首を切り落としあったのね。ある理由から、――それを、自分の心にもうこれ以上、隠すつもりはない、――二人の怒りが、油を注がれた火のように燃えあがって、恐ろしい喧嘩になって、おたがいにこんなことをする羽目になったのね、――この目に見えるわ。でも、剣は一本しかない、――ナンダが握っているけど。怒り狂った二人が、どうして一本の剣で戦いあうことができたのかしら。シュリーダマンが知恵も優しさもかなぐり捨てて、剣をつかみ、ナンダの首を刎ねた、するとナンダが、――まさかそんな。では、ナンダがシュリーダマンの首を落とした、惨めな私の心をぞくぞくさせるいくつかの理由から。すると今度はシュリーダマンが、――まさか、まさか、――そんなばかな。考えるのはやめよう、血なまぐさい闇しか出てこないわ。それなら考えなくったってもうここにある。ただ一つはっきりしているのは、二人が野蛮人みたいに振る舞って、私のことなんか一瞬も思い出さなかったってこと。つまり、こうよ、私のことを思いはしたのだわ。だって二人のおぞましい、男としての行動は、あわれな私を巡っていたのだから。それを思うと何かこうぞくぞくする。でもそれは、自分たちのことが問題で私を思ったのであって、ちょくせつ私や、私がどうなるかが問題だったわけではないのよ。――首をなくして黙って横たわっているいま、それは二人になんの関係もないことだけど、半狂乱になった時も、そんなことは二人の心にちらとも浮かばなかったのだわ。そしてこれから私がどうするかは、私に任せっきり。これからどうするか、ですって。終わらせるのよ。どうするも、こうするもないわ。やもめとして一生迷い続け、夫を粗末にして死なせた女だという汚点と嫌悪を背負っていかなければならないのかしら。ただでさえやもめというのはそんなものなのに、私が一人で父や舅《しゅうと》の家に帰ったら、どんな汚点を押しつけられるでしょう。剣は一本しかなくて、二人がそれで代わりばんこに殺しあったなんてことはありえない。でもまだ三人目の人間が残っている。それが私だ。あれは奔放な女で、夫とその親友、あれの義兄弟を殺した、と言われるでしょう。——話の筋は通っている。間違っているけれど、筋は通っているわ。罪がないのに犯人の烙印を押されるでしょう。いいえ、罪がないのではない。何もかも終わってしまっているのでなければ、自分を欺くこともまだ意味があって、そうする甲斐もあるかも知れない。でも今となっては空しいわ。私は罪がないのではありません。もうとっくの昔に無罪ではないのです。そして奔放だということについても、少しはそれもあるのです、——いいえ、それどころか、大いに関係があるわ。ただ、世間の人が思うのとは違うのだけれど。となると、何か間違った正しさみたいなものがあるのかしら。——私はそれに先回りして、自分で自分を裁かなければならない。二人に続かなければならない、——それ以外の道は残されていないんだわ。この手で剣を振るうことはできない。だって、手の付いている体を滅ぼすには、小さすぎるし、とても臆病なんだもの。この体はあっちこっちで人をその気にさせるけど、でもとても弱いものなの。ああ、この体の魅力がもったいない。でも、このさき人の快楽を煽ったり、自分が色欲に苦しんだりしないよう、この二人の体のように、固まって無感覚になる必要があるの。そのために犠牲の数が四人に増えようと、絶対にそうでなければならないのだわ。それに、やもめの子供の人生ってどんなものかしら。体の不自由な、不幸の申し子でしょうよ、違いないわ。きっと、青白い、目の見えない子供でしょう。だって、私が快楽の中で悩みに青ざめ、快楽を与えてくれる人の前で目を閉じていたんだから。これから自分がどうするか、私は二人から任されたのよ。見てらっしゃい、身の始末の付け方くらいわかっています」

そしてシーターは力を振り絞り、あちこちよろめき、つまずきながら階段を上り、破滅をひたと見据え、聖堂を抜けて戸外へ走り出た。聖所の前には、蔓草にからまれて、一本のイチジクの木が立っていた。シーターは緑の蔓の一つをつかむと、それで輪を作り、首を突っ込んで、いままさに縊《くび》れ死のうとした。

8

この瞬間、シーターに向かって空から声が響いた。それは疑いもなく、近寄りがたい女神ドゥルガー・デーヴィーの声、暗黒の女神カーリーの声、世界の母神の声に他ならなかった。低く、しわがれた、有無を言わせぬ母性の声であった。

「直ちにやめよ、愚かな女め」、その声はそう聞こえた。「わが息子らの血を穴に流しただけでは足らず、おまえはさらにわが樹木を汚し、おまえの肉体を、それこそわが内奥が美しく刻み出された姿なのに、鴉《からす》のつつくに任せようというのか、中に育ちつつある、愛らしく、甘く、温かい、小さな生命の芽もろともに。愚か者よ、月ごとの訪れがなくなって、わが息子の種が育っていると、気付いていないのか。我らの神域にいて三つまでも数えることができぬなら、もちろん首を吊るがよい。だが、このわが聖域でそれは許さぬ。それではまるで、愛しい生命をとつぜん破滅させ、この世から消え去らせるかのようではないか、それもただおまえの愚かな行いのせいで。人の世はすなわち病気だ、愛欲によって感染し次の世代に移される、そんな思索屋どもの戯言《たわごと》は耳が詰まるほど聞かされた。――今度はばかなおまえがこの場所でその手の踊りを踊るのか。輪から首を引き抜け、さもないと平手打ちだぞ」

「聖なる女神様」、シーターが答えた。「仰せのとおり、従います。あなた様の雲を呼ぶ雷《いかずち》の声が聞こえたのですから、もちろんすぐに愚かな行いは中止します。あなた様がお命じになるのですから。でも、私が今の自分の状態をわきまえず、あなた様が私の月の訪れを止められて、祝福を下さった、そのことに私が気付いていないというおっしゃりようには、抗議いたさねばなりません。私はただ、どのみち子供は青白い、目の見えない、体の不自由な、不幸の申し子だろうと思っただけです」

「よいか、それはわがこと、おまえの心配することではない。第一に、それは愚かな女の迷信だ。第二に、わが活動の中には、青白い、目の見えぬ、体の不自由な者も、なければならない。そんなことより、申し開きをせよ、告白せよ、なにゆえわが息子らの血があの中でこの神体のために流され、捧げられたのか。ともに、それぞれの素質において優れた若者らであったのに。なにも、二人の血が嬉しくなかったなどというのではない。ただ、いましばらくは、彼らの健気な血管の中をめぐらせておきたかった。さあ、語れ、ただ真実を話せ。どのみちわが目には、何事も明らかであることくらい、おまえにはわかっているはずだ」

「二人はおたがいに殺しあったのです、聖なる女神様、そして私を置き去りにしたのです。私のせいで激しい喧嘩になり、一本の剣でおたがいの首を——」

「ばかな。まことに女にしか、こうまでひどいばかはしゃべれぬものだ。二人は男らしい敬虔な心で、次々と我が身を犠牲に捧げてくれたのだ。そのことをわきまえよ。だが、なにゆえに二人はそうしたのか」

美しいシーターは泣きはじめ、すすり上げながら答えた。

「ああ、聖なる女神様、わかっております、白状いたします。私が悪いのです。でもいったいどうすることができたでしょう。それはきっと避けられないものであったでしょうが、ともかくそういう不幸だったのです。つまり、こう申すことを許していただけるなら、宿命だったのです」。(ここでシーターは何度も繰り返しじゃくり上げた)、——「小生意気に無愛想なまだ何も知らない小娘だった私が女になりましたのは、私にとって災いであり、蛇の毒でした。男を知って、あなた様の営みに引き入れられる前は、そんな小娘で、ただ平和に父の家の竈《かまど》の火を守っていただけなのですから。——あなた様の元気な子供にとって、それはもうベラドンナでも食べたようなものでした、——それ以来、すっかり様子が変わってしまいました。罪は、小娘の開発された感覚に、抵抗できない甘さで力を振るいました。いいえ、元気で、小生意気で、ただ未開発のままで、何も知らなかった頃に帰りたいというのではありません、——それはできません、人の分際でそんなことは不可能です。私にわかっておりますのはただ、あのころ自分は男を知らなかった、男というものを見なかった、男なんて関係なくて、私の魂は男から、男の秘密を知りたいというあの熱い欲望から自由だった、だから、男に冗談を言えたし、のびのびとそっけなく自分のやりたいようにやれたのだ、そういうことだけなのです。かつて私が若者の胸を見て取り乱したり、その腕や脚を見て、目が血走ったりしたでしょうか。いいえ、あのころそんなものは、何でもない空気みたいなもので、のびのびとしてそっけない私には何の関係もなかったのです。だって私はまったく未開発だったのですから。鼻の低い、目の黒い、姿の美しい若者が一人、〈牝牛の繁栄〉村のナンダがやって来て、お祭りの日に、天まで届けと高く私を揺すりあげてくれましたが、私はぜんぜん熱くなりませんでした。体をなでる風が熱かったけれど、その他は全然。ありがとうの代わりにあの人の鼻を指でつついてやりましたもの。それからナンダは、友だちのシュリーダマンに代わって、代理の求婚者としてもう一度やって来ました。向こうの両親と私の両親の話はもう付いておりました。その時、恐らくもう何かが変だったのです。そうだと思います。不幸はあのころ根をおろしていたのです。ナンダが、夫として私を抱くはずの人の代わりに求婚した頃。その人はまだそこにいなくて、ナンダだけがいたのです。

ナンダはいつもそこにいました。婚礼の前も、婚礼のさいちゅう、私たちが火の周りを回ったときも、そしてその後も。そうです、昼間はいつもそこにいました。でも、もちろん夜はいませんでした。夜、私はナンダの友だちと寝ました、シュリーダマン、私の夫です。そして神聖な夫婦として交わりました。婚礼の夜、花の寝台で初めてした時と同じように。あの時シュリーダマンは男の力で私を開き、私を女にし、生娘の小生意気なそっけなさを押し破って、私の未経験を終わらせたのです。そのくらいのことはできたのです。どうしてできないはずがありましょう。あの人もあなた様の息子だったのですから。それどころか、愛の結合を優しく営むことだってできました、――それはそのとおりでございます。ですから、私があの人を愛さなかったとか、敬わなかったとか、怖れなかったとか、そんなことはございません。――ああ、本当に、気高い女神様、私には主人であり夫であるあの人を愛し、怖れ、敬う資格はなかったというほど、それほど私は堕落した女ではございません。あの人の、洗練に洗練をかさね、知識に溢れ、髯も優しく、瞳と瞼の印象でその目も優しい頭を、また、そこに付属した体をも、私は愛し、怖れ、敬いました。ただ私は、あの人を深く尊敬しながらも、いつもこう自問せずにはいられなかったのです、私を女にし、私のただ元気なだけの無感覚に、五感の甘く恐ろしい深刻さを教えたのは、はたしてあの人にふさわしいことだったのかと。――私にはいつも、それはあの人に似合わない、あの人に値しない、あの人の頭にふさわしくないことのように思えました。そして、あの人の肉が、夫婦の夜ごとに、私に向かって頭をもたげるたびに、私にはそれが、あの人を辱め、あの人の洗練を貶《おとし》めることのように思えました、――でもそれは同時に、目覚めさせられて女となった私にも、恥であり、侮辱でした。

永遠の女神様、私を叱りとばし、懲らしめて下さい。あなた様のしもべである私は、この恐怖の時に、ことの次第を、包み隠さず告白いたします。そうでなくても、あなた様には何もかも筒抜けなのですから。愛の喜びは、私の気高い夫、シュリーダマンの頭にはふさわしくありませんでした。それはあの人の体にさえもしっくりはまろうとはしなかったのです。だって、女神様もお認め下さるでしょうが、あの時は体こそが主役なのですから。そんなわけで、くっついていた頭から、いま痛ましくも切り離されている体は、愛の結合を、私の心がそこから離れられなくなってしまうほどにはうまく仕遂げることができなかったのです。あの体は自分の快楽のために私を目覚めさせはしたのですが、快楽を鎮めはしなかったのです。哀れと思って下さい、女神様。あなた様の目覚めさせられたしもべの快楽は、その幸せよりも大きかったのです。そしてその欲望は、その快楽よりも大きかったのです。

でも昼間は私たちの友だちの、山羊鼻のナンダの姿がありました。晩も寝床に入るまではそうでした。私はただ見ていただけではありません。ナンダを観察していました。神聖な結婚が私に男たちを観察し、値踏みするのを教えたとおりに振る舞ったのです。そしてあの問いが私の心と夢の中に忍び込みました。ナンダだったらどんなに上手に愛の結合を営むことができるだろうか、この人はシュリーダマンのようにはとうてい上手に話すことはできないけれど、あの人の代わりに、この人とだったら、神聖なまぐわいはどんな具合になるのだろうか、そう心に問うてみたのです。そうしたって変わらないわ、惨めなおまえ、夫に不実な、悪徳の女よ。私は自分にそう言い聞かせました。同じことよ、お前の主人で夫である人は、立派な人物と呼ばれていいくらいの人なのに、あのナンダは体つきと言葉遣いが感じがいいというだけの人、そのナンダにいったいどんな工夫ができるというの。でもそんな風に思ってみてもだめでした。ナンダへの問いかけ、愛の喜びは、辱めることも貶めることも一切なく、ナンダの頭と体にぴったり合うに違いないという思い、つまり、この人こそ私の幸せを私の目覚めと一つに結び合わせることのできる男なのだという思い、――それが、まるで魚の喉にひっかかった釣り針のように、私の肉と魂に突き刺さり、引き抜くことなど考えられなくなったのです。なぜなら、その針には返しが付いていたのですから。

どうして私に、ナンダへの問いかけを、この肉と魂から引き抜くことができましょう。ナンダはいつも私たちの周りにいて、シュリーダマンとナンダは、おたがいの相違のために、おたがいなしにはいられなかったのですから。昼間はいつもナンダの姿を見ないわけにはいきませんでした、夜は夜で、シュリーダマンの代わりに、ナンダを夢見ないわけにはいきませんでした。〈幸せの仔牛〉の縮れ毛をつけたナンダの胸が目に入り、ほっそりした腰と、本当に小さなお尻を見るたびに（私のはとても大きいのですが。シュリーダマンの腰とお尻はたぶんナンダと私の中間くらいです）、もうじっとしていられないのです。ナンダの腕が私の腕に触れようものなら、毛穴の毛という毛が喜びのあまり逆立ったのです。ナンダの見事な両脚、私はナンダがその脚で歩くのを見ていました、すねは黒い毛で覆われていました、あれが愛の戯れに私に絡みついてくれたらどんなだろうかと思うと、めまいに襲われ、情がつのって、乳房から滴《しずく》が落ちたのです。私の目にナンダは日ごとに美しさを増していきました。ナンダが私を揺すり上げる役目だったとき、そのナンダからも、皮膚の芥子油の匂いからも何の印象も受けなかった自分の、信じがたいおねんねぶりが、もうまったく理解できませんでした。いまやナンダは私の目に、半神の楽師《ガンダルヴァ》の王チトララタのように、この世のものとは思えない魅力をまとって現れました。まるでこの上なく甘美な姿の愛の神、美と若さにあふれ、五感をとろかし、天上の飾りを装い、花の鎖と様々な芳香と愛の魅力のすべてを具え、——さながら、クリシュナの姿をとって地上にくだったヴィシュヌでした。

そんなわけで、シュリーダマンが夜、私に近づくと、それがこの人であって、あの人でないという嘆きのあまり、私は青ざめ、目をしっかり閉じて、私を抱くのはナンダなのだと思おうとしました。でも、ときおり快楽のさなかに、その与え手であって欲しい人の名を思わず口走ってしまうことがあり、シュリーダマンは、私が優しい夫の腕の中で姦通していることを知ったのです。と、申しますのも、けしからぬことに眠っているときも私の口は動き、痛ましく敏感になった夫の耳に、夢の告白をしたに違いないのです。それが夫に全てを教えたのです。あてどなく歩き回っていた夫の深い悲しみの様子から、私はそれを悟りました。夫が私を見捨て、二度と私に触れようとしなくなったことからも、それは明らかでした。でも、ナンダも私には触れませんでした、——いいえ、ナンダがそういう誘惑を心に感じたことがないから、というのではありません、――すでに誘惑はあったのです、間違いなくその気はあったのです、ナンダの心に絶対に誘惑がなかったなんて、そんなこと私は我慢なりません。でも、友だちに対する絶対の誠実から、ナンダは誘惑に立ち向かったのです。そして私も、信じて下さいませ、永遠の母神様、少なくとも自分はそれを信じたいと思います、――私もナンダに対し、もし彼の誘惑が私の試練になっていたら、夫の頭に対する尊敬の気持から、厳しく人の道を教えたことでしょう。でもこうして私は夫というものを失いました。そして私たち三人は、不自由きわまりない三すくみの状態に陥ったのです。

世界の母神様、こんな状況の中で、私どもは私の両親に対して果たすべき旅に出たのです。そしてうっかり道に迷い、あなた様のお堂に来てしまいました。シュリーダマンが言いますには、ほんのちょっと、あなた様の所で車を降りて、通りすがりにお参りをしたい、ということでした。ところがあの人は、進退きわまって、あなた様の小さな祭儀場で恐ろしいことをしてしまったのです。その体から尊い頭を切り捨て、と言いますか、尊敬の的だった頭から体を切り捨て、私を惨めなやもめの境涯に追い落としたのです。苦しみ諦めた果てに、私に良かれと思いきったのです。こんな姦婦のために。と申しますのは、偉大な女神様、遠慮のない言葉をお許し下さい。あの人はあなた様のためにその身を犠牲に捧げたのではございません。それは、私と友だちのためなのです。私たちがこのさき、五感の喜びを味わい尽くして時を過ごすことができるようにと。でもナンダは、あの人を捜しに行ったナンダは、そんな犠牲を受けることなど断固拒否して、同じように、クリシュナの体から首を叩き落としたのです。いまではもう、せっかくの体が台無しです。でもそのせいで、私の人生も台無しになってしまいました、もう、何の意味もありません。私は首を落とされたも同然です。夫も友だちもいないのですから。きっと前世の行いが悪かったばかりに、こんな不幸を背負い込むはめになったに違いありません。こういう次第ですから、私がこの現世の境涯を終わりにする決心をしたからといって、どうして女神様が不思議に思われることがありましょう」

「おまえは、ただもう、好奇心の強い愚かな女だ」──、女神の、雲を呼ぶ雷の声が響いた。「おまえが好奇心のあまり、あのナンダを材料に妄想したことなど、実に滑稽だ。ナンダとかの一切合切《いっさいがっさい》は、どこまでも普通なだけではないか。あんな腕、あんな脚でよいなら、わが息子らは、幾百万となく、そこらを走り回っている。ところがおまえはあの男を半神の楽師《ガンダルヴァ》に祭り上げたのだ。実にあきれるではないか」、神の声はそう続けると、前より穏やかになった。「母神として思うに、肉の快楽は実にあきれかえるばかりだ。人間は総じてこのことで右往左往しすぎる。だが、言うまでもなく、秩序がなければならない」。声は唐突にまた荒々しく、叱りつけるように険しくなった。「わが存在は無秩序だが、ならばこそ、断固として秩序を重んじ、婚姻の制度の不可侵を要求せねばならない。これを肝に銘じよ。この神からしてわが寛大のままに任せれば、すべては上も下もない混乱となろう。だがおまえについては、ただ不満と言ったのではすまされない。おまえはここでこんなごたごたを引き起こし、その上さらに、この神に向かって無礼な言葉を並べ立てる。なぜならおまえはこの神を説き伏せようとしておるのだから。わが息子らが身を犠牲にしてその血がこの神へと流れたのは、その神のためではない、最初の男はおまえのため、二番目の男は最初の男のためだった、などと。なんという言い草だ。男一人に自分の首を打ち落とさせてみろ、——ただ喉を裂くのではないぞ、犠牲の作法に正しく従ってその首を切り落とすのだ、——それも、おまえのシュリーダマンのように学問好きの男に、だ。あれは愛の営みの時でさえ特に手慣れた様子ではなかったというではないか。そういう男に、それに必要な力と野蛮を、この神に吹き込んでもらった熱狂から汲みとることもなく、そうさせてみるがいい。だから、おまえの言い草などまっぴらご免だ。ただ、おまえの言葉にいささかの真実があるのかないのか、それはまた別の話だ。と言うのも、いま目の前にしているのは、いくつもの動機の入り交じった行為、つまり、不明確な行為であるということが、本当のところかもしれないからだ。わが息子シュリーダマンは、もっぱらわが恩寵を求めてのみ、その身を犠牲に捧げたわけではなかった。じっさい、本人がはっきり意識していたにせよ、いなかったにせよ、おまえをめぐる悩みゆえでもあっただろう。そしてかわいいナンダの犠牲は、そのことの避けがたい結果であったにすぎない。それゆえ、この神の身としては、二人の血を嘉納《かのう》し、それを確かな供物とすることを、手放しでは喜べない。もしいまこの二重の犠牲を突き返し、すべてをもとどおりに戻すとしたら、この先おまえが正しい振る舞いをすると期待できようか」

「ああ、神聖な女神様、愛する母神様」、シーターは涙しながら叫んだ。「もしあなた様にそうなさるお力があって、恐ろしい行為を逆行させることがおできになりますなら、そして私に夫と友だちをお返し下さり、すべてが昔のままということになりますなら、――どんなにか私はあなた様を讃え、力の限り夢見の言葉を抑え込んで、気高い夫をこれ以上苦しめないようにすることでございましょう。あなた様がそれをやり遂げて下さり、すべてを旧に復して下さいますなら、私にはもう感謝の言葉もございません。と申しますのも、以前はただもう悲しくなるばかりで、あなた様の母胎の中で恐ろしい犠牲を目の当たりにしたときも、これはもうこうなるしかなかったのだと、骨身にしみて悟ったほどだったのですが、あなた様のお力で、この結末をなかったことにして、次回はもっと良い結末を迎えることがかなうのでございましたら、それはどんなにかすばらしいことでございましょう」

「『そうなさるお力がある』だの、『やり遂げて下さる』だのと、なんという言い草だ」、女神の声が答えた。「それくらいわが力にはたやすいことだということを、おまえは疑っているのではあるまいな。この世の移り変わりの中で、幾たびとなく、その力を示してきたではないか。おまえにそんな値打ちはないのだが、おまえの胎の中の青白い、目の見えぬ胎児どもも、おまえのことはやはり哀れだ。そして、あの中の二人の若者らも不憫でならない。だから耳の穴を大きく広げて、これから言うことをようく聞け。さあ、その蔓の輪を放り出し、わが聖所に引き返し、わが神像と、おまえが招き寄せた運命の贈り物の前に進め。そこに立ったら、上品ぶって気絶したりするな。二つの首の髪をつかんで、あわれな胴体にもういちど載せるのだ。そのとき犠牲の剣の刃を下に向け、それで切り口を祝福せよ、それぞれにわが名を唱えよ——ドゥルガーでも、カーリーでも、また簡単にデーヴィーでもよい——、たちまち若者二人は復活する。わかったか。首を体に近づけると、首と胴体の間に強烈な引力が働くのを感じるだろうが、急ぎすぎてはならない。それは、流れた血が逆流して吸い込まれる時間が必要だからだ。魔術的な速さで終わることだが、それでも一瞬の時は必要なのだ。ようく耳に収めたかな。では、走れ。だが、間違えずにやれ、あわてふためいて、首を後ろ向きにくっつけ、二人がうなじの上に顔を載せて歩き回り、皆の笑いものにならないようにせよ。急げ、明日になったら、もう遅い」

## 9

美しいシーターはもう何も言わなかった。「ありがとうございます」とさえ、言わなかった。がばとはね起きると、体に巻き付けたサリーの許す限り速く、母神のお堂にかけ戻った。集会の広間を抜け、奥に通じる控えの間を抜け、神聖な母胎の中にかけ下り、恐ろしい女神像の眼前で、熱に浮かされたようにせわしなく、命じられた仕事にとりかかった。首と胴体との間の引力は、デーヴィーの言葉から予想されたほど強くはなかった。その力は確かに感じられたが、血が溝をさかのぼって正しく体に帰る妨げとなるほどには強くなかった。血は首と胴体が近付くにつれ、魔術的な速さでいきいきと液体の流れる音を立てながら元に戻ったのであった。そのとき剣の祝福と神の名前は、あやまたずその効果を発揮した。シーターは抑えた歓喜の声で、その名を一体につき三度までも叫んだのである。——しっかりと首を付け、切り口も傷跡もなく、女の前に二人の若者が現れた。シーターを見つめ、自分の下半身を見おろした。あるいはむしろ、こう言ったほうがいいだろうか、二人はそうすることによって、たがいの下半身をみつめあった。なぜなら、自分の下半身を見おろすためには、おたがいに相手の体を見なければならなかったからである。——彼らの復活はこういう性質のものだった。

シーターよ、おまえは何をしたのか。何がおこったのか。あるいは、あわてふためいて何をひきおこしてしまったのか。一言で言うと（「おこる」と「する」の間の曖昧な境界が適切に反映されるように、問いをたてると）、おまえはどうなってしまったのか。おまえが動いたときの興奮は理解できる。それでもおまえはもっと良く目を開いて事に当たることができなかったのか。たしかに、二人の若者の首を後ろ向きにくっつけて、うなじに顔を載せてしまったというわけではなかった、——おまえはそういう破目には陥らなかった。しかし、——おまえの身にふりかかったことを、あからさまに言ってしまうと、つまり、不幸とか、災難とか、運命の贈り物とか、その他、おまえたち三人がこう呼びたいと思っているように呼んでかまわないが、この頭を混乱させる事態をずばり指摘すると、——おまえは一方の体に他方の頭を載せて、祝福でくっつけてしまったのだ。ナンダの首をシュリーダマンに——主要な部分を欠いたその胴体を、なおシュリーダマンと呼ぶことができればだが、——そして、首のないナンダがまだナンダであったとすれば、シュリーダマンの頭をナンダにくっつけてしまったのだ。——要するに、以前のままの夫と友人が、おまえの前に現れたのではなかった。組み合わせは取り替えられていた。そこにナンダがいる——庶民的な首を持つ方がナンダだとすれば——シュリーダマンの華奢な、脂肪のついた体を覆う、長いシャツとズボンのような腰布を身につけて。そしてシュリーダマンは——その穏やかな頭を付けた人物をそう呼ぶことが許されれば——ナンダの筋骨逞しい脚に支えられ、

〈彼の〉広い褐色の胸に、粒石の鎖で縁取られた〈幸せの仔牛〉の縮れ毛を見せて、おまえの前に立っている。

なんという運命の贈り物だろう——それも、あわてふためいた結果として。わが身を犠牲に捧げた者たちが生きている。しかし、首をすげかえられて生きている。夫の体は友人の頭と共にあり、友人の体は夫の頭と共にあった。なんという奇蹟だ、岩屋の奥は数分間、三人の驚きの叫びでこだました。ナンダの首を持つ方は、自分に付いた手足を調べながら、かつてシュリーダマンの高貴な頭に付属していた体をあちこち触っていた。そしてこちら、シュリーダマンの方は(頭にしたがってそう呼ぶのだが)、すっかり困惑して、かつてナンダの人好きのする首と結ばれてその主要な部分を成していた体を、いまや自分の体として、ためつすがめつ眺めていた。この新しい組み合わせの張本人はというと、歓喜の叫び、嘆きの叫び、許しを請う自責の叫びをあげながら、一方から他方へ走り回り、代わりばんこに二人の首に抱きつき、二人の足下に身を投げ、しゃくりあげたり笑ったりしながら、わが身におこったことと、そこに忍び込んだ間違いを告白した。

「二人とも私を許して、できることなら」、シーターは叫んだ。「あなた、許してちょうだい、大好きなシュリーダマン」――彼女は相手の頭に向ける仕草を強調し、そのさい、その頭と結ばれたナンダの体をわざと無視した――、「あなたもよ、ナンダ、私を許して」――彼女はふたたび相手の頭を仰いで語りかけた。そのさい、その頭が重要でないにもかかわらず、主要な部分として扱い、それと結ばれたシュリーダマンの体を今度もまたどうでもいい付属品とみなした。「ああ、二人とも勇気を出して、私を許してくれなくちゃいけないわ。だって、考えてもみて、あなたたちが前の体でやってのけたおぞましい行為、そのために私が突き落とされた絶望、私はもう首をくくる寸前だったんだから。そしたら近寄りがたい女神様の雲を呼ぶ雷の声と、直接お話をすることになってぼうっとしてしまったの。そういうわけだから、女神様のご命令を実行するとき、判断力全開というわけにもいかず、多少とも心ここにあらずだったことくらい、当然わかってくれると思うわ。――目が泳いでしまって、この手にどっちの頭と体を持っているのか、はっきりとはわからなかった。正しいことが正しく起こるように、運まかせにするしかなかったの。私が正しくやったという可能性が半分、そうでない可能性も半分――ほら、そこにそういう組み合わせができて、あなたたちはそういうふうにくっついてしまったの。だって、頭と体の引力が正しい度合いだったかどうかなんて、どうして私にわかったでしょう。じっさいその力ははっきりと強くあったのよ、組み合わせが違っていたらもっと強かったのかも知れないけれど。近寄りがたい女神様にも多少の責任はあります。だって、女神様は、あなたたちの顔をうなじの上に付けてはいけないと警告しただけだもの。もちろんその点はよく注意したわ。でもじっさい今そうなっているように、そういう組み合わせ方もあるんだということは、あの崇高な女神様だって思いもしなかったのよ。ねえ、あなたたちは、自分たちの復活の仕方に絶望しているの、永遠に私を呪うの。それなら私はここを出て、始まりなき女神様が私に中断させたあの行為をやり遂げます。それとも、私を許す気があるかしら。そして、盲目の運命が仕組んだこういう状況を受け入れて、私たち三人の間に新しいもっと良い生活が始まる可能性を、考えられるかしら、——もっと良い、と言うのは、以前の状態がただ回復されただけの場合と比べて、そう思うの。だって、あれはあんなに悲しい結末になったのだし、それが復活しても多分また同じ結末になるとしか考えられないわ。そうだと言って、力強いシュリーダマン、そのとおりだと教えて、高貴な姿のナンダ」

首をすげかえられた二人の若者は、われ先にと女を許し、女の方に身をかがめて、それぞれが相手の腕で、女を立ち上がらせた。そして三人は、泣きながら、笑いながら、しばらくひしと抱き合っていた。そのさい二つのことが確認された。まず明らかになったのは、シーターが復活した二人にそれぞれの頭に従って語りかけたが、それは正しかったということである。なぜなら、頭こそすべて、だったのである。二人の我意と我欲は、間違いなく頭によって決定されていた。自分をナンダだと感じ、ナンダとしてわきまえたのは、細い色白の肩にガルガの息子の庶民的な頭を載せた方だった。当然のごとくシュリーダマンとして振る舞ったのは、筋肉の盛り上がった褐色の肩にバラモンの孫の頭が載った方だった。次に明らかになったのは、二人ともシーターの過ちを怒っていなかった、ということである。それどころか、自分たちの新しい状態に大いに満足していたのである。

「もしも」、とシュリーダマンが口を開いた。「ナンダが自分に授けられた体を恥ずかしいと思わず、クリシュナの胸毛をなくしたことは気の毒に思うけれど、ナンダ自身がそんなに嘆いているのでなければ、――ぼく自身のことなら、単純にこう言えるよ、ぼくは世界一幸福な男だと思う。ぼくはいつもこういう体を欲しいと思ってきた。いま腕の筋肉を試し、肩を眺め、立派な脚を見おろすと、抑えがたい喜びに襲われる。

そして自分にこう言うんだ、これからはこれまでと打って変わって頭を高くもたげて生きていくぞ、第一に自分の力と美しさを意識して、第二に、ぼくの精神の傾向がいまやぼくの体の状態と調和するようになったのだから。だから、ぼくが単純なものを良しとしても、神聖な合議の木の下で、読経の勤行の代わりとして、〈斑山〉の周りに牝牛を引き回すことに賛成しても、そこにはもう身の程知らずな倒錯したところなど微塵もないだろう。だって、それはいまのぼくに合っているのだから。かつて縁のなかったものが、ぼくのものになったのだ。いいかい、二人とも、ここがちょっと悲しいところなんだ、つまり、縁のなかったものがぼくのものになって、もはや欲望や賛美の対象でなくなったということがね。あとは自分で自分を讃えるしかないんだよ。それに、ぼくがインドラの感謝祭に代えて山への奉仕を後押ししても、ぼくはもはや他人に仕えるのではなく、ぼく自身に仕える、ということになるのだよ。そうさ、ぼくは喜んで認めよう、ぼくがこれまで憧れていたものに今なっているという、この悲しみみたいなもの、それは確かにあるよ。でもそれは、おまえのことを思うと完全に背後に押しやられるのだ。かわいいシーター、おまえを思う方が、自分のことを考えるより、ずっと大切だ。つまり、おまえを思うことは、ぼくの新しい状態からおまえのために生じてくる利益を思うことであり、それはぼくを、前もって、言い尽くせないほど誇らしく幸せな気持にしてくれる。だからぼくは、自分にできる精一杯を尽くして、この奇蹟の全体をただこういう言葉で祝福する。シャー、これでいい！」

「正しい言い方なら、本当はシャートと言うんだよね」、友だちの話の終わりのところで目を伏せたナンダが、口を開いた。「おまえの口がその農夫のような体に影響されないようにしてくれよ。おれはそれがおまえのものになったからといって、ぜんぜん妬んだりしないよ。だって、その体はあまりにも長いことおれのものだったからね。おれだって、シーター、これっぽっちもあんたのことを怒ってはいない。それどころかこの奇蹟に対して、同じように『シャート』って言うよ。だっていつもおれは、いまおれのものになっているこういう華奢な体が欲しいと思っていたからね。そして、いつかおれが祭りの簡素化に反対して、インドラへの読経の勤行を弁護することになっても、それは前よりもずっとおれの顔に、と言うか、少なくともおれの体に似合うだろうさ。この体は、シュリーダマン、おまえには第二のものだったかも知れないが、おれには第一のものだよ。おれたちの首と体は、シーター、あんたが今みたいにくっつけたとき、お互いに強い引力を感じさせたそうだけど、おれはそのことをちっとも不思議に思わない。なぜなら、その引力の中にこそ、シュリーダマンとおれを結びつけた友情が現れていたからだ。おれはいま、起こってしまったことによって、その友情にひびが入りませんように、と願うばかりだ。ただ、一つ、このことだけは言っておかなければならない。おれの貧しい頭は、自分にくっつけられた体のために思い、その体の権利を認めないわけにはいかない。だから、シュリーダマン、おれは、さっきおまえがシーターの結婚の今後に触れた言葉の当然のような調子に、驚いたし、悲しくもなったよ。あれはおれには合点がいかない。だって、どんな当然があるとも思えないんだ。むしろ大きな疑問があるね。おれの頭の答えは、おまえの頭がたぶん答えるのとは、違っているよ」

「どうして！」シーターとシュリーダマンが同時に叫んだ。

「どうして、だって？」、華奢な体つきの友人が繰り返した。「聞かれるだけでも変な気がするよ。おれにはこの体が一番大切なものだ。その点は結婚の意味に従って考えるよ。結婚においても体が一番大切なものだからね。だって、子供は体によってつくられるんだ、頭によってではないよ。おれがシーターの胎の中にいる子供の父親だということを否定する人がいたら、見てみたいね」

「おい、しっかり頭を働かせてくれ」、シュリーダマンが、力強い手足を不快げに動かして叫んだ。「目を覚ませよ。おまえはナンダか、それとも誰なんだ」

「おれはナンダだ」、言われた方が答えた。「でも、おれがこの夫としての体をおれの体と呼び、その体を指して『おれ』と言うのが間違っていないのと同じように、どこから見ても美しいシーターがおれの女房で、胎の子供がおれのつくった子だというのも間違っていないのだ」

「本当に？」シュリーダマンがかすかに震える声で答えた。「そうなのか。おまえの今の体がまだぼくの体で、シーターの横で寝ていたころも、ぼくは敢えてそんなことは言い張らなかったろう。なぜなら、シーターがささやき口ごもった言葉からそれは露見して、ぼくの終わりのない苦しみとなったのだが、彼女が本当に抱いていたのは、その体ではなくて、ぼくがいまぼくの体と呼んでいるこの体だったのだ。ナンダ、おまえがこの痛ましいことに触れて、ぼくにはっきり言葉に出して言わせるのは、良いことではないよ。どうしておまえはそんなふうに強情を張って、というか、おまえの体にこだわって、おまえがぼくになって、ぼくがおまえになったみたいなふりをするんだろうか。ここにそのようなすげかえが起こって、おまえがシュリーダマンになり、シーターの夫であるぼくがナンダになったのだとしたら、――その場合、すげかえなんて何もなくて、すべては元のままだということくらい、明らかではないか。頭と体のすげかえが、ただシーターの手によって行われたということ、そこにこそ、この場合の幸福な奇蹟があるんだよ。判断を下すぼくたちの頭は、それを喜んでいるし、それは何よりも、美しい腰を持つシーターに喜びを与えるために定められたことなのだ。おまえはしつこく結婚した体を引き合いに出して、自分こそ彼女の夫だと自称し、ぼくには夫婦の友だちの役を割り振っているが、それは我欲をさらけ出すことで、非難に値することだ。なぜなら、おまえが考えているのは、自分と自分の勝手な権利だけで、シーターの幸せと、すげかえから生じてくるはずの利益ではないからだ」

「利益ね」、ナンダが苦々しさの混じった声で答えた。「おまえがそれを誇りに思うと言うのだから、それは同じくらいおまえ自身の利益でもあって、そこにおまえの我欲も現れているのだ。おまえがおれをそんなふうに曲解するのも、その我欲のせいだ。なぜなら、本当のところ、おれは自分に与えられた夫としての体なんか、当てにしていないからだ。おれの根拠はおれ自身の慣れ親しんだこの頭だ。おまえのさっきの発言によれば、頭こそ判断を下すところだし、この頭あればこそ、新しい華奢な体と結びついてもおれはナンダでいられるのだ。おれが少なくともおまえのようにはシーターの幸せと利益を考えていない、みたいに言うのは、正しくないね。このところシーターがおれを見つめて、甘く震える良く響く声でおれに話しかけると、おれは自分も同じような声でそれに答えてしまいそうで、その声を聞くのが恐かったのだが、その時いつもシーターはおれの顔を見つめるのだ、――おれの目をのぞき込んで、自分の目でそこに何かを読み取ろうとする、そしておれを『ナンダ』とか、『ナンダさん』とか呼ぶんだ。おれにはそれが余計なことに思えてならなかった。でもいまはっきりわかったのだが、それは余計なことどころか、とても大事なことだったのだ。だってそれは、シーターがおれの体を指してそう呼んだのではない、ということを表していたからね。その体自体はその名前を名乗るほどのものではない。そのことはおまえ自身が一番良く証明している。だっておまえはその体をもらっても、あいかわらずシュリーダマンという名前なのだからね。おれはシーターに答えないようにしたし、答えても必要最小限に留めたよ。震える響きの良い罠にはまらないためにね。同じようにあの人を名前で呼んだりはしなかったし、おれの目を読まれないように、あの人の前では目を隠したよ、――それもこれもおまえへの友情のため、夫たるおまえの立場を尊重してのことなのだ。ところがいま、あの人があんなにも深く探るようにその目をのぞき込み、『ナンダ』とか、『ナンダさん』とか呼びかけていたその頭に、またさらに夫の体が与えられ、夫の体にナンダの頭が与えられたわけだ。——さてそこで、状況は根本から、おれとシーターに良かれと変わったのだ。何よりもシーターのためにね。なぜなら、もしおれたちが、彼女の幸せと満足を万事に優先させるなら、いまおれが話したより純粋で完全な関係なんて、およそ考えられないよ」

「いや」、シュリーダマンが言った。「おまえからそんなことを聞かされるとは思ってもいなかったよ。ぼくは、おまえがぼくの体を恥ずかしく思うかも知れないと恐れていたんだ。でもぼくの以前の体の方が、おまえの頭を恥ずかしがるかも知れない。だっておまえは実に矛盾したことを言っているんだからね。結婚で一番大事なものは体だと言ったかと思うと、今度は頭だと言う、まさに、おまえの御都合次第だ。おまえはいつも慎ましやかな若者だった。それがとつぜん自惚《うぬぼ》れと独善の頂きによじ登って、自分の状況こそ、シーターの幸福を保証するのに、世界で一番純粋で完全なものだ、なんて宣言するんだからね。ところが、これはもうわかりきったことだけれど、シーターに最善の、とはつまり、一番幸せで、しかも一番安心させる条件を提供してやれるのは、このぼくなのだ。でもこれ以上言いあっても、無意味だし、きりがないよ。ここにシーターがいるんだ。シーターに、自分は誰のものか、言ってもらおう。シーターこそ、ぼくらと彼女の幸せの裁き手でなければならない」

シーターは混乱して二人を交互に見た。それから両手で顔を覆って泣いた。

「できません」、シーターはしゃくり上げた。「お願いだから、私に決めろなんて迫らないで。ただ哀れな女に過ぎない者に、そんなこと難しすぎます。もちろん初めは簡単なことに思えました。自分の失敗を恥じていた分だけ、かえってそれを幸せに感じました。だって、二人が幸せそうなのを見たのですもの。でも二人の話を聞いていると、頭が変になって、胸が張り裂けました。二人がやりあうように、心の半分が残りの半分に反対するんです。立派なシュリーダマン、あなたの言葉にはたくさんの真実があります。それでいてあなたは、私があなたの顔立ちを持った男としか家に帰れないということを、まだ主張すらしていないんです。でもまたナンダの見方も、部分的には私の心に響くのです。ナンダが首を失って、その体がどんなに悲しく空しかったかを思い出すと、私が『ナンダさん』と呼びかけていた時に、それはやはり何よりも頭の方に向けられていたということは、私もナンダが正しいと思わないではいられません。ただ、立派なシュリーダマン、あなたは『安心させる』と言うけれど、つまり、幸せの中の安心ね、私の幸せにどちらがより多くの安心を与えてくれるのか、夫の体なのか、夫の頭なのか、それは恐ろしいくらい答えるのが難しい大問題です。そうよ、私を苦しめないで。二人の争いを調停するなんて、私にはできません。二人のうちのどちらが私の夫かなんて、決められません」

「そういうことなら」、途方に暮れたような沈黙の後、ナンダが口を開いた。「シーターが心を決しかねて、おれたちのどちらとも言えないなら、第三者、と言うか、正確には第四者の判断が必要だね。さっきシーターが、シュリーダマンの顔立ちを持った男としか帰れないと言った時に、おれは心の中でこう思ったんだ、彼女とおれはまさにその帰れない組なんだ。もし彼女がおれの中に、つまり、夫の体の方に、安心な幸せを見いだすなら、二人きりで生きるしかないだろう、とね。おれはもうずっと前から、孤独と密林を思ってきた。なぜなら、シーターの声が、友だちへの誠実さという点でおれを不安にするたびに、森の隠者になろうと、おれは繰り返しその考えに親しんできたからだ。だからおれは、人跡まれな地での暮らしについて指示を仰ごうと、カーマダマナという名前の、己にうち勝った苦行僧の面識を求め、ダンカカの森にその人を訪ねたのだ。そこにその人は暮らし、あたりにはたくさんの聖者がいる。出自から言えば、ただグハという名前なのだが、自分にカーマダマナという苦行者としての名前を付け、自分に話しかけることを誰かに許す限りでは、その名で呼ばれることを望んでいる。ずっと以前からその人はダンカカの森に、沐浴と沈黙の厳しい戒律を守って暮らしている。そして、おれが思うに、この人の解脱はもうそんなに先のことではない。この人は人の世を知り、それを克服してきた賢者なのだから、おれたちはこの賢者のところへ旅をして、おれたちの身に起きたことを物語り、シーターの幸せを決める審判官になってもらおう。おまえたちがそれでよければ、おれたち二人のどちらが彼女の夫なのか、その賢者に決めてもらおう。そしてその宣告に従おうではないか」

「そうよ、そうだわ」、シーターがほっとして叫んだ。「ナンダの言う通りよ。その聖者のところに行きましょう」

「ぼくの見るところ」、シュリーダマンが言った。「ぼくらの前にある具体的な問題は、ぼくらの手で解決することは難しく、外からの宣告によってしか解けないのだから、ぼくもその提案に賛成だ。賢者の判断に喜んで従うつもりだよ」

三人はこのような条件で一致したので、いっしょに母神のお堂を離れ、彼らの荷車にもどった。それはあいかわらず下の切り通しで三人を待っていた。ここですぐに、男二人のうちどちらが御者を務めるか、という問題が出てきた。なぜならそれは、体の問題であると同時に、頭の問題でもあったからだ。ナンダは、二日の旅程を要するダンカカの森への道を知っていた。それは彼の頭の中にあった。しかし体の状態からすると、シュリーダマンの方が手綱の取り手としてよりふさわしかった。これまでは同じ理由でナンダがその役を果たしたのであったが。しかしナンダはいまその役をシュリーダマンに委ね、自分はシーターといっしょにシュリーダマンの後ろに座り、取るべき道をそっと教えたのである。

10

雨に緑のダンカカの森、この物語の友人たちは三日目にそこに到達した。森にはたくさんの聖者たちが住みついていた。しかし森は非常に大きかったので、どの聖者にも、じゅうぶんな寂寥《せきりょう》と身の毛のよだつほどの人跡まれな地が保証されていた。孤独から孤独へと、欲望の克服者カーマダマナを尋ね歩くことは、巡礼者たちにとって容易ではなかった。なぜなら周囲一帯の隠遁者たちは、お互いをまったく知ろうとせず、誰もが、広い森の中で自分は一人だ、完全に人気《ひとけ》のない土地に囲まれているのだと、それぞれの印象を言い張るばかりだったからである。孤独を住《す》み処《か》とすると言っても、聖者には様々な段階があった。一部には、家長の住期を終えたばかりで、時々は女たちとさえ一緒になって、人生の残りを適度な瞑想に捧げて過ごす者たちがいた。しかし一部にはまた、非常に激しい、究極の精神化を決意したヨーガ行者がいた。この者たちは内に潜む官能の牡馬の手綱をほぼ完全に操り、その肉を制圧すべくナイフさえ厭わず削《そ》ぎ苛《さいな》み、仮借ない誓いを実現するために、身の毛もよだつ行《ぎょう》を重ねた。とてつもない断食をし、雨の中、裸で地面に眠り、寒い季節に濡れた服しかまとわなかった。反対に炎暑の夏には、燃え上がる四つの薪の間に座を占めて、彼らの地上の物質を燃焼させた。それは一部は体から滴り落ち、一部は炎に炙《あぶ》られて消えていった。そしてさらに加えて体を苛み、幾日も地面をあちこちと転げ回り、中断することなくつま先立ちを続け、あるいは、すばやく立ち上がりまた座り、その動作をいつまでも繰り返して、休むことなく体を動かし続けた。このような行を重ねるうちに衰弱が訪れ、解脱の近いことが見通されると、北東に向かってまっすぐ最後の巡礼に出発し、もはや草や根茎で身を養うこともせず、わずかに水と空気だけで過ごし、やがて体は崩れ落ち、魂はブラフマン[12]と結ばれるのである。

苦行者の消息を尋ねる三人は、隠者たちに分割された寂寥の地を通って旅を続けるうちに、どちらのタイプの聖者にも出会った。彼らはすでに贖罪《しょくざい》者の森の端で、ある隠棲の一家のもとに荷車を乗り捨ててきた。この家族はそこで、外部の人の世界とまったく接触がないわけでもなく、比較的ゆるやかな生活をしていた。すでに述べたように、カーマダマナの棲む人跡まれな地を探しあてるのは、三人にとって苦しい旅になった。なるほどナンダは以前一度、道なき道をその人のもとへ辿ったことがあったが、その時は今とは別な体でそうしたのであって、そのことが彼の土地勘と明敏さを狭めていた。しかし森の中の樹木や洞穴に住む者たちも、知らない素振りをし、あるいはじっさい本当に知らなかった。ただ、かつて家長だった者たちと一緒の女たちが、主人の背中越しに善意から方向を指し示し、助けてくれたので、彼ら三人は、それからさらに一日探し回り、密林に野宿した後、幸いにもその聖者の居住地に到達したのである。そこで彼らは、髪を髷《まげ》のように編み上げ白漆喰《しっくい》を塗ったような頭と、空に向かって振り上げられた枯れ枝のような腕が、小さな泥沼から突き出ているのを目にした。その中で聖者は精神をぎりぎりまで集中し、いったいもうどれだけの時間になるのか、首まで水に浸かっていたのである。

その苦行の灼熱の力を畏れ敬う気持に妨げられて、彼らはこの聖者に声をかけることができなかった。それよりも聖者が修行を中断するのを、辛抱強く待つことにした。ところが、聖者が彼らに気付かなかったためか、あるいは良く気付いていたからこそなのか、なかなかそういうことにはならなかった。水たまりの縁からうやうやしく離れて一時間も待っただろうか、聖者はやっと水から上がってきた。素っ裸で、ひげと体毛から泥水を滴らせていた。聖者の肉の体はすでにないも同然で、わずかに骨と皮でできていたので、裸体だからといって特にどうということもなかった。聖者は待っている者たちに近寄りながら、岸から取ってきた箒で自分の歩く地面を掃いた。それは、三人も多分そういうことだろうと思ったのだが、そこに出てくるかも知れない、

12　ウパニシャッド聖典にまとめられたバラモン教・ヒンドゥー教の中心観念。宇宙万物の根源・根本原理。また聖典の言葉に宿る霊力。

目立たない生き物を踏みつぶさないためだった。招かれざる客に対しては、最初はそれほど優しくはなかった。それどころか近付いてくると、箒を振り上げて彼らをおどした。そのため、彼ら三人の罪によって、その間に聖者の足下で何か取り返しのつかないことが起こってしまったかもしれない。聖者は三人に向かって叫んだ。

「去れ、傍観者、無為の輩。わが隠棲の地に何の探し物だ！」

「欲望の征服者、カーマダマナ様」、ナンダが慎み深く答えた。「この貧しき者らが身の程知らずに近付きましたことをお許し下さい。あなた様の克服された苦行の評判に惹かれて参りました。しかし、人の世の肉の苦しみにも駆り立てられて参ったのです。この苦しみについて、賢者の雄たるあなた様に、ご厚意をいただけますなら、助言と妥当な判断を仰ぎとう存じます。どうぞ私を思いだして下さい。すでに一度、人跡まれな地での暮らしについて御教示に与《あずか》りたく、参上したことがございます」

「会った気がしないでもない」、隠者はそう言って、伸び放題の威嚇的な眉毛の下の、深く落ちくぼんだ目でナンダを見つめた。「少なくとも顔立ちからすると、そうかも知れない。だが、おまえの姿はこの間《かん》になにがしか浄められたようでもある。あのときわしを訪ねたお陰と思われる」

「伺って良かったと存じます」、ナンダは直接の答えを避けた。「しかし、お認めいただきました変化には、また別なわけもございます。まことに苦しみと奇蹟に満ちた話でございまして、それこそこの貧しい三人の身に起こったことなのでございます。そのせいで私どもは一つの問いの前に立たされましたが、自分らではそれを解くことができません。それゆえ諸事に明るいあなた様の御判断を必要としているのでございます。あなた様の克服された絶大な苦行のお陰を蒙りまして、私どもの話にお耳をかしていただけますものかどうか、不安な気持でおります」

「絶大でなくてどうする」、カーマダマナが答えた。「絶大でなかったなどと、誰にも言わせないぞ。たしかに、わが隠棲の地からおまえたちを追い払うのが、わしの最初の衝動だった。だがそれも一つの衝動であり、誘惑である。わしは衝動を否定し、誘惑には抵抗しようと思っている。というのも、人を避けるのが苦行であるなら、人を受け入れるのはもっと大きな苦行だからだ。本当のところ、おまえたちがここにいて、運ばれてきた人の世の臭気が漂う、そのために胸のあたりが重苦しい、頬がほてって気分が悪い。作法に従って顔に塗った白い灰がなかったら、おまえたちにもわかるだろう。だが、おまえたちの俗臭ふんぷんたる訪れにうち克つ準備はできている。とくに、もうとっくに気付いていたが、おまえたち三人の中には女人《にょにん》が一人含まれているのだから。五感が見事と叫ぶ体つきの女人がな。蔓草のようにほっそりとして、柔らかな太腿に丸々とした乳房、おう、これは、なんということだ。体の中ほどの美しさ。顔は魅力にあふれて、山鶉《やまうずら》の目をしている。そしてその胸は、もう一度言おう、丸々として、ぴんと立っている。よく来た、女よ。男どもがおまえを見ると、やつらの体中の毛が喜びに逆立つ、そうではないか。間違いない、おまえたちの、人の世の苦しみとは、おまえのしわざだ。女よ、落とし穴にしておびき餌よ。大歓迎だ。そこの若造だけだったら、とっとと失せろと追い払っただろう。だが、おまえが一緒だ。貴重な女よ、ここに留まれ、おまえたちが望むだけいつまでも、ここに留まれ。——本当に歓迎して、おまえたちをわが木のうろへ招こう、ナツメの実でおまえたちをもてなそう。木の葉に集めてあるのだ。食べるためではないぞ、断念して、そのナツメを前に、泥だらけの根茎をかじるためだ。こんな体でもあい変わらず時々は餌をくれねばならんのだ。おまえたちの話というのも聞いてやろう、窒息しそうな人の世の臭気が吹き付けてくるのだろうが。——一語一語しっかりと耳を傾けてやろう。なぜなら、カーマダマナは臆病だなどと、誰にも言わせてはならぬからな。たしかに、勇敢さと好奇心を区別するのは難しい。わしがおまえたちの話を聞こうとするのは、隠棲の地にあって臭気漂う浮世の出来事を知りたくてたまらないからにすぎない、と耳打ちする声があったら、それは断固退けねばならない。さらに、この異議を退けて押し殺すのはまさに好奇心のためにすることなのだから、そもそも好奇心こそが押し殺されねばならない、――しかしそれなら、どこに勇敢さの出る幕があるのか、と追い討ちをかけてくるささやき声があったら、それも断固退けねばならない。それはナツメの実と同じようなものなのだ。ナツメの実についても、それを目の前に置くのは、断念の対象としてではなく、目の楽しみのためだという考え方に、心を誘われる、――それに対しては敢然とこう抵抗する、つまり、目の楽しみの中にまさにそれを食う誘惑があるのだから、そういうものを目の前に置かなかったら、生きていくことが簡単になりすぎるだろう、と。そのさいもちろん、わしがこの抵抗を考え出したのは、やはりうまそうな光景に与るためだという更なる嫌疑は押し殺さなければならない、わしが自分でその実を食わずに、おまえたちに食えと与えても、おまえたちがむしゃむしゃやるのを見て、そこに喜びを見いだしている、などという疑いは。こんなことはみな、多種多彩な世界の欺瞞に満ちた性格や、我と汝の区別などを考えれば、ほとんど同じことだ。わしが自分でナツメを食うようなものだ。ようするに、苦行とは底のない樽だ。計り知れぬほど深いものなのだ。そこでは精神の誘惑が感覚の誘惑と混ざり合っているのだから。苦行のわずかな労苦でも、一つの頭を切り落とされて二つの頭が生え出る蛇と組み討つがごときことなのだ。だがそうあってこそまさに当然だ。大事なことはどこまでも勇敢であることだ。それゆえ一緒に来るがよい。おまえたち、男女両性の臭気漂う浮世の民よ。いざ、共にわが木のうろに行き、気のすむまでわしに浮世の汚物を語るがよい。——わしは自分の苦行としておまえたちの話を聞こう、そのさい、自分は気晴らしのためにそうするのだとささやく声を押し殺そう、——どんなに押し殺してもこれでいいということはないのだ」

こう言うと聖者は、あいかわらず慎重に箒で自分の前を掃きながら、藪を抜けてかなりの道のりを自分の隠れ家へと三人を導いて行った。それは巨大なカダンバの、大変な老木であった。幹はぱっくりと裂けていたが、まだ緑に茂っていた。その泥にまみれ苔むしたうろの中をカーマダマナは自分の住み処に選んでいたのである。気候の変化に対する避難所を求めたのではない。なぜなら彼は炎暑の中では薪を燃やし、寒さの中では濡れた衣をまとい、暑さと寒さを倍加することによって、つねに気候の変化に自分の解脱を委ねていたのだから。――そこを住み処としたのは、ただたんに自分のいるべき場所を知っておくためであった。そして、口に入れる根や根茎や果実、供養のための薪や花や草など、必要なものを保存しておくためであった。

そこに着いて彼は客たちに座れと命じた。客は自分たちがたんに苦行の対象にすぎないということを良くわかっていたから、できるだけおとなしくしていようと努めた。聖者は約束どおり彼らにナツメの実を食わせてくれたが、これは客たちの体を少なからず元気にした。彼自身はそのあいだ、カーヨトサルガのポーズと呼ばれる苦行の姿勢を崩さず、両腕をぴんと下におろし、膝をまっすぐに伸ばしたまま、手足を動かさず、手の指だけでなく、足の指も独特のやり方で開き続けた。そうして精神をぎりぎりまで集中し、素っ裸で立っていたのだが、裸だからと言ってどうということもなかった。これに対し、立派な体になったシュリーダマンが、その頭を見込まれて役目を引き受け、ここに至ったいきさつを語った。なにしろ、その物語のクライマックスをなす争点は、王様とか、聖者とか、外からの力によってしか解決してもらえないのであったから。

彼は、すでに私たちが物語ってきたように、真実に従い、部分的には同じ言葉でそれを語った。争点をはっきりさせるためなら、最後の段階をいくつか話せばじゅうぶんだっただろう。しかし隠棲の地に棲む聖者になにがしかのものを提供するために、ここに語られてきたことをそっくりそのまま、そもそもの初めから報告したのである。ナンダと自分のそれぞれの生き方、二人の間の友情、〈黄金蠅〉の川のほとりでとった旅の途中の休憩を詳しく語ることから始まり、自分の恋患《こいわずら》い、求婚と結婚へと進み、その背景にあった、たとえばナンダが魅力あふれるシーターと祭りにぶらんこを揺すって知り合ったことなどは、適当な場所に織り込んで補い、結婚の苦い経験のようなその他のことは、ただ悲しげにほのめかして、控え目に伝えた。――それは自分をいたわってのことではなかった。なぜなら、シーターを揺すりあげた逞しい腕は、いまや彼のものであり、シーターが以前の彼の腕の中で夢見た体もいまや彼のものだったからである。それはむしろシーターに配慮してのことだった。こうした話のすべてが彼女の耳に聞きやすいはずがなく、やはり彼女は、話の続く間ずっと、刺繍した布でその小さな頭を覆っていたのである。

力強いシュリーダマンはその頭のおかげで、達者な良い語り手であることを示した。すべてをよく知っていたシーターとナンダでさえ、自分たちの物語を、まことに恐ろしいものであったが、喜んで再度、彼の口から聞いたのである。カーマダマナはカーヨトサルガのポーズのため何も気づかせなかったが、この男もこの話に心を奪われたというのは、考えられることである。報告者は、自分とナンダの恐ろしい行為、女神による シーターの赦し、復元作業の時の許される失敗を語った後、結論に達して次のように問いを立てた。

「こんなわけで」、とシュリーダマンは言った。「夫の頭には友だちの体が与えられ、夫の体には友だちの頭が与えられました。どうか、あなた様の知恵の力で、私どもの混乱した状態を裁いてください。神聖なカーマダマナ様。あなた様のお裁きのままに、私どもは無条件に従い、それによって身を処します。自分たちではどうすることもできないのですから。どこから見ても体の美しいこの女は誰のものでしょうか。この女の夫は本当はどちらでしょうか」

「そうです、教えて下さい。欲望の超克者よ」、ナンダも確信を露わにして叫んだ。いっぽうシーターはただせかせかと頭から布を取り、強い期待をこめて蓮の葉形の目でカーマダマナを見つめた。

請われた方は手と足の指を閉じ、深くため息をついた。それから箒を取って地面を掃き、潰れやすい生き物をどけて小さな場所を作り、客たちに向かって腰をおろした。「ふー」、彼は口を開いた。「おまえたち三人はわしにはまさにうってつけの人間だ。浮世の臭気漂う話にはたいてい心構えができていたが、おまえたちの話は手で触れられる毛穴という毛穴からもうもうと蒸気を吹き上げておる。夏場に四つの薪の火に囲まれている方が、おまえたちの蒸気の中より耐えやすい。顔に灰を塗りたくっていなかったら、わしの見事にこけた頬に、その話が燃え立たせた赤い興奮を、認めることができるだろう。いやむしろ骨の上にと言うべきか、苦行のつもりで聞いておったのだが。ああ、おまえたち、子供らよ。目隠しされて油絞りの臼を回す牡牛のように、おまえたちは生成の車輪の周りを駆り立てられている。駆り立てられながら、なお情欲にあえぎ、煩悩のひき臼の六人のしもべに、肉の痙攣へと追いやられている。やめられないのか。偽りの獲物を見て欲望に膝も萎え、目で交わり、舌なめずりし、涎《よだれ》を垂らさないではいられないのか。そうか、そうか、よくわかっているぞ。愛欲の体、痛いほどの快楽にしとどに濡れて、——つややかな絹の肌の下には滑らかな関節の動き、——優美なドームのような両肩の丸み、——くんくんと嗅ぎ回る鼻、うわごとにあえぐ口、——かわいい乳輪に飾られた甘い胸、——汗に濡れる腋毛、——おまえたち、牧場の小道さながら、まさぐり続ける両の手の軌跡よ、――しなやかな背、息づく柔らかな腹、美しい腰、――両腕の喜びの抱擁、花なら盛りの太腿、――尻の肉のひんやりとした双丘の快楽、――そうして、こういうすべてに情欲を煽られて、――むせかえる淫猥な夜の生殖器、――ぞくぞくとしてたがいに見せあい、――たがいに絡みあって無上の喜悦へ、――さあ、これとあれ、ここそあそこ、――わかっている、わかっているぞ……」

「しかし、そうしたことはぜんぶ知っております。人様から教わりませんでも。偉大なカーマダマナ様」、その声に少し押し殺した苛立ちを潜ませて、ナンダが言った。「お願いですから、もう宣告のお言葉に進まれ、誰がシーターの夫なのか、わからせて下さい。私どもがついにそれを知って、それに従って行けますように」

「宣告は」、聖者は答えた。「それはもう下されたも同然だ。誰の目にも明らかなことだ。おまえたちがちゃんと事情をわきまえず、それほど明らかに決められることに、裁き手を必要としているということが、不思議でならない。そこのおびき餌は、とうぜん、友人の頭を肩に載せている男の女房だ。なぜなら、婚礼の時に花嫁に右手を差し出すが、その手は胴体に付いている。その胴体は友人のものだ」

喜びの叫びをあげ、ナンダは華奢な造りの脚で飛び上がった。いっぽうシーターとシュリーダマンは頭を垂れ、黙って座ったまま動かなかった。

「だがこれは前置きにすぎない」、カーマダマナは声を張り上げて続けた。「これには結論が続くのだ。結論は前置きを引き上げ、圧倒し、それに真実の冠をかぶせる。待っていろよ」

そう言うと彼は立ち上がり、木のうろへ入って行き、薄い樹皮でできた腰巻きのような粗い布を取ってくると、裸を覆った。そしてこう言った。

ご主人様はほれそこの夫の頭を持つ男。
疑い無用、この宣告に。
女が至高の喜びで、歌のわき出る泉なら、
頭は五体の最高位。

こんどはシーターとシュリーダマンが、頭を上げ、喜びの視線を交わす番だった。しかしさっきあれほど喜んでいたナンダは、小さな声でつぶやいた。

「でも先ほどはまるで別のお話でした」

「最後に言ったことが」、カーマダマナが答えた。「正解だ」

こうして三人は回答を受け取った。華奢になったナンダは、これに対しいちばん不満を言えない立場だった。この聖者に裁定を仰ごうと提案したのは、彼自身だったのだから。——聖者がその宣告に与えた、申し分なく艶《つや》っぽい理由はさておいて。

三人はカーマダマナにお辞儀をして、その隠棲の地を離れた。しかし、雨に緑のダンカカの森を、黙って一緒にしばらく引き返して来ると、ナンダは足を止めて、二人に別れを告げた。

「元気でね」、ナンダは言った。「ここからは自分の道を行くよ。人のいないところを探して、森の隠者になるつもりだ。以前から思っていたとおりに。そうでなくても、こうしてこの体になってみると、自分が世間に混じっているのは少しもったいないと思うのだ」

あとの二人は彼の決心を非難できなかった。少し悲しそうに同意し、貧乏くじを引いた人に対するように、去っていく者に親切なところを示した。シュリーダマンは相手の慣れ親しんだ肩をたたいて励まし、古い友愛と、人が他人に対してめったに見せないような配慮から、その体で過激な修行ができると思うな、根茎ばかり食い過ぎるな、そういう単調な食事がその体に向かないのはよくわかっているから、と忠告した。「おれのことはほっといてくれ」、ナンダが拒むように答えた。そしてシーターが慰めの言葉を贈ろうとしたときも、ただひどく悲しそうに山羊鼻の頭を振るだけだった。「あんまり深刻にならないで」、シーターが言った。「忘れないで、本当はあとちょっとで、あなたが天下晴れて結婚の喜びの臥所《ふしど》を私とわかつはずだったの。信じて、私はあなたのものだったものを上から下まで甘さの極みの愛情に包んでみせるわ。そしてそのおかげでこの喜びもあるのだと、手と口で感謝するつもりよ、それも永遠の母神様にしか教えてもらえないような、より抜きのやり方で」

「そんなことがおれの何になる」、ナンダは我《が》を張って答えた。その上、シーターが彼の耳元にそっと、「時々はあなたの首も夢に見るようにするから」と囁いたときも、我を張って、再びただ悲しく反抗的に答えたのである。「そんなことがおれの何になる」

こうして彼らは別々の道を辿った、一人と二人で。しかしシーターは、一人の方がもうかなり遠ざかったときに、もういちど彼の方にとって返し、両腕で彼を抱きしめた。

「元気でいてね」、彼女は言った。「何てったって、あなたが私の最初の夫だったの。私を目覚めさせて、いま私が知っているだけの喜びを教えてくれた。あの枯れ木みたいな聖者が女と頭のことで何を言い何を裁こうと、私の心臓の下の赤ちゃんは、ぜったいあなたの子ですからね」

そう言うと彼女は逞しい体になったシュリーダマンの方に駆け戻った。

11

官能の喜びを余すところなく味わい尽くしながら、シーターとシュリーダマンは〈牝牛の繁栄〉村で時を過ごした。さしあたり二人の雲一つない幸せの空にはどんな影も差していなかった。「さしあたり」というささやかな言葉は、軽い暗示的な翳りとしてこの明澄な空をよぎるが、それは、物語の外にいて、それを報告している私たちが、付け足したものである。物語の中に生きて、それが自分たちの物語である当の本人たちは、どんな「さしあたり」も知らず、ただもう自分たちの幸せしか知らなかった。それはおたがいに並はずれた、と言うべきものであった。

じっさいそれは、ふつう地上にはめったに現れず、楽園に属する幸せだった。大多数の一般大衆に、秩序とか、法律とか、宗教とか、道徳とかの条件の下で与えられる欲望の満足、そういう月並みな地上の幸せは、限られた凡庸なもので、どっちを向いても禁止や避けがたい断念に限界づけられている。急場しのぎや、不如意や、断念が人間の運命である。私たちの望みは際限がない。その実現はつましく限定されている。そして欲望の切迫した「せめてこれを」は至るところで、人生の鉄の掟「ならぬ」や、無味乾燥の「我慢しろ」にぶちあたるのである。私たちに許されるものはわずかで、たいていのものは禁じられている。禁じられたものにある日許可のラベルが貼られるなどということは、総じて夢物語である。一種の楽園幻想である、——なぜなら、楽園の喜びはまさに次の点にあるに違いないからである。すなわち、この地上では二分裂している許されたものと禁じられたものとが、楽園では合一し、禁じられたものが許されたものという精神の王冠を美しく戴き、許されたものが単にそれだけでは終わらず、禁じられたものの魅力を帯びるのである。飢えに苦しむ人間がそれ以外どんな風に楽園を想像できるだろうか。

超地上的と呼んでもよさそうな、まさにこういう幸せを、気まぐれな運命は、〈牝牛の繁栄〉村に帰った恋仲の夫婦にそっと手渡したのである。二人はそれを酔ったようにぐびぐびと飲み干し味わい尽くした――さしあたり。以前、目覚めさせられたシーターにとって、夫と友人は二人の人間であったが、今や二人は一人になった。それは幸運にも起こったことで――また、それ以外の形で起こりようもなかったのだが――、二人の最良の部分、一人の人間をまとめる主要部だった部位が、一つに集まり、全ての欲望を実現する新しい統一を形成したのである。夜毎、晴れて夫婦の床で、シーターは友だちの逞しい腕の中にぴったりと体を押し付け、以前は華奢な夫の胸で固く目を閉じて夢見るしかなかった友だちの快楽を受け止め、しかし、感謝のしるしとしては、バラモンの孫の頭に接吻した、――この世でもっとも甘やかされた人妻であった。なぜなら、こう言ってよければ、大事な部分だけでできている夫を持っていたからである。

しかし変身したシュリーダマンも、やはり彼は彼で、どんなにか満足し、誇りに思っていただろうか。彼の変身が、父親のバヴァブーティや、慎ましい役しか演じないので名前は出てこないが、彼の母親に、あるいはまたバラモンの商人の一家の他の成員に、さらには寺院の村の他の住人たちに、好ましいという以外の意味で目立つだろうなどと、誰も心配する必要はなかった。彼の体がつごう良く変化する時に、何かただごとでない、とはつまり、不自然なことが起こっていたかも知れない（まるで、自然なことだけが、唯一正しいことみたいだが）という考えは、彼と並行して変化したナンダがもし横にいれば、もっと簡単に人々の心に浮かんだかもしれない。だがこちらは目の届く範囲から消え、森の隠者になってしまった。以前から何度も、なるなると、言っていたのである。ナンダの変化も、友人の変化と一緒にすれば確かに目立ったかも知れないが、誰もその変化を目にする者はなかった。ただシュリーダマンだけが人々の視線の前にいた——手足は褐色に日焼けして力強く、筋肉美を見せていたので、ごく普通に誉められ、幸せな結婚生活で男盛りになったのだと言われた。それが人目にとまった限りでは、である。というのは、わかり易い話であるが、シーターの夫は、その頭の決まりに従って装うことを続けていて、決してナンダの腰布や、腕輪や、粒石の飾りをつけて出歩くことがなかったからである。以前のように、膨らんだ巻きズボンと木綿の長いシャツを着て現れた。それがいつもの彼の服装だったのである。しかしここで何よりもまず証明されたのは、他人の目に映る人の姿をその人と認識する際に、頭が果たす決定的で有無を言わせぬ意味合いである。兄弟でも、息子でも、隣人でもいい、ドアから入ってくるとしよう、肩には良く知っている首が載っている。その他の姿が必ずしもすべていつもどおりではなかったとして、この人はあの兄弟、あの息子、あの隣人ではないと、ほんのいささかでも疑う力が自分にあるかどうか。

私たちはまず第一にシーターの結婚生活の幸せを讃えることを優先させた。シュリーダマンが変身後すぐに、最愛の妻がそこから受ける利益を他の何にもましてまっ先に考慮したのと同じである。しかし彼の幸せは、当然のことながら、シーターの幸せに完全に一致していたので、同じように楽園の性格を帯びていた。この物語を聞いて下さる皆さんには、恋する男の他に比べようもない立場にぜひ身を置いてみてくれと、どんなに求めても求めすぎることはない。この男は、妻が他の男の抱擁に焦がれていることを認めざるをえなかったために、深く落胆して愛する妻のもとを去ったのだが、それが今や、自分自身が、妻の死ぬほど求めていたものを、与えられるようになったのである。彼の幸せに注意を向けると、その幸せを、魅力あふれるシーターの幸せのさらに上に置きたい誘惑にかられる。敬虔な沐浴の姿を盗み見て、シュリーダマンが捉えられた、スマントラの黄金の肌の娘への恋、――燃えるように真剣で、ナンダを俗っぽく面白がらせたが、本人にとっては死病となり、死なねばならないという確信に変わっていった恋、――この激しく悩み多き、根本的には心優しい感動は、魅力的な姿によって火を付けられ、彼の方はすぐにそれに対して自分の尊厳を守ろうとしたのであったが、――要するに、感覚の美と精神の結合から生まれたこの感激は、おのずからわかることだが、彼という全人間の問題であった、――しかし何よりも本質的な点で、雄弁の女神によって思弁の情熱と想像力を授けられた、彼のバラモン的な頭脳の問題であった。その頭に付いていた穏やかな体は、結婚してはっきりしたことだが、その頭と対等な役割などぜんぜん果たせなかった。ところが今や、こういう燃えるように繊細な、深く真剣な素質を持った頭に、快活で庶民的な、単純な力の肉体が与えられたのだから、それに与った人間の幸せ、満足というものを、皆さんにはぜひとも感じとっていただきたいのである。なにしろこの体は、この頭の精神的情熱に、完全に余すところなく対応することができるのである。楽園の喜びを、たとえば神々の「喜び」の森での生活を、この完全さのイメージとは別な形で想像しようとするのは、虚しい試みである。

翳《かげ》りを呼ぶ「さしあたり」は、あの上の世界にはもちろん現れないが、その言葉でさえここあそこの間にどんな区別もつけはしない。なにしろその「さしあたり」は、幸せを味わう者の意識にではなく、ただ精神的に存在する者、つまり物語る意識にのみあって、個人的な悲しみをではなく、客観的な悲しみを伴うに過ぎないのだから。しかし、これはぜひ言っておかねばならないことだが、それはすぐに、ひじょうに早い時期に、個人的なレベルに忍び込み始めた、いや、そもそもの初めから、地上的に制限し限定する、楽園的なレベルから外れた役割を演じていたのだ。美しい腰を持つシーターは、女神の慈悲深い命令をその身に起こったようなやり方で実行し、間違いを犯したのだが、その間違いはただ単にやみくもに急いでいたから犯したのではなく、もっぱらやみくもに急いでいたことだけが原因で犯された間違いではなかった、ということを言っておく必要がある。こう言うのは熟慮の上であって、皆さんにもしっかりと理解していただきたい。

世界を維持するマーヤーの魔力、つまり、すべての生き物を呪縛する妄想や欺瞞や想像といった生の根本原則は、個々の被造物が互いに求めあう愛の欲望の中で、もっとも強く、その力を誇示し、人を嘲弄するものだ。愛の欲望は、つきまとい、抱き込まれ、巻きこむあらゆる行動の、また、命をつなぎ先延ばしさせるあらゆる錯覚の極致であり、典型である。快楽が愛の神の利口な側女《そばめ》と呼ばれるのは理由のないことではない、――この女神が、「マーヤーの力を受けた者」と呼ばれるのは理由のないことではない。なぜなら、諸々の現象を魅力的な望ましいものにする、というか、そのように見せかけるのが、この女神なのである。そもそも「現象」という言葉自体の中に、たんなる仮象の感覚的要素がすでに含まれていて、この感覚的要素がまた輝きや美の概念と近い関係にある。ドゥルガーの沐浴場で二人の若者、特に感激しやすいシュリーダマンに、シーターの体を、輝くばかりに美しく、畏敬の念を起こさせる崇拝したいほどのものに見せたのは、快楽というこのペテン師的な女神だった。あの時、沐浴の女が小さな首を回して、鼻も、唇も、眉も、目もかわいらしく、美しい姿が醜い顔で台無しにされなくて良かったと、友だち同士どんなに嬉しく、ありがたく思ったか、そのことを見ておきさえすればいい。――この点を振り返りさえすれば、人が夢中になるのは、熱望の対象にばかりではなく、熱望するというそのことに対してであるということがよく分かる。つまり、人が欲しがるのは、酔いをさますことではなく、酔いと欲望であり、何よりも恐れるのは、幻滅させせられること、つまり、錯覚から解放されることなのだ。

しかし注意していただきたい。盗み見されている女の顔がどうか綺麗であって欲しいという若者たちの心配は、体が、マーヤーの意味と価値に従って、頭に依存していることを証明している。体は頭についている。欲望の克服者カーマダマナは、正当にも頭を五体の最高位だと言明し、そこに宣告の基礎を置いた。なぜなら、頭は実際に姿全体にとっても、体の魅力にとってさえも決定的である。体は、もし別な頭と結合されたら、別な体であることは、ほとんど言うまでもない、――そう、顔の特徴一つ、小皺の一本でも変えてみるがいい、全体がすっかり変わってしまうのだ。ここにシーターが間違って犯した過ちがあった。彼女はこの過ちを犯した自分の幸せを讃えた。友人の体を夫の頭をしるしにして持つのは、楽園的なことに思えたからである、――おそらくあらかじめそう思えていたのである。しかし、彼女は事前に考えてみたことはなかったし、彼女の幸せはさしあたり認めようとはしなかったのだが、ナンダの体は、鼻のほっそりしたシュリーダマンの頭と一つになれば、その考え深い優しい目や、頬の周りの柔らかい扇形の髯と一つになれば、もはや同じ体ではない、もはやナンダの快活な体ではなく、それとは別な体なのである。

ナンダの体は、マーヤーの幻術を受けた後ただちに、次の瞬間から、別の体になった。しかしここではマーヤーの幻術だけが問題なのではない。というのは、時とともに――それはシーターとシュリーダマンが官能の喜びを味わい尽くして、比べるものもない愛の歓喜のうちに過ごした時間であったが――熱望されて獲得された友の体が（シュリーダマンの頭のしるしを受けたナンダの体を、まだ友の体と呼ぶことができればだが。いっぽう遠くの夫の体はいまやそれこそが友の体になってしまっている）、――つまり、こういうことだ、時とともに、しかもそれは決して長い時間ではなかったのだが、敬愛される夫の頭を戴くナンダの体が、マーヤーの魔力をまったく度外視して、それ自体としても別なものになっていった。それは、頭とその法則の影響を受けて、しだいに夫らしいものに変わっていったのである。

これは普通の運命であり、結婚生活のありきたりの結果である。シーターの憂鬱な経験はこの点で他の女たちの経験とそれほど違ってはいなかった。妻たちは短期間のうちに、お気楽な夫の中に、自分に求婚したしなやかで激しい若者をもはや認めえなくなるのである。しかしシーターの場合、この通常の人間的なことが特別に強調され、特別な理由を持っていた。

シュリーダマンの頭の規範的な影響はすでに、シーターの夫が新しい体に、ナンダのスタイルに倣《なら》わず、以前と同じ服を着せていたという点に見て取れたが、ナンダがいつもしていたように、毛穴に芥子油を染み込ませるのを拒んだという点にも現れていた。なぜなら彼は頭の指示により、自分の体にこの匂いがするのを絶対に我慢できなくて、その化粧品を使わなかったのである。これはシーターにとってただちに一種の幻滅を意味した。その上さらに、床に座るときの姿勢が、ほとんどもう言う必要もないが、体によってではなく頭によって決められていて、ナンダが習慣的にとっていた庶民的にしゃがむ姿勢をはねつけ、横座りをしたということも、シーターにとってはおそらくちょっとした幻滅であっただろう。しかしこのようなことはどれも、初めのうちの小さなことにすぎなかった。

バラモンの孫のシュリーダマンは、ナンダの体を持ってからも、これまで自分がそうであったものであり続けたし、これまで生きてきたような生活を続けた。彼は鍛冶屋ではなかったし、牛飼いではなかった。商人《ヴァーニジャ》であり、商人《ヴァーニジャ》の息子であった。父親の堂々たる商売を手伝い、自分を生んでくれたその人がしだいに年老い疲れてくると、間もなく自分で父の仕事を切り盛りするようになった。重いハンマーを振るったり、〈斑山〉で家畜を放牧したりすることはなかった。モスリンや樟脳や絹や更紗、また米を搗く杵や薪を売り買いし、〈牝牛の繁栄〉村の人々にそういう品物を供給しながら、その合間にヴェーダを読んだ。そしてこの物語の他の所がどんなに不思議に思われようと、ナンダの腕が、彼の体について間もなく、その逞しさを失って細くなっていき、胸が薄くなって張りをなくし、腹にはふたたび脂肪がつきはじめて、要するに、しだいに夫らしいものになっていったということは、なんの不思議でもないのである。そのうえ〈幸せの仔牛〉の縮れ毛まで消えてしまった。すっかりではないが、まばらになってしまったので、ほとんどもうクリシュナのしるしとは認めがたかった。妻であるシーターは、悲しい気持でこういう変化を確認した。たんにマーヤーの幻術めいているだけではない事実として起こったこの変化は、皮膚の色にまで及んで、その肌は明るくなっていったのだが、それは、ある種の繊細化というか、こう言ってよければ、一種の高貴化を伴っていた――この言葉は、半分はバラモン、半分は商人という意味での高貴化なのだが――、というのも、彼の手足は小さく繊細になり、膝と踝《くるぶし》は華奢になり、ようするに、快活な友人の体は、以前はその全体のまとまりの中でこれこそ人間の主要部をなしていたのに、いまや頭の控え目な付け足し、付属品になってしまった。間もなく、その頭の気高い衝動をもはや楽園的完全さで後押しする気もなければ、実際にできなくもなり、ただ何かこう大儀そうにお相伴を務めるだけになったのである。

なるほど蜜月の喜びは他に比べるものもなかったが、これが、シーターとシュリーダマンがその後に経験した結婚生活であった。しかしそれは、ナンダの体が本当にすっかりシュリーダマンの体に戻ってしまう、という所までは進まなかった。それでは何もかも前と一緒なのだが、そういうことはなかった。この物語に誇張はない。むしろ、体の変化が一定の制約を受けていることを強調し、またその変化を見誤る余地のないものに限定しようと心がけている。それは、大事なのは頭と体の相互作用であって、我意と我欲を規定するシュリーダマンの頭も適応という変化を免れなかったという事実を、理解できるようにするためである。その変化は、自然感覚にとっては、頭と体の体液の関連から説明されるだろうし、実相認識の立場にとっては、もっと高次なものの組み合わせから説明されるのだろう。

精神的な美と、感覚にうったえる美とがある。ある人たちは、美を全面的に感覚の世界に属するものとして、精神的な要素を根本的に美から切り離し、世界は精神と美に対立的に引き裂かれているのだと主張する。ヴェーダの父祖の教えもやはりその考えに基づいている。「世界で経験される至福はただ二つ。この肉体の喜びによるか、精神の救いの静けさの内にか」。この至福の教えにも表れていることだが、精神と美は、醜が美と対立するような対立関係にあるのではない。条件付ではあるが精神は美と同一のものである。精神は醜と同じ意味ではないし、そうである必然性はない。なぜなら精神は、美の認識と美への愛によって、美を受け入れる。美への愛は、精神の美として表れ、けっして根本から、まったく異質で希望のない愛ではない。なぜなら、異なったものの持つ引力の法則によって、美もそれなりに精神を求め、精神を賛美し、精神の求愛を喜び迎えるからである。この世界は、精神が精神だけを愛し、美が美だけを愛するようにできてはいない。二つの間の対立は、精神的でもあれば美しくもある明確さで、世界の目標は精神と美の統一、すなわち完全さともはや引き裂かれることのない至福にあるということを認識させてくれる。そして私たちがいま語っている物語は、この究極目標への努力が重ねられる時の労苦と失敗の一例に過ぎないのである。

バヴァブーティの息子のシュリーダマンは、一つの過ちの結果、高貴な頭、つまり、美への愛が表れている頭に加えて、美しい逞しい体を獲得した。彼には精神があったので、その体を得てすぐに、異質なものが自分のものになり、賛美の対象がなくなったということの中に、――別な言葉で言うと、自分が今これまで求め続けてきたまさにそのものであるということの中に、なにか一種の悲しみが潜んでいるような気がした。残念なことにこの「悲しみ」は、彼の頭が新しい体との関係のために蒙った変化において実証された。なぜならその頭に生じた変化は、美を所有することによって、美への愛とともに精神的な美までも多かれ少なかれ失ってしまう、そういう変化だったのである。

　この経過がいずれにせよ、体の交換がなくても、美しいシーターを結婚によって自分のものにしたというそれだけの理由でも起こったのではないか、という疑問は、答えのないまま残される。私たちは、ここに語られる運命は特別な状況下で強められ先鋭化されているだけで、一般的な妥当性を持つのだというニュアンスを示唆しておいた。いずれにしてもそれは、客観的に観察する自然な感覚を持った聞き手には興味深いことである。しかし美しいシーターにとって、夫の髯の中の以前は繊細で薄かった唇がふくれて分厚くなり、外側にめくれて、腸詰めに似てきたことを認めるのは、胸の痛む興ざめなことであった。彼の鼻も、以前はナイフの刃のように薄かったのが、肉がつきはじめ、低くなって、山羊鼻に近付くという否定しがたい傾向を示した。そしてその目は一種の鈍感な快活さの表情を帯びた。時がたつうちに、繊細になったナンダの体と粗野になったシュリーダマンの頭を持った、シュリーダマンという名前の者が出来上がった。そこにはもはや何もまともなものはなかった。語り手はそれゆえ、この経過を目の当たりにしてシーターの心を占めた感情を、聞き手が特に理解されるように呼びかける。というのも、シーターは夫に認めた変化から、遠くの友人の全身に起こったかも知れない同様の変化を思わないわけにはいかなかったのである。

天にも昇るほど幸福ではなかったが、女として目覚めた神聖な初夜に抱きしめた夫の体、もはやと言うか、それが友の体になったいま、あいかわらずと言うべきか、自分のものではない夫の体、――その体を思うたびにシーターは、ナンダの体のマーヤーがあっちの体に移ったことを疑わなかった――、〈幸せの仔牛〉の縮れ毛にどこで出会えるか、疑わなかった。しかしまた、夫の体に載った誠実な友の頭に、夫の頭を戴く友の体の洗練と同じだけの洗練が加えられたに違いないと、絶対の確信をもって推測した。まさにこの想像が、もう一つの想像以上に、彼女を深く動かし、間もなく夜も昼も、夫の月並みな腕に抱かれていてさえも、もはや彼女に安らぎを許さなくなった。孤独に美しくなった夫の体が、哀れに洗練された友の頭と結ばれて、彼女との離別を精神的に苦しむ様が、彼女の目の前にちらついた。遠く離れた者を憧れる同情が彼女の中で膨れあがり、シーターはシュリーダマンの夫としての抱擁を受けて目を閉じ、快楽の中で悔恨に青ざめた。

## 12

月満ちて、シーターはシュリーダマンのために愛の結晶を生んだ。二人はその子をサマーディ、すなわち「集中［三昧］」と名付けた。災いを防ぐために、赤ん坊の上で牝牛のしっぽを振り、同じ目的で、頭に牝牛の糞を塗った――すべて、慣例のとおりだった。両親の（この言葉が所を得ていればだが）喜びは大きかった。その男の子は青白くも、目が見えなくもなかったからである。しかし確かに明るい肌色ではあった。それはクシャトリア、つまり戦士という母方の血筋と関係があるのかも知れなかった。さらに、しだいに明らかになってきたことだが、極度の近視であった。予言や古い民間信仰はこのような形で実現されるのである。暗示的に少しぼかされた形で実現される。当たったとも言えるし、そうでないとも言えるのである。

サマーディは近視のためにその後アンダカ、つまり「盲人」とも呼ばれ、この名前が最初の名前よりしだいに通用するようになった。しかしこの特徴はその子のガゼルのような目に柔らかで魅惑的なきらめきを与え、そのためその目は、シーターの目に似ていたとはいえ、それよりずっと美しかった。そもそも子供は二人の父親のどちらにも似ていなかった。誰の目にも明らかに母親に似ていた。じっさいその子の素性について、何よりも明白で疑う余地のないことは、その母の子であるという事実であって、おそらく自然はそのために、その子の姿を造っていく時に、母親の姿に頼ろうという気持になったのだろう。おかげで子供は絵のように美しかった。汚いおむつにくるまれた時期が過ぎて、少し体を伸ばせるようになるや、その体つきはこの上なく純粋で力強い均斉に恵まれていることがはっきりした。シュリーダマンは自分の血肉のようにその子を愛した。第一線を退きたいという感情、息子に生活のすべてをゆだね、息子の中で生きたいという気持が、彼の魂の中にはっきりと表れてきた。

サマーディ・アンダカが母親の胸とハンモックの中で愛らしく育っていった年月は、

しかし、これまで述べてきたシュリーダマンの頭と体の変化が起こり、その全身が夫らしいものに変わって、シーターがもはや耐えられなくなり、赤子の作り手とみなされる遥かな友への同情が彼女の中で極度に強くなっていった、まさにその年月であった。対応の法則に従ってあちらはあちらでどうなったのか、その人に再会したい、かわいい一粒種を差し出して、あちらにも喜んでもらいたいという希望が彼女の全身を満たした。しかし夫の頭にあえてそれを言う勇気はなかった。それゆえ、サマーディが四歳になり、アンダカと呼ばれる方が多くなり始め、よちよち歩きながら歩けるようになったころ、シュリーダマンがちょうど商用の旅に出たときに、彼女は家を出る決心をした。どんな犠牲を払っても、世を捨てたナンダを探し出し、彼を慰めようと思ったのである。

春のある朝、まだ日の出る前に、星明かりを受けて、シーターは旅の靴をはいた。手に長い杖を持ち、もう一方の手で幼い息子の手を引いた。息子にはカリカット産のキャラコで作ったシャツを着せた。背中に携行食を入れた袋を背負い、人に見られず、息子ともども運を天に任せて村と家を歩み去ったのである。

彼女がこの旅の苦労と危険を乗り越えた勇敢さは、彼女の望みがどんなに切実であったかを証言している。薄められているとはいえ、戦士の血が役に立ったのかもしれない。そして間違いなく彼女の美しさと子供の美しさも役に立ったのである。なぜなら、誰もが、これほどに魅力あふれる女巡礼と輝く瞳のその小さな同行者を、助言と行動で助けることに、心満たされる思いをしたからである。シーターは人々に言った。自分はこの子の父親を捜して旅をしているのです。自分の夫です。森羅万象の実相を知りたいというやむにやまれぬ気持から森の隠者になりました。夫の所に夫の息子を連れて行きたいのです。夫が息子に教えと祝福を授けられますように。このような話もまた人々の心をなごませ、彼女に対する尊敬と好意を生んだ。村や小さな集落で彼女は子供のためのミルクを得た。ほとんどいつも納屋の中や火をたくそばの土のベンチの上に、自分と息子の寝床をもらった。しばしばジュート栽培や稲作の農民たちが、二人を荷車に乗せて遠い距離を運んでくれた。先へ進むそのような便宜が見つからなければ、彼女はひるまず子供の手をとり、杖を頼りに街道の土埃の中を歩いた。アンダカは母親の一歩を二歩で進み、輝く目で街道のわずか前方を見ていた。しかしシーターは踏破すべき遥か彼方を見つめ、同情に満ちた憧れの目標をひたと見据えていた。

こうして彼女はダンカカの森に達した。友人がそこに隠棲の地を求めたと推測したのである。しかしそこに来て彼女は、尋ね歩いた聖者たちから、友がそこにはいないと聞かされた。多くの者たちがそれしか言えなかったか、あるいはそれ以上言うつもりがなかった。しかし数人の隠者の妻たちが、小さなサマーディをかわいがり食べ物を与えて、善意からそれ以上のことを、つまり、友がどこにいるかを教えてくれた。というのは、世捨て人の世界も、他の世界と同じようなもので、そこに属すれば取り沙汰があり、陰口や、非難や、嫉妬や、好奇心や、競争心が渦巻くのである。一人の隠者は、他の隠者がどこに棲んで、どんな修行をしているか、非常によく知っている。そういうわけであの善意の女たちは、隠棲したナンダがゴーマティー川、つまり〈牝牛川〉の近く、ここから南西の方向に七日の旅程の所に彼の住み処《すみか》を拓いたということを、そっとシーターに教えてくれた。そこはね、いろんな木や花や蔓草があって、鳥のさえずりにあふれ、群をなす動物もたくさんいて、心を楽しませてくれる場所なのよ。川の岸には、草木の根や根茎や実がいっぱい。要するにナンダは隠遁の場所の選択を少し楽しくしすぎたので、もっと厳格な聖者なら、真剣な苦行はしにくいでしょうね。特にナンダは沐浴と沈黙の他はこれと言った修行をしていないし、森の果実や、雨期に生える野生の米や、時には炙《あぶ》った鳥まで食べてなんとか身の養いにしているし、ただ失望に胸やぶれて瞑想の生活をしているだけですものね。その人の所に行く道なら、特別あれこれ言わなければならないようなことはないわ。追い剝ぎの峠道と、虎の峡谷と、蛇の谷は別よ。そこではもちろんよく注意して、勇気を振るい起こさないといけないわね。

　このように教えられてシーターはダンカカの森の親切な女たちと別れ、あらためて蘇った希望を胸にこれまでどおり旅を続けた。幸いなことに彼女は一日一日とその旅を耐え抜いていった。おそらく愛欲の神のカーマが、幸運の女神のシュリー・ラクシュミー[13]と一緒になって、彼女の歩みを守ってくれたのであろう。追い剝ぎの峠道は妨害を受けることもなく過ぎた。虎の峡谷は親切な牧童たちが迂回路を教えてくれた。蝮《まむし》の谷は避けるわけにはいかなかったが、小さなサマーディ・アンダカをずっと腕に抱いて通った。

　しかし牝牛川に達したとき、彼女は再び息子の手を引き、もう一方の手で旅の杖を握った。そこに到達したのは露の輝く朝だった。シーターはしばらくのあいだ花咲く岸辺に沿って歩み、それから女たちの忠告に従って、野原を越え森林の延びている方向に向かっていった。森の背後からちょうど太陽が昇り、森は赤い無憂樹《アショーカ》の花とキムシュカ樹の花で炎のように燃えていた。朝日の輝きに目が眩んだ。しかし小手《こて》をかざすと、森の端に、藁と樹皮で屋根を葺《ふ》いた小屋が見えた。そしてその向こうで若者が一人、靭皮《じんぴ》をまとい、草を腰に巻いて、斧で木組の修理をしていた。もっと近寄ってみると、その腕が、かつて彼女を天に届けと揺すり上げたあの腕と同じくらい逞しいのが見て取れた。しかし同時に、その鼻は山羊鼻と呼ぶにはふさわしくなく、非常に高貴に、ほどよく膨らんだ唇の方にさがっているのにも気付いたのである。

「ナンダ」、彼女は叫んだ。心は喜びに赤く燃えていた。なぜなら男の姿が、力強い愛の体液をみなぎらせたクリシュナのように見えたからである。「ナンダ、こっちを向いて、シーターが来たのよ」

すると男は手斧《ちょうな》を落とし、女を迎えに走った。その胸に〈幸せの仔牛〉の縮れ毛があった。次から次に歓迎と愛の言葉で彼女を呼んだ。男は全身全霊で女のすべてに恋い焦がれてきたのである。「とうとう来たんだね」、彼は叫んだ。「柔らかな月の光、

13　ヴィシュヌの妃。幸福・美・繁栄の女神。

山鶉の目、どこをとっても洗練の極みの体、美しい肌の色、シーター、見事な腰つきの俺の女房。幾晩夢に見ただろう、おまえが原野を越えて、うち捨てられた孤独な男の所にこうして来てくれるのを。ああ、本当におまえだ。追い剝ぎの峠道にも、虎のジャングルにも、蛇の谷にもうち勝ったんだね。おれは運命の宣告に腹を立てて、おれたちの間にわざとそういう危険を置いてみたんだ。ああ、おまえはたいした女だ。で、いっしょに連れているその子は誰なの」

「一粒種よ」、シーターが言った。「あなたが神聖な初夜に私に贈ってくれた子供よ。あの時あなたはまだナンダではなかったけど」

「だからって、どうってこともないよ」、ナンダが言った。「で、その子の名前は」

「サマーディというの」、彼女が答えた。「でもだんだんアンダカと呼ばれるようになってきてるわ」

「どうしてだい」、彼が尋ねた。

「この子は目が見えないなんて、思わないでね」、彼女が答えた。「肌の色が白いからって蒼白なんて名付けられないのと同じで、この子も目が見えないわけではないの。でもたしかにかなりの近視ではあるわね。だって三歩先が見えないんですもの」

「それなりの利点もあるよ」、ナンダが言った。そして二人は小屋から少し離れた緑の草の中にその子を座らせ、花や木の実を与えて遊ばせた。男の子はその遊びに夢中になった。春に愛欲を高めるマンゴーの花の香りに煽られ、光り輝く木々の梢のコキラ鳥「くきら、ホトトギス」のさえずりを伴奏に、二人がそこでしたことは、その子の視野の外にあった。——

さらに物語は語る。愛しあう二人の結婚の幸せは一日と一夜しか続かなかった。というのは、ナンダの小屋の後ろの赤く輝く森の上に、再び太陽が昇らぬうちに、シュリーダマンがそこに到着したのである。彼は見捨てられたわが家に帰り着くなり、妻がどこに向かったかわかった。シーターが消えたことを怯えながら彼に伝えた〈牝牛の繁栄〉村の家人たちは、彼の怒りが、油を注がれた炎のように燃え上がることを、きっと期待していただろう。しかしそういうことにはならなかった。すべて前もって知っていた男のように、ただゆっくりと頷いただけだった。怒りと復讐に燃えて、妻の後を追ったりはしなかった。休むこともなかったが、そうかといって慌てることもなく、ナンダの隠棲の地を目指して旅に出たのである。なぜなら彼は、それがどこにあるか、ずっと前から知っていて、ただ運命を加速しないように、シーターにだけは隠していたのである。

彼はヤク牛に乗り、顔を伏せてそっとやって来た。暁の星の下、小屋の前で長旅用の動物から降りたが、中の男女の抱擁を妨げることもなく、昼が抱擁を解くまで、じっと座って待っていた。なぜなら彼の嫉妬は、愛から引き離された者たちが怒りに燃えて悩み苦しむ、世間並みの、日常的なものではなかったからである。そうではなく、彼の嫉妬は、シーターが再び結婚の交わりを持ったのは、自分の以前の体であるという意識によって浄められていた。それは誠実な行為とも裏切りの行為とも言えた。そして、シーターが誰と寝ようと、友人とであろうと、自分とであろうと、根本的にはまったく同じなのだと、実相を見る目が彼に教えた。友と自分のどちらか一方がそこに与っていなくても、彼女はいつも彼ら二人と交わっているのだから。

そういうわけで、慌てず騒がず、彼は旅を終えたのであり、静かに忍耐強く、小屋の前で日の出を待ったのである。それにもかかわらず、彼が事態を成り行きに任せるつもりはなかったということを、物語の続きが教えてくれる。それによれば、シーターとナンダは太陽の最初の光を受けると、小さなアンダカがまだ眠っている間に、手拭いを首にかけて小屋を出た。近くの川で水を浴びようと思ったのだが、友にして夫である人の姿をそこに認めた。彼は二人に背を向けて座り、二人が出てきても振り向こうとはしなかった、——二人の方が彼の前に歩み寄り、うやうやしく彼に挨拶した。続く場面で二人の意志は彼の意志と完全に一致した。彼がここまでの道中、混乱を解決するために三人のこれからについて決心したことを、二人もやむをえないと認めたのである。

「シュリーダマン、私の主人であり、尊い夫の頭であるあなた」、シーターは、彼に深くお辞儀をしながら言った。「あなたの到着に私たちが恐怖して、歓迎していないなんて、思わないで下さい。だって、私たちの二人が一緒にいると、いつも三人目が欠けてしまうんですもの。だから、赦して下さい。私はあなたと二人の暮らしが耐えられなくなって、独りぼっちの友だちの頭がかわいそうでかわいそうで、それでここに来てしまったの」

「それに夫の体にも同情してくれたんだよね」、シュリーダマンが答えた。「おまえを赦すよ。それにおまえもだ、ナンダ。おまえはおまえでぼくを赦してくれるだろうか、ぼくが聖者の宣告をいいことに、自分の我意と我欲だけを計算し、おまえの気持をぜんぜん考えなかったことをね。たしかに、もし聖者の宣告がおまえの望みどおりだったら、おまえもぼくと同じようにしただろう。だって人の世の錯覚と分割の中では、互いに相手の邪魔をするのが、人の定めなのだからね。だから比較的ましな人たちは、一人の笑いが他人の涙にならないような生活を、むなしく憧れるのだね。ぼくはあまりにも自分の首にこだわりすぎた。この首はおまえの体を楽しんだのだ。だって今は少し痩せてしまったけれど、この腕で、おまえはシーターを天まで届けと揺すってあげたんだからね。ぼくたちが新しく分割されて、ぼくは今度こそ彼女の望むどんなものでも提供できると自惚れたよ。でも愛はすべてを求める。だからぼくは、おまえの首にこだわったシーターにぼくの家から出ていかれなければならなかったのだ。ナンダ、彼女がこれからおまえの中にいつまでも続く幸せと満足を見いだすだろうと、もしそう思うことができるなら、ぼくは自分の道を辿って、父の家をわが荒野とするだろう。でもそうは思えない。シーターが友だちの体の上の夫の頭を離れ、夫の体の上の友だちの頭を憧れたように、きっと彼女は同情に満ちた憧れに襲われ、友だちの体の上の夫の頭を求めるだろう。そして彼女が安らぎと満足に与ることはないだろう。なぜなら遠くの夫がいつも彼女の愛する友だちになり、彼女はその友だちの中に息子の父親を見るのだから、その人の所にぼくらのアンダカを連れて行くことになるだろう。でも彼女はぼくら二人と一緒に暮らすことはできない。高等な人間同士の間で一妻多夫はナンセンスだからね。シーター、ぼくの言ったことは正しいだろうか」

「あなたの言葉の語るまま、残念ながらその通りです。私の主人でお友だちのあなた」、シーターが答えた。「でも私が『残念ながら』という言葉にこめたその残念という気持は、あなたのお話の一部を指しているだけで、たとえば、おぞましい一妻多夫が私のような女にとってナンセンスだということが残念なわけではありません。そんなことには『残念ながら』なんて言わないわ。それどころかむしろ誇りに思っていま す。だって、私の父のスマントラの血筋から、まだなにがしか戦士の血が私の血管の中を流れているんですもの。一妻多夫のような卑しいことには私のすべてが怒りに震えます。肉は弱くて混乱したものだからこそ、そこに高等な人間としての誇りも名誉もあるのです」

「ぼくの期待していたとおりだよ」、シュリーダマンが言った。「誓って言うけれど、女の弱さに犯されないおまえのこの節操を、ぼくは最初から自分の熟慮の中に含めておいたのだ。つまりおまえはぼくたち二人と一緒に暮らすことはできない以上、ぼくの確信はこういうことなのだ、頭を交換した友だちのナンダ、体を交換した、と言ってもいいけれど、ここにいるこの若者だね、――要するに彼は次の点でぼくに同意してくれると思う、つまりぼくたちも生きていることはできない、ぼくたちに残されているのは、分割され交換されたものを捨て、ぼくたちの存在を再び全存在と結びあわせることだけだ。なぜなら個別の存在がいまのぼくたちの場合のような混乱に陥ったら、犠牲の炎で供物のバターが溶けるように、人の世の炎でそれが溶けるようにするのが一番いいからだ」

「そうだとも」、ナンダが言った。「シュリーダマン、おれの兄さん、おまえの言葉におれの賛成を含めてくれ。真っ直ぐな、嘘偽りのない賛成だ。おれには実際このうえ肉に何を求めるべきか、わからないよ、だっておれたちは二人とも欲望を満たして、シーターと寝たんだからね。おれの体はお前の頭の意識を使ってシーターを楽しみ、おまえの体はおれの頭の意識を使ってシーターを楽しむことができた。ちょうどシーターがお前の頭をしるしにしておれを楽しみ、おれの頭をしるしにしておまえを楽しんだようにね。でもおれたちの名誉は救われたと言ってもいいかも知れない。だって、おれはおまえの体でおまえの頭をだましただけなんだからね。それはある意味で、美しい腰を持つシーターがおれの頭でおれの体をだましたことによって埋め合わされるよね。しかし、おれはかつて誠実のしるしにキンマの巻き葉をおまえにあげたのだが、そのおれがこのナンダの頭と体のままシーターとぐるになっておまえをだましかねなかったという危険に対しては、幸いなことにブラフマーがおれたちを守ってくれた。にもかかわらず、名誉の問題はここで袋小路だ。だって一妻多夫とか女房の共有とかいうことには、おれたちは高級すぎる人間だからね。シーターはもちろん、おまえも、そう、おれの体が付いていたってね。でもおれだってそうだ、特におまえの体と一緒なんだからね。だからおれは、おまえが溶けてなくなると言ったことに、まるごと、嘘偽りなく賛成する。そして密林で強くなったこの腕でおれたちのために薪の小屋を作らせてもらうよ。おれは以前にもそう申し出たことがあったね。おまえも知ってのとおり、おまえより長生きはしないと決めていたし、おまえが自分を女神の犠牲に捧げたとき、おれはためらわずおまえに従って死んだのだ。それでもおまえをだましてしまったことがあるというなら、それはおれの夫としての体が何かそんな権利をおれに与えて、シーターが小さなサマーディをおれの所に連れてきた、この時が初めてだ。おれは体としては自分をその子の父親と見なさなければいけないが、いっぽうで心から尊敬をこめて、おまえに頭による父権を認めるよ」

「アンダカはどこにいるの」、シュリーダマンが尋ねた。

「小屋の中で寝ているわ」、シーターが答えた。「眠りの中であの子の人生のために力と美を集めています。ちょうどいい時にあの子の話になりました。だって、あの子の未来は、私たちがどうしたら名誉を守ってこの混乱から抜け出せるかという問題より、重要なはずですものね。でも二つのことは密接に繋がっています。私たちが自分たちの名誉のためを思うのは、あの子の名誉のためを思うのと同じことなの。あなたたちが全存在の中に帰るのなら、私としては一人であの子のそばに残りたいけれど、でも、もしそうしたら、あの子は哀れなやもめの子として、名誉にも喜びにも見放され、一生迷い続けるでしょう。私は気高いサティーたちの例に従います。あの人たちは死んだ夫の亡骸に寄り添い、亡骸とともに薪の山の炎に包まれたのです。それで追悼のために焼身の場所に石板とオベリスクが置かれたのですよね、――もし私がそんなふうに、あなたたちと一緒になってあの子を遺していきさえすれば、あの子の人生は名誉に満ちたものになるでしょう。人々の好意があの子を迎えてくれるでしょう。だから私は、スマントラの娘ですもの、ナンダにはぜひ三人用の炎の小屋を作ってもらいたいの。人の世の臥所《ふしど》をあなたたち二人と分かちあったように、死の炎の寝床にも私たち三人を一つにしてもらいましょう。だって私たちはこの世の臥所でも、これまでいつだって三人一緒だったのですから」

「それこそ」、とシュリーダマンが言った。「ぼくがお前に期待していたものだ。そもそもの初めからその誇りと潔さを勘定に入れていたよ。おまえの中には肉の弱さと並んでそれがあるのだ。ぼくたちの息子の名において、おまえの計画に感謝しよう。ただ、肉によって巻きこまれた混乱から、名誉と人間の誇りを本当に回復するためには、回復の形をよくよく考えてみなければならない。そしてこの点でぼくの考えと計画は、道中あれこれ思案を重ねてきたのだが、おまえたちのとは違っている。誇り高い寡婦《かふ》は死んだ夫と一緒にわが身を灰にする。でもおまえは、ぼくたち二人の一人でも生きていれば、やもめではない。そして、おまえがいま生きているぼくたちと一緒に炎の小屋に座ってぼくたちと一緒に死んだとしても、おまえがやもめということになるのかどうか、非常に問題だ。だから、おまえをやもめにするために、ナンダとぼくは自分たちを殺さなければならない。ぼくが言っているのは、おたがいに殺しあわねばならない、ということだ。だって、『自分たちを』と『おたがいに』というのは、ぼくたちの場合、まさに正しい話し方であり、二つのことであって、しかも同じ一つのことだからね。牡鹿が牝鹿を争うように、ぼくたちは二本の剣で戦わなければならない。剣の用意はできている。あのヤク牛の腹帯に吊り下げてある。でも一人が勝って生き残り、シーターを獲得するのではだめだ。そんなことをしてはいけない。そんなことでは何もよくならないだろう。シーターは、死んだ友だちを思って憧れに身を焼き、相夫の腕の中で青ざめることになるだろうからね。そうとも、ぼくたちは二人とも、相手の剣に心臓をひと突きにされて倒れなければならない、——だって剣だけが相手のもので、心臓はそうではないからね。だから、それぞれが今の自分の半身に剣を向けるより、その方がいいだろう。というのも、ぼくたちの頭には、それぞれに付いている体に対して死の決定を下す権利はないと、ぼくには思えるからだ。ぼくたちの体だって、他人の頭に支配された喜びや結婚の快楽に対し、なんの権利も持たなかったのだものね。それぞれの頭と体がよくよく注意して、自分のためにシーターの独占を目指すのではなく、致命傷を与えかつ受けるという二重の困難を胸に刻んで戦わなければならない。だから、それは難しい戦いになるだろう。でも、自分の首を切り落とすのは二人とも経験済みで、しかもうまくやりおおせているのだから、たがいに自殺しあうことだってそれ以上に難しくはないだろう」

「剣をここへ！」ナンダが叫んだ。「この戦いは覚悟していた。おれたちライバルにとって、これは問題にけりをつける正しいやり方だ。そうだとも。なぜなら、おれたちの頭が互いの体を自分のものにして、おれたち二人の腕はほとんど同じ強さになったのだ。おれの腕はおまえに付いて華奢になり、おまえの腕はおれに付いて強くなった。おれは喜んでおれの心臓をおまえに差し出そう。おれはシーターと寝ておまえをだましたのだから。だがおれはおまえの心臓を刺し貫いてやる。シーターがおまえの腕の中でおれを思って青ざめることがないように、炎の中で二重のやもめとしておれたちに連れ添うことができるように」

　シーターもこの解決の仕方に賛成だと明言した。彼女が言うには、体を流れる戦士の血が揺さぶられるような気がする、だから決闘の現場から逃げないで、睫毛一本動かさず、そこに立ち会うつもりだ、というのである。――そういうわけで、この死の果たし合いはアンダカの寝ている小屋の前でただちに決行された。そこは牝牛川と赤く輝く森林にはさまれた、花咲く野原の上だった。そして二人の若者は、それぞれが相手の心臓を突き刺されて、花の中に体を沈めた。二人の葬儀は、寡婦の焼身という神聖な出来事が付随したので、大変な祭りになった。何千もの人々が火葬の場所にどっと押し寄せて、アンダカと呼ばれた小さなサマーディが、一番近い男性の親族として、近視の目を近々と寄せて、マンゴーと芳香を放つ白檀の丸太を積んだ薪の山に点火する様子を見守った。その山の隙間を埋める乾いた藁に、すばやく激しく燃えるようにと、溶かしたバターがたっぷりと注がれ、〈瘤牛村〉のシーターが夫と友人の間に彼女の臥所を得たのである。薪の山は、めったに見られないほど高く、天までも高く炎を上げた。そして美しいシーターはしばらく叫び声を上げていたそうである。死んでいなければ焼かれる苦しさは耐え難いからであるが、その声は法螺貝の響きと打ち鳴らされる太鼓の騒音に掻き消され、彼女が叫んでいないも同然になった。しかし物語は次のように主張し、私たちもそれを信じたいと思うのだが、愛する者たちと結ばれる喜びで、彼女にとって炎は涼しかったそうである。

シーターはその犠牲の記念として、その場所に一本のオベリスクを得た。三人の体の完全に焼き尽くされなかった部分は集められ、牛乳と蜂蜜を注がれて土の甕《かめ》に収められ、聖なるガンジス川に沈められた。

しかし彼らの一粒種のサマーディは、間もなくアンダカとのみ呼ばれるようになり、この地上で優れた生涯をおくった。火葬の祭りによって有名になり、記念碑の寡婦の息子として、人々の好意に包まれ、しかもその好意は彼のいやまさる美しさによって愛情にまで高められた。十二歳の時すでにその体つきはその優美さと明るい力で半神の楽師《ガンダルヴァ》に似ていた。そして胸には〈幸せの仔牛〉の縮れ毛が目立ちはじめていた。しかし目の悪さは欠点となるどころか、あまりにも物質的なものに生きることから彼を守り、その頭を精神的なものにつなぎ止めた。七歳のときヴェーダに通じたバラモンが彼を後見し、その人のもとで的確な弁舌、文法、天文学、思考術を修得し、二十歳にもならないうちに、ベナレスの王の朗読係を務めた。壮麗な王宮のテラスに座り、洗練された服に身を包み、白絹の天蓋の下で、彼の心地よい声が聖なる書物や世俗の書物の一節を主君に読み聞かせた。そのとき彼は輝く目の前に近々と本を掲げていた。

さえも経験のためにするというのは忌わしいエゴイズムであり、そういう人間は、ある日気がついたら人類の敵になっているかもしれない」。

カストルプは強烈なパンチを喰らった格好だが、しかしそれよりも前、自分の内部で進む変化にぼんやりと気づき始めている。「雪」の章で、カストルプが半ば夢の中で紡ぐ言葉を聞いてみよう。「ぼくは心の中に死に対する誠実な気持を持ち続けよう。でも、ぼくらの頭とそこで考えることが、死と過去の言うなりになって、それに支配されてしまったら、その誠実さは悪意と陰惨な快楽と人間への敵意になってしまう。そのことを忘れずにしっかりと覚えておこう。人間は、善意と愛を守るために、死が頭を支配することを許してはならないのだ」。これは単なる美辞麗句という以上のものである。この夢想の言葉を得る直前に、カストルプは、満ち足りた清朗な幻影と、血なまぐさい陰惨な幻影を見るが（それはすでに『ヴェネツィアに死す』に現れていた）、その両極のヴィジョンと、その間におかれたカストルプの確認は、このあとマンの物語る世界の基本的な雛型となる。過去の物語の詳細な語り直しという作法の中に、そのつど姿を変えてこの雛型が繰り返される。極論すれば、この雛型が可能な過去の物語が呼び出される。同心円的に広がる物語の世界。市民的・個性的なものから神話的・典型的なものへの転回。それは疲れるゲームだろう。しかし、『魔の山』を書き終えた当時、マンはまだ疲れを知らなかった。旧約聖書のヨゼフのエピソードを下敷きに、まず『ヤコブ物語』が書き始められる。

民主主義と共和制を支持し、ファシズムの政権に同調しなかったマンは、一九三三年亡命を余儀なくされた。亡命生活の中でもヨゼフの物語は、神話学や心理学の知識を駆使して書き継がれ、『若いヨゼフ』、『エジプトのヨゼフ』を刊行していったん中断される。『ヴァイマルのロッテ』の構想が入る（ヴァーグナー好きなマンが、『ニーベルングの指輪』四部作の途中に『トリスタンとイゾルデ』や『ニュルンベルクのマイスタージンガー』が作曲されたことを、冗談半分にでも思い出したことは言うまでもない。過去の規範に敬意を表して新しく生きなおす力を得るという、マンの姿勢はこんなところにも現れている）。『若いヴェルターの悩み』のモデルとされたロッテが晩年ゲーテを訪ねたことは、物語ではなくても、すでに一つの伝説のようなものである。そして『魔の山』から続くモチーフの一貫性ははっきりしている。この小説の中で、ゲーテの学僕リーマーは師を評して、「一方の目から天国が、もう一つの目から地獄がのぞく」、「天と淵から二重の祝福を受けた人物」だと言っている。そのゲーテは長大なモノローグの中で、インドの伝説に取材した『パーリア』三部作の構想を語る。「バラモンの夫の妻が貞潔を疑われて首をはねられる。息子が剣の霊力を借りて首を付け直す。しかし焦った息子は罪人として処刑されたパーリア（不可触民）の女の胴に母の首を据えてしまう」。この言及が『すげかえられた首』につながる最初のステップになった。しかし直接的な刺激は、一九三九年秋、『ロッテ』完成の前後に訪れる。マンはホーフマンスタールの娘婿であるインド学者ハインリヒ・ツィマーの『インドの世界母』を読んで関心を持ち、またさらにツィマーの『マーヤ、インド神話』も読み重ね、インドの伝説に題材をとった短編を構想する。

マンの『すげかえられた首』の下敷きになったと思われるインドの古伝説は、さいわいなことに、『屍鬼《しき》二十五話』中の一話として、上村勝彦氏によるサンスクリット原典からの翻訳で読むことができる（東洋文庫323『屍鬼《しき》二十五話インド伝奇集』）。この伝説には複数の伝本があるそうだが、東洋文庫に訳出されたものでは、男二人は義兄弟（夫とその妻の兄）である。マンが集中的に語るエロスの力とその縺《もつ》れは、ここからは出てこない。マンは、若者二人がたがいに睦みあう友人同士であるということに、この物語を展開する可能性を見ている。しかし、古い時代の厳しい身分制度の中で、商人とはいえバラモンの出自の者と、クシャトリアの血を引く娘との婚姻が成立したのだろうか。またこの結婚を、それより身分の低いヴァイシャ（庶民）の若者が仲介するということが可能だったのだろうか。それにそもそも、先住被征服民の末と思われる若者がヴァイシャの身分にあって、バラモンを先祖に持つ青年と友情を結ぶなどということがありえたのだろうか。現実はどうあれ、物語られたことは、物語の中にある。読者が誘《いざな》われる過去の井戸は深く、石を落としても、「コーサラ」という伝説的な国の名の、古い響きが返ってくるだけである。場所はヤムナー川とガンジス川とゴーマティー川が流れるあたり。二人の若者が暮らす村の西方にインドラプラスタ（現デリー）の町があり、その北にクルクシェートラ、村からそこまでの旅程が二三日だと語られる。そのような舞台にマンの物語は、知識に秀でた青年と体格の立派な若者、それに凜としてどこまでも美しい娘を配置した。

『すげかえられた首』は三角関係の物語である。しかしここには通常の三角関係のように二人の結合に打開しようという意志や闘いがない。いや、きわめて面妖なことに、二人の若者の方が以心伝心、それぞれ自分の首を切り落として女をこの世に置き去りにし、二対一の関係を一時的に作り出したことはあった。それはまるで、そのように男二人結託しても、ひとたび目覚めた女の力にはしょせん対抗できないというかのようである。しかし、それは神助を得た当の女から否定され、欺瞞的に再構成された二対一（肉体のレベルでの三人合一）の関係は、ほんの束の間この世の楽園を楽しんだ後、三を一にする炎の力で清められ消滅した。このように、この物語はエロスの力に集中すると見せて、その力を出し抜くのである。

このようなアイロニカルな三角関係は、すでに一度『ヴァイマルのロッテ』の中で語られている。ゲーテの学僕リーマーの訪問を受けた初老のロッテは、四十四年前の、そしてこの四十四年間彼女の頭を離れなかった青年ゲーテとの出会いを語る。当時十九歳だった彼女の魅力は、あげて婚約者ケストナーのために花開いたものだったのに、ある日突然、軽薄と思慮をないまぜにしたような青年が、蝶のようにこの安定した婚約関係の上に舞い降りた。青年は腕をケストナーの肩に回し、その目は花嫁の上に注ぎながら、しかしその目の熱中のために腕のほうを忘れきるということはなく、むしろ友の肩に腕を回していたればこそ安心してあらかじめ留保つきの「情熱」を開放した。そして結局は、花嫁の美質を楽しむ現実的な権利とそれに伴う義務のすべてを誠実な友として花婿に委ね、自分はその結婚から生まれてくる子供たちの影絵を見る程度のことで満足したのである。そのような「花嫁への恋」とは何だったのか。他人の婚約関係を利用した青年は、結婚の力に触れることも触れられることも忌避し、官能のヴェールを掲げると見せて結局はエロスの力の裏をかき、情熱と情熱がきしみあうということのない欺瞞的で恒久的な三角関係の中にきわどい安定を得ようとしたのではなかったか。ロッテはそのような男の「寄生虫根性」によって、自分が女として深く侮辱されたと正当にも感じている。

ここに見られる擬似的な、あるいは自己目的化した三角関係とエロスの力の回避、そして女の情熱のきしみは、形を変えて、はるかに強い密度で『すげかえられた首』に繰り返される。そして、あやかしの三位一体の中から、伝説というレベルでのみ可能な手品として、サマーディという美しい少年が引きだされる。その姿は、遠くアッシェンバッハの視線の向こうに揺曳《ようえい》した魂の導き手につながり、カストルプの夢の言葉に響きあい、『養う人ヨゼフ』へと結ばれていく。ちょうどヴィシュヌが多くの化身の姿を持っているように。マンは『すげかえられた首』を一種の「嬉遊曲ないし間奏曲」のようなものだと言ったが、『ヨゼフ』という大河の支流の『ロッテ』の、そのまた支流であるこの物語は、大河を遡ってその源を訪ねるような旅でもあり、いわばガンジスの源流がヒマラヤの山懐から噴き出すような勢いを秘めてもいるのである。シーターに宿っていた情熱の潜勢力。それはロッテの中にもあって、六十歳を過ぎてもなお、人の心に割り切れない動揺を残していった四十四年前の青年に向けてくすぶり続けていた。マンの作品の系譜の中で彼女たちにつながる女は多い。去勢された夫を持ちヨゼフを誘惑するムト・エム・エネト（『エジプトのヨゼフ』）、嫉妬と絶望から姦通の相手を殺害するイーネス・インスティトゥーリス（『ファウストゥス博士』）、双生児の兄と契り、その愛から生まれた息子とも結ばれるジビュラ（『選ばれた人』）、クルルに倒錯の愛の奉仕を求めるディアーヌ・フィリベール（『詐欺師フェーリクス・クルルの告白』）、カストルプの知らない世界でさまざまな快楽を経てきたらしいショーシャ夫人（『魔の山』）。彼女らの原像は、マンがヴァーグナー論の中でその「高貴なヒステリー」を指摘したクンドリーである（もちろんその奥に、もっと大きな存在を考えることができる）。そしてこの系列の最後の一人、単純なヤンキー青年ケン・キートンを愛するテュムラー夫人。

ケン・キートンのモデルが次男ゴーロの友人であったらしいとか、マンがこの物語を夫人の知人の身に起こった実際の出来事に取材したとかいうような、そういう個人的な領域のことを超えて、『だまされた女』にはどこか伝説風の趣があり（マンは一種の「奇談」と言っている）、平凡な一市民に過ぎないはずのテュムラー夫人にはなにか神話的・典型的なオーラのようなものが感じられる。それはおそらく、夫人がキートンへの愛を、自然によって自分の身にひきおこされる死と再生の奇蹟として受けとめていることからくる。女は舞台、男は道具なのだ。夫人にそういう雰囲気があるから、夫人がそのように描かれているから、旧約聖書のサラの話が似合うのだろう。

『すげかえられた首』で終始その存在を誇示し、アイロニカルに物語を語り聞かせた「物語る意識」（277ページ）は、『だまされた女』では客観的な叙述の背後に姿を隠したようである。しかしそれでも時々その気配を感じさせることはある。物語の終わり近く、ホルターホーフの宮殿を訪ねる場面で、突然あらわれる「わたしたちの友人」（125ページ）という言葉を、読者はやや唐突に感じるかも知れない。また物語の冒頭「二十世紀の二〇年代」と訳した言葉は、原文では「わたしたちの世紀の二〇年代」である。この「物語る意識」は、フランスの自然主義小説から多くの小説作法を学んだマンが、いわば逆転の発想で、陰画を陽画に焼き直すようにして手に入れたものである。『魔の山』を読んでいくと、カストルプはもちろん、ナフタやセテンブリーニやペーペルコルンらに、それぞれの立場でそれぞれの言葉を語らせながら、その言葉に罅《ひび》を入れ、その響きに微妙な歪みを与える背後の手があることを感じる。カストルプが「菩提樹」の歌を口ずさみながら戦場に消えていく最後の場面で、この手は、自分は「物語の精神（ガイスト）」なのだと名乗り出る。そしてわたしたちは、その言葉を得て、自分たちがこのガイストに導かれて物語の世界をさまよい、ここまで来たのだということを深く納得する。その精神《ガイスト》は『ヨゼフとその兄弟たち』を織り上げ、「物語る意識」として『すげかえられた首』の破天荒な世界を紡ぎ、『選ばれた人』では、語り手クレメンスの姿に結晶して、自分は時空を超え、抽象の域に達するほどに無拘束の自由を享受し、もろもろの言語を操りながらそれらの上に超越し、いわば言語そのものを駆使するのだと豪語している。既存の物語を語り直す時、この精神《ガイスト》は微に入り細を穿《うが》ってその優位を誇示するのだが、『だまされた女』でその手の介入がきわめて抑制的なのは、長年働き続けた疲労や倦怠《けんたい》からではなく、個人的な出来事を伝説的なレベルに高めるために、事柄を切り出す言葉のラインをできるだけシャープに整える必要があったからではないだろうか。

「物語る精神」は、マンその人を助けて困難な時代を越えさせた。マンがしばしば口にした「完成したことにおいて良きものとなった作品」という言葉は、「物語る」ことの倫理的な力を示唆している。その物語に耳を傾ける者は、ただ一方的に聞かされるだけなのだろうか。シュリーダマンの話に感激したナンダは、自分が「少しはシュリーダマンでもある」と言っている。語り手と聞き手の関係が親密に深まっていくとき、聞き手は何ほどか語り手でもあり、語り手は何ほどか聞き手でもある。『すげかえられた首』や『だまされた女』で、語り語られるゲームに参加するわたしたち読者は、騙《かた》り騙《かた》られる楽しみを得て、苦しみの多い時間を少しでも越えていく力を得るだろうか。

一九一〇年　三五歳
『詐欺師フェーリクス・クルルの告白』執筆開始。次女モーニカ誕生。妹で女優のカルラ自殺。

一九一一年　三六歳
ブリオーニ島を経てヴェネツィアに旅行、リドに滞在。

一九一二年　三七歳
『ヴェネツィアに死す』刊行。カトヤ夫人、ダヴォスのサナトリウムに入院。

一九一三年　三八歳
『魔の山』執筆開始。

一九一四年　三九歳
評論「フリードリヒと大同盟」執筆。
［第一次世界大戦勃発］

一九一五年　四〇歳
『魔の山』執筆中断。長編評論『非政治的人間の考察』執筆開始。

一九一八年　四三歳
『非政治的人間の考察』刊行。三女エリーザベト誕生。
［第一次世界大戦終結］

一九一九年　四四歳
『魔の山』執筆再開。三男ミヒャエル誕生。

一九二一年　四六歳
講演「ゲーテとトルストイ」。

一九二二年　四七歳
『詐欺師フェーリクス・クルルの告白、幼年時代の巻』刊行。講演「ドイツ共和国について」。

一九二三年　四八歳

母ユーリア死去。

一九二四年　四九歳

『魔の山』刊行。

一九二五年　五〇歳

ヨゼフ小説を構想。

一九二六年　五一歳

『ヨゼフとその兄弟たち』執筆開始。

一九二七年　五二歳

妹ユーリア自殺。

一九二九年　五四歳

ノーベル文学賞受賞（『ブデンブローク家の人々』に対して）。

一九三〇年　五五歳

エジプトからパレスチナへ旅行。講演「理性に訴える」。

一九三一年　五六歳

講演「文化共同体としてのヨーロッパ」。

一九三二年　五七歳

講演「作家としてのゲーテの経歴」、「市民時代の代表者としてのゲーテ」。

一九三三年　五八歳

講演「リヒャルト・ヴァーグナーの苦悩と偉大」。国外に講演旅行に出るも、ナチスの政権奪取によりマン家は接収され、帰国できず。秋にはスイスのチューリヒ近郊キュスナハトに定住。ヨゼフ小説第一巻『ヤコブ物語』刊行。

［ヒトラー政権獲得］

一九三四年　五九歳
ヨゼフ小説第二巻『若いヨゼフ』刊行。
最初のアメリカ旅行。

一九三五年　六〇歳
ニースで開かれた「知的協力委員会」に「現代人の形成」(『ヨーロッパに告ぐ』)を寄稿。

一九三六年　六一歳
講演「フロイトと未来」。ヨゼフ小説第三巻『エジプトのヨゼフ』刊行。『ヴァイマルのロッテ』を構想。ドイツ国籍を剥奪される。チェコ国籍を得る。

一九三七年　六二歳
雑誌「尺度と価値」創刊。

一九三八年　六三歳
アメリカに講演旅行「来たるべきデモクラシーの勝利について」。政治論集『ヨーロッパに告ぐ』刊行。アメリカに居を移し、プリンストンに定住。

一九三九年　六四歳
講演「自由の問題」。『ヴァイマルのロッテ』刊行。ハインリヒ・ツィマーの「インド神話」に関する著作を読む。［ドイツ軍のポーランド侵入、第二次世界大戦始まる］

一九四〇年　六五歳
年明けとともに『すげかえられた首』執筆開始。あわせてインド関係の資料を読みつぐ。八月脱稿。一〇月『すげかえられた首』刊行。BBCを通じてドイツに向け毎月定期的にラジオ放送を開始。

一九四一年　六六歳
カリフォルニアに移住。

一九四三年　六八歳
一月にヨゼフ小説第四巻『養う人ヨゼフ』完結、一二月に刊行。その間に短編「掟」を執筆。さらに『ファウストゥス博士』執筆開始。

一九四四年　六九歳
アメリカ市民権獲得。

一九四五年　七〇歳
講演「ドイツとドイツ人」。
［第二次世界大戦終結］

一九四六年　七一歳
肺腫瘍の手術。

一九四七年　七二歳
戦後最初のヨーロッパ旅行に出かける。講演「われわれの経験から見たニーチェの哲学」。『ファウストゥス博士』刊行。

一九四八年　七三歳
『選ばれた人』と『ファウストゥス博士の成立』の執筆開始。

一九四九年　七四歳
『ファウストゥス博士の成立』刊行。戦後最初の、一六年ぶりのドイツ訪問。息子クラウス自殺。

一九五〇年　七五歳
兄ハインリヒ死去。

一九五一年　七六歳
『詐欺師フェーリクス・クルルの告白』続編の執筆再開。『選ばれた人』刊行。

一九五二年　七七歳
五月『だまされた女』執筆開始。知人の医師フレデリク・ローゼンタールに子宮癌の症状と進行について質問。六月末、アメリカ国内の反共的空気を嫌い、ヨーロッパに移住、チューリヒ近郊に住む。

一九五三年　七八歳
二月知人のグレーテ・ニキシュにデュッセルドルフの地理とラインラントの訛りについて質問（前年五月にも問い合わせ）。三月『だまされた女』完成。九月刊行。

一九五四年　七九歳
『詐欺師フェーリクス・クルルの告白、回想録第一部』刊行。評論「チェーホフ試論」、「シラー試論」執筆。

一九五五年　八〇歳
シラー没後百五十年の記念講演（「シラー試論」を短縮した形で）。八月一二日チューリヒで死去。

# 訳者あとがき

この文庫に収められた二作品を訳者が初めて読んだのは、今からもう四十年以上も前、当時新潮文庫から出ていた高橋義孝氏の訳によってだった。『すげかえられた首』は『麗しきシーター』というタイトル、『だまされた女』は『欺かれた女』というタイトルだった。その後『シーター』は新潮社の『トーマス・マン全集』に収められたときに、ドイツ語タイトルどおりの『すげかえられた首』になり、『欺かれた女』は、もともとドイツ語タイトルどおりなのでそのまま、マンの読者の間でもこの物語はこのタイトルで呼ばれている。それで何も不都合はないが、今回、ロザーリエの臨終の言葉を訳しながら、「だまされた」というダイレクトな響きのほうが座りがいいように感じたので、あえて『だまされた女』にした。身も蓋もない、と思われるかもしれないが、実際ある意味「身も蓋もない」残酷な物語である。

四十年も前の感想はぼんやりとしているが、登場人物のあまりの饒舌さに、作者のマンが書きたい放題に書いているという印象を持ち（シュリーダマンの長広舌にナンダが「なんて見事に話すんだろう」などと応じるのは、要するにマンの自画自賛である）、でもそのことに反発を覚えるよりも、むしろ語りのエネルギーの過剰さに打たれ、読後しばらく呆然としたような気がする。その印象は今回も変わらない。ことはグロテスクで異様、この素材で何を語るかがいかにも重要な問題のようなのだが、マンの熱意は、どう見ても、いかに語るか、いかに読者を楽しませるか、というところにあり、そこに努力が傾注されているように思われる。

夫の腕の中で他の男を思いながら受胎するというプロットにはゲーテの『親和力』への、川岸で夫の遺骸（ここでは二人だが）を焼く薪の炎に身を投じる「愛の死」には、ヴァーグナーの『神々の黄昏』の幕切れへのアナロジーが働いている。それはもうあまりにもあからさまで、わざわざ言うまでもない。そしてバラモン教やヒンドゥー教の神話にユング心理学の知識が重ね合わされていることも。たとえば、シーターの行為について、「する」と「おこる」の違いをあげつらってみせるところなど、その応用である。しかし、もっと隠微なところでは、たとえば『すげかえられた首』には、美の二重性についての議論が仕組まれている。それは『ヴェネツィアに死す』を支えた重要な骨格だったが、『すげかえられた首』にはもう、あの深刻な重さはない。勝手知った材料を手際よく料理する冴えた腕で、重苦しい材料は議論の真実さを剝奪され、スパイスのようなものに変えられてしまっている。またナンダとシュリーダマンの人となりに、シラーの論文の「素朴と情感」の擬人化を読むのは、そう突飛な発想ではないだろう。というより、マンのテキストがどこかでそう読めと促している。促しながら、その深刻ぶりを笑っている。同じことは『だまされた女』にもある。「素朴」だった女が「情感」の方に迷い出た危なっかしさは、娘のアンナが真情あふれる皮肉な言葉で指摘している。ロザーリエは単純なアメリカ青年の「花咲く若さ」を礼賛したが、これはヴィンケルマンがピンダロスに学んで使った言葉だ。『すげかえられた首』には「優美な自然」などという擬古典主義の美学者が喜びそうな言葉もあった。そういうかつて重かった言葉が、その重さを失い、揶揄《やゆ》的にテキストの中に放り込まれる。かつて有効だったもの、いまはその真実さを喪失したもの、そういうものを再利用して楽しむ。そういうマンの特徴がよく出ている。そのやり方にためらいがないし、マン自身がその書き方を楽しんでいると思う。

そのせいか登場人物にふくらみがある。たとえばナンダは、「素朴」という概念の寓意像以上のものである。もともと言葉の人であるシュリーダマンが、バラモンの末とも思えない我執を示して「情感的人間」の心の分裂ぶりを披露し、さらに言えば、体力のともなわない生命力礼賛と古代復帰の姿勢によって、世紀末の審美主義者のパロディのような造りになっているのに対して、ナンダにはただ「単純」と言ってすまない賢く静かな処世の知恵のようなものがある。訳しながらこの青年に一種の共感のようなものが湧いて、ナンダの言葉を無意識のうちに後押しすることになってしまったかもしれない。

同じような共感はロザーリエにもはたらいた。初老の身におこった恋を、自分でそれと認めてからは、時々心のたがが外れたような状態になっても、その恋にまっすぐ向き合う苦しみと正直さ。足の障害ゆえに若くして恋を断念した娘に、「あなたには愛の問題に首を突っ込む資格がない」と言い切る残酷さ。すべてを受け入れたあとの視野の広がりと晴れやかさ。物語の中のこととはいえ、ヴェネツィアの町で身もだえる初老の男より、よほどこちらのほうが気持がいい。そんなふうにロザーリエに肩入れしてしまったせいだろうか、彼女の臨終の場面を訳しながら、柄にもなく思わずほろりとしてしまった。この物語には、初老という年齢にとってなにか切実なものがあると思う。

楽屋裏を話せば、元来は『ヴェネツィアに死す』と『すげかえられた首』と『だまされた女』を、トーマス・マンのエロス三部作として、一冊で刊行する予定だった（エロス三部作というのは、訳者が以前から勝手にそう呼んでいるだけであって、マンがそう言っているわけではない）。それが二三の事情で二分冊になったのだが、『ヴェネツィア』を出した後、同じ初老の恋物語、男性篇・女性篇ということで、『ヴェネツィア』と『女』を一冊にすればよかったかなという気持があった。しかしこうして『首』と『女』が一緒になってみると、これはこれでよかったと思う。女性のエロスの開花篇・凋落篇ということで、これから人生の盛りに向かう人にも、老いを重ねていく人にも、どちらにも関心の深い問題であろう。

ところで、「いま、息をしている言葉で」というのがこの文庫のモットーである。もちろん「生きている」、「死んでいる」の判定に客観的な基準があるわけではない。訳者は「いま、息をさせたい言葉で」と思っている。「いま」というのは「いま、この時代」という他に、「いま、この文脈で」という意味でもある。ロザーリエが独白の中でつぶやく「艶福家」や、ナンダが思わず叫ぶ「なむさん」などは、読者に受け

## いま、息をしている言葉で、もういちど古典を

長い年月をかけて世界中で読み継がれてきたのが古典です。奥の深い味わいある作品ばかりがそろっており、この「古典の森」に分け入ることは人生のもっとも大きな喜びであることに異論のある人はいないはずです。しかしながら、こんなに豊饒で魅力に満ちた古典を、なぜわたしたちはこれほどまで疎んじてきたのでしょうか。

ひとつには古臭い教養主義からの逃走だったのかもしれません。真面目に文学や思想を論じることは、ある種の権威化であるという思いから、その呪縛から逃れるために、教養そのものを否定しすぎてしまったのではないでしょうか。

いま、時代は大きな転換期を迎えています。まれに見るスピードで歴史が動いていくのを多くの人々が実感していると思います。

こんな時わたしたちを支え、導いてくれるものが古典なのです。「いま、息をしている言葉で」——光文社の古典新訳文庫は、さまよえる現代人の心の奥底まで届くような言葉で、古典を現代に蘇らせることを意図して創刊されました。気取らず、自由に、心の赴くままに、気軽に手に取って楽しめる古典作品を、新訳という光のもとに読者に届けていくこと。それがこの文庫の使命だとわたしたちは考えています。

このシリーズについてのご意見、ご感想、ご要望をハガキ、手紙、メール等で翻訳編集部までお寄せください。今後の企画の参考にさせていただきます。
メール　info@kotensinyaku.jp

光文社古典新訳文庫　好評既刊

## ヴェネツィアに死す

マン
岸　美光　訳

高名な老作家グスタフは、リド島のホテルに滞在。そこでポーランド人の家族と出会い、美しい少年タッジオに惹かれる…。美とエロスに引き裂かれた人間関係を描く代表作。

## 詐欺師フェーリクス・クルルの告白（上・下）

マン
岸　美光　訳

稀代の天才詐欺師が駆使する驚異的な騙しのテクニック。『魔の山』と好一対をなす傑作ピカレスク・ロマンを、マンの文体を活かした超絶技巧の新訳で贈る。圧倒的な面白さ！

## 車輪の下で

ヘッセ
松永　美穂　訳

神学校に合格したハンスだが、挫折し、故郷で新たな人生を始める…。地方出身の優等生が、思春期の孤独と苦しみの果てに破滅へと至る姿を描いた自伝的物語。

## デーミアン

ヘッセ
酒寄　進一　訳

年上の友人デーミアンの謎めいた人柄と思想に影響されたエーミールは、やがて真の自己を求めて深く苦悩するようになる。いまも世界中で熱狂的に読み継がれている青春小説。

## 飛ぶ教室

ケストナー
丘沢　静也　訳

孤独なジョニー、弱虫のウーリ、読書家ゼバスティアン、そして、マルティンにマティアス。五人の少年は友情を育み、信頼を学び、大人たちに見守られながら成長していく―。

## 光文社古典新訳文庫　好評既刊

### 変身／掟の前で　他2編
カフカ
丘沢 静也 訳

家族の物語を虫の視点で描いた「変身」をはじめ、「掟の前で」「判決」「アカデミーで報告する」。カフカの傑作四編を、〈史的批判版全集〉にもとづいた翻訳で贈る。

### 訴訟
カフカ
丘沢 静也 訳

銀行員ヨーゼフ・Kは、ある朝、とつぜん逮捕される…。不条理、不安、絶望ということばで語られてきた深刻ぶった『審判』は、軽快で喜劇のにおいのする『訴訟』だった！

### 寄宿生テルレスの混乱
ムージル
丘沢 静也 訳

いじめ、同性愛…。寄宿学校を舞台に、少年たちは未知の国を体験する。言葉では表わしきれない思春期の少年たちの、心理と意識の揺れを描いた、ムージルの処女作。

### マルテの手記
リルケ
松永 美穂 訳

大都会パリをさまようマルテ。風景や人々を観察するうち、思考は奇妙な出来事や歴史的人物の中へ……。短い断章を積み重ねて描き出される若き詩人の苦悩と再生の物語。(解説・斎藤環)

### 黄金の壺／マドモワゼル・ド・スキュデリ
ホフマン
大島かおり 訳

美しい蛇に恋した大学生を描いた「黄金の壺」、天才職人が作った宝石を持つ貴族が襲われる「マドモワゼル・ド・スキュデリ」ほか、鬼才ホフマンが破天荒な想像力を駆使する珠玉の四編！

## 光文社古典新訳文庫　好評既刊

### 砂男／クレスペル顧問官

ホフマン
大島かおり 訳

サイコ・ホラーの元祖と呼ばれる、恐怖と戦慄に満ちた傑作「砂男」、芸術の圧倒的な力とそれゆえの悲劇を幻想的に綴った「クレスペル顧問官」などホフマンの怪奇幻想作品の代表傑作3篇。

### くるみ割り人形とねずみの王さま／ブランビラ王女

ホフマン
大島かおり 訳

クリスマス・イヴに贈られたくるみ割り人形の導きで、少女マリーは不思議の国の扉を開ける……奔放な想像力が炸裂するホフマン円熟期の傑作2篇を収録。（解説・識名章喜）

### 母アンナの子連れ従軍記

ブレヒト
谷川道子 訳

父親の違う三人の子供を抱え、戦場でしたたかに生きていこうとする女商人アンナ。今風に言うならキャリアウーマンのシングル・マザー、しかも恋の鞘当てになるような女盛りだ。

### ガリレオの生涯

ブレヒト
谷川道子 訳

地動説をめぐり教会と対立し自説を撤回したガリレオ。幽閉生活で目が見えなくなっていくなか、秘かに『新科学対話』を口述筆記させていた。ブレヒトの自伝的戯曲であり最後の傑作。

### アンティゴネ

ブレヒト
谷川道子 訳

戦場から逃亡し殺されたポリュネイケス。王は彼の屍を葬ることを禁じるが、アンティゴネはその禁を破り抵抗する……。詩人ヘルダーリン訳に基づき、ギリシア悲劇を改作したブレヒトの傑作。

## 光文社古典新訳文庫　好評既刊

**三文オペラ**
ブレヒト
谷川 道子 訳

貧民街のヒーロー、メッキースは街で偶然出会ったポリーを見初め、結婚式を挙げるが、彼女は、乞食の元締めの一人娘だった……。猥雑なエネルギーに満ちたブレヒトの代表作。

**暦物語**
ブレヒト
丘沢 静也 訳

老子やソクラテス、カエサルなどの有名人から無名の兵士、子どもまでが登場する〝下から目線〟のちょっといい話満載。劇作家ブレヒトのミリオンセラー短編集でブレヒトの魅力再発見！

**水の精《ウンディーネ》**
フケー
識名 章喜 訳

騎士フルトブラントは、美少女ウンディーネと出会う。恋に落ちた二人は結婚しようとするが……。水の精と人間の哀しい恋を描いた宝石のように輝くドイツ幻想文学の傑作。待望の新訳。

**この人を見よ**
ニーチェ
丘沢 静也 訳

精神が壊れる直前に、超人、ツァラトゥストラ、偶像、価値の価値転換など、自らの哲学の歩みを、晴れやかに痛快に語ったニーチェ自身による最高のニーチェ公式ガイドブック。

**善悪の彼岸**
ニーチェ
中山 元 訳

西洋の近代哲学の限界を示し、新しい哲学の営みの道を拓こうとした、ニーチェ渾身の書。アフォリズムで書かれたその思想を、肉声が音楽のように響いてくる画期的新訳で！

## 光文社古典新訳文庫　好評既刊

### 道徳の系譜学
ニーチェ
中山 元 訳

『善悪の彼岸』の結論を引き継ぎながら、新しい道徳と新しい価値の可能性を探る本書によって、ニーチェの思想は現代と共鳴する。ニーチェがはじめて理解できる決定訳！

### ツァラトゥストラ（上・下）
ニーチェ
丘沢 静也 訳

「人類への最大の贈り物」「ドイツ語で書かれた最も深い作品」とニーチェが自負する永遠の問題作。これまでのイメージをまったく覆す、軽やかでカジュアルな衝撃の新訳。

### 読書について
ショーペンハウアー
鈴木 芳子 訳

「読書とは自分の頭ではなく、他人の頭で考えること」……。読書の達人であり一流の文章家ショーペンハウアーが繰り出す、痛烈かつ辛辣なアフォリズム。読書好きな方に贈る知的読書法。

### 幸福について
ショーペンハウアー
鈴木 芳子 訳

「人は幸福になるために生きている」という考えは人間生来の迷妄であり、最悪の現実世界の苦痛から少しでも逃れ、心穏やかに生きることが幸せにつながると説く幸福論。

### 人はなぜ戦争をするのか
エロスとタナトス
フロイト
中山 元 訳

人間には戦争せざるをえない攻撃衝動があるのではないかというアインシュタインの問いに答えた表題の書簡と、「喪とメランコリー」、『精神分析入門・続』の二講義ほかを収録。

光文社古典新訳文庫　好評既刊

幻想の未来／文化への不満
フロイト
中山 元 訳
理性の力で宗教という神経症を治療すべきだと説く表題二論文と、一神教誕生の経緯を考察する「人間モーセと一神教（抄）」。後期を代表する三論文を収録。

ドストエフスキーと父親殺し／不気味なもの
フロイト
中山 元 訳
ドストエフスキー、ホフマン、シェイクスピア、イプセン、ゲーテ……。鋭い精神分析的な考察で文豪たちの無意識を暴き、以降の文学論に大きな影響を与えた重要論文六編。

論理哲学論考
ヴィトゲンシュタイン
丘沢 静也 訳
「語ることができないことについては、沈黙するしかない」。現代哲学を一変させた20世紀を代表する衝撃の書、待望の新訳。オリジナルに忠実かつ平明な革新的訳文の、まったく新しい『論考』。

経済学・哲学草稿
マルクス
長谷川 宏 訳
経済学と哲学の交叉点に身を置き、社会の現実に鋭くせまろうとした青年マルクス。のちの『資本論』に結実する新しい思想を打ち立て、思想家マルクスの誕生となった記念碑的著作。

ユダヤ人問題に寄せて／ヘーゲル法哲学批判序説
マルクス
中山 元 訳
宗教批判からヘーゲルの法哲学批判へと向かい、真の人間解放を考え抜いた青年マルクス。その思想的跳躍の核心を充実の解説とともに読み解く。画期的な「マルクス読解本」の誕生。